EDIÇÕES BESTBOLSO

Enquanto minha querida dorme

Mary Higgins Clark nasceu em Nova York, em 1927. Consagrada como uma das maiores escritoras norte-americanas de suspense, seus livros tiveram milhares de exemplares vendidos em todo o mundo. A autora foi presidente da associação Mistery Writers of America e em 1980 recebeu o Grand Prix de Littérature, entre muitas outras honrarias. Com uma linguagem fácil e personagens comuns, Mary Higgins Clark dosa na medida certa o suspense psicológico.

MARY HIGGINS CLARK

ENQUANTO MINHA QUERIDA DORME

Tradução de
AULYDE SOARES RODRIGUES

CIP-BRASIL. CATALOGAÇÃO-NA-FONTE
SINDICATO NACIONAL DOS EDITORES DE LIVROS, RJ

Clark, Mary Higgins, 1927-
C544e   Enquanto minha querida dorme / Mary Higgins Clark;
tradução Aulyde Soares Rodrigues. – Rio de Janeiro:
BestBolso, 2009.

Tradução de: While my Pretty One Sleeps
ISBN 978-85-7799-098-6

1. Ficção norte-americana. I. Rodrigues, Aulyde Soares, 1922-.
II. Título.

                         CDD: 813
09-1536   CDU: 821.134.3(81)-3

Enquanto minha querida dorme, de autoria de Mary Higgins Clark.
Título número 115 das Edições BestBolso.
Primeira edição impressa em junho de 2009.
Texto revisado conforme o Acordo Ortográfico da Língua Portuguesa.

Título original inglês:
WHILE MY PRETTY ONE SLEEPS

Copyright © 1989 by Mary Higgins Clark.
Publicado mediante acordo com Simon & Schuster, Inc.
All Rights Reserved.
Tradução cedida pela Editora Rocco Ltda.
Direitos de reprodução da tradução cedidos para Edições BestBolso,
um selo da Editora Best Seller Ltda.

www.edicoesbestbolso.com.br

Design de capa: Luciana Gobbo

Todos os direitos reservados. Proibida a reprodução, no todo ou em
arte, sem autorização prévia por escrito da editora, sejam quais
forem os meios empregados.

Direitos exclusivos de publicação em língua portuguesa para o Brasil
em formato bolso adquiridos pelas Edições BestBolso um selo da Editora
Best Seller Ltda. Rua Argentina 171 – 20921-380 Rio de Janeiro, RJ –
Tel.: 2585-2000.

Impresso no Brasil

ISBN 978-85-7799-098-6

*Para meus netos mais novos,
Courtney Marilyn Clark e David Frederick Clark
com o amor, a alegria e o encantamento de sempre*

1

Ele dirigia cuidadosamente na rodovia em direção ao Morrison State Park. A viagem de 50 quilômetros de Manhattan ao condado de Rockland fora um pesadelo. Embora fossem 6 horas não havia nenhum sinal do nascer do dia. A neve, que havia começado a cair durante a noite, aumentara progressivamente e batia agora violentamente contra o para-brisa. As nuvens pesadas e cinzentas eram como balões enormes, cheios até o limite. A previsão meteorológica era de 5 centímetros de neve com "diminuição da nevasca após a meia-noite". Como sempre, o serviço de meteorologia tinha se enganado.

Mas ele estava perto da entrada do parque e com aquela tempestade provavelmente ninguém estaria caminhando ou correndo. Vira a patrulha rodoviária uns 15 quilômetros atrás, mas o carro passou, as luzes girando, talvez a caminho de um acidente. É claro que os tiras não tinham nenhum motivo para pensar no conteúdo da mala do seu carro, nenhuma razão para suspeitar que, sob a pilha de malas, dentro de um saco plástico, estava o corpo de uma famosa escritora de 61 anos, Ethel Lambston, enfiado no espaço mínimo entre o estepe e a lataria.

Saiu da rodovia e percorreu o pequeno trecho até o estacionamento. Como esperado, o lugar estava quase vazio e os poucos carros espalhados, cobertos de neve. Alguns malucos acampando, pensou. O importante era não esbarrar com nenhum deles.

Saiu do carro, olhando cautelosamente em volta. Ninguém. A neve que empilhava-se no chão cobriria as marcas dos pneus do seu carro e qualquer indicação do lugar em que ia colocar o corpo. Com um pouco de sorte, quando fosse descoberto não haveria muita coisa para ver.

Primeiro foi até o lugar escolhido sem levar nada. Seu ouvido era muito bom. Procurou intensificar a audição, esforçando-se para escutar através do murmúrio do vento e do estalar dos galhos já pesados. Seguiu por uma trilha íngreme e chegou a uma escarpa onde havia algumas rochas formadas por pedras grandes e soltas. Poucas pessoas se davam ao trabalho de subir até lá. O lugar era vedado a cavaleiros – o estábulo não queria que as donas de casa suburbanas, suas principais clientes, quebrassem os pescoços.

Um ano antes, por simples curiosidade, subiu pela trilha e sentou-se para descansar em uma rocha. Sua mão deslizou pela pedra e encontrou a abertura. Não a entrada de uma caverna, mas uma formação natural como a boca de uma caverna. Naquele momento, passou pela sua cabeça a ideia de que era um ótimo lugar para esconder alguma coisa.

Era uma caminhada difícil, com a neve virando gelo, mas, escorregando e derrapando, ele fez a escalada. A abertura ainda estava lá, um pouco menor do que se lembrava, mas podia forçar o corpo para dentro da rocha. O próximo passo era o pior. Voltar para o carro, com infinita cautela para não ser visto. O carro estava estacionado de modo que se alguém entrasse no parque não poderia ver o que ele estava tirando da mala e, de qualquer forma, um saco preto de plástico por si só não era suspeito.

Quando viva, Ethel parecia magra. Mas, ao retirar o corpo do plástico, ele verificou que suas roupas caras escondiam uma estrutura óssea pesada. Tentou erguer o saco até os ombros, mas, perversa na morte como foi em vida, Ethel devia ter iniciado o *rigor mortis*. O corpo se recusava a ser dobrado. No fim, ele meio carregou, meio arrastou o saco plástico até a subida, depois, movido unicamente pela adrenalina, conseguiu escalar com ele as rochas escorregadias e desiguais até a abertura.

Seu plano original era deixar o corpo no saco. Mas, no último instante, mudou de ideia. Os laboratoristas da polícia estavam ficando muito espertos. Podiam encontrar pistas em qualquer coisa, fibras de roupas ou de tapetes, ou fios de cabelo que ninguém mais notaria.

Ignorando o frio e o plástico gelado que arranhava seus dedos e a neve que transformava suas faces e seu queixo num pedaço de gelo, colocou o saco sobre a abertura e começou a rasgar. O plástico resistiu. Duas camadas, pensou ele raivosamente, lembrando-se do anúncio. Puxou com força selvagem e fez uma careta quando o corpo de Ethel apareceu.

O tailleur de lã branca estava manchado de sangue. A gola da blusa ficara presa no buraco escancarado da garganta. Um dos olhos estava entreaberto. Na luz do dia que começava a nascer, parecia mais contemplativo do que cego. A boca, que jamais conheceu repouso durante a vida de Ethel, estava contraída, como para começar uma de suas frases intermináveis. A última que ela conseguiu emitir, pensou ele com satisfação, este foi seu erro fatal.

Mesmo com as luvas, odiou tocá-la. Estava morta há quase 14 horas. Teve a impressão de que o corpo exalava um cheiro leve e adocicado. Enojado, empurrou-o para dentro da abertura e começou a amontoar pedras em cima dele. A fenda era mais profunda do que pensava e as pedras encaixavam-se perfeitamente sobre o corpo. Um eventual escalador não as deslocaria.

O trabalho estava terminado. A neve trazida pelo vento já havia encoberto suas pegadas. Dez minutos depois de sair dali, qualquer rasto seu e da presença do seu carro teriam desaparecido.

Amassou o plástico rasgado, fazendo dele uma bola, e começou a correr na direção do carro. Estava ansioso para sair daquele lugar, afastar-se do perigo de ser descoberto. Na entrada do estacionamento, esperou. Os mesmos carros estavam lá, ainda intocados. Não havia nenhum vestígio de movimento recente no estacionamento.

Cinco minutos depois estava outra vez na rodovia, o saco plástico rasgado e sujo de sangue, a mortalha de Ethel, escondido sob o estepe. Agora havia bastante espaço para as malas, a frasqueira e a bolsa da mulher.

A estrada estava coberta de gelo, o tráfego dos que iam para o trabalho começava a se intensificar, mas em algumas horas ele estaria em Nova York, de volta à sanidade e à realidade. Fez a última parada. Um lago que já tinha visto antes, não muito distante da estrada, poluído demais para a pesca. Um bom lugar para jogar a bagagem e a bolsa de Ethel. As quatro peças eram pesadas. O lago era profundo e ele tinha certeza que afundariam e ficariam presas no lixo acumulado. Até carros velhos eram jogados ali.

Jogou a bagagem de Ethel o mais longe possível e esperou que desaparecesse na água cinzenta. Agora só faltava se livrar do plástico rasgado e sujo de sangue. Resolveu parar em uma lixeira quando saísse da estrada para o West Side. Ficaria perdido na montanha de lixo que seria recolhido na manhã seguinte.

Levou três horas para chegar à cidade. A pista ficava cada vez mais perigosa e ele procurou manter distância dos outros carros. Não seria oportuno provocar uma batida. Dali a alguns meses ninguém teria motivos para saber que ele havia saído da cidade naquele dia.

Tudo funcionou de acordo com o planejado. Parou por uma fração de segundo na Nona Avenida e livrou-se do saco plástico.

Às 8 horas, devolveu o carro ao posto de gasolina, na Décima Avenida, que alugava carros velhos. Pagamento só em dinheiro. Ele sabia que não tinham registros.

Às 10 horas, depois de uma chuveirada e já de roupa limpa, estava em casa, tomando um bourbon e tentando controlar a repentina e gelada crise de nervos. Reviveu cada momento desde que chegou ao apartamento de Ethel, no dia anterior, quando ela o ridicularizou e o ameaçou com sarcasmo.

Então ela percebeu. A adaga antiga de sua escrivaninha na mão dele. O rosto de Ethel crispou-se de medo e ela recuou.

A profunda satisfação de cortar o pescoço dela, de vê-la cambalear para trás passando pela porta em arco para a cozinha e cair no chão de cerâmica.

Admirava-se ainda da própria calma. Trancou a porta para evitar que, por um acaso da sorte, o zelador do prédio ou algum amigo com a chave do apartamento pudesse entrar de repente. Todos sabiam o quanto Ethel era excêntrica. Se encontrassem a porta com a tranca de segurança pensariam que ela não queria ser incomodada.

Então ele se despiu, ficando só de cueca e com luvas. Ethel planejava sair da cidade para escrever um livro. Se ele a tirasse dali, todos pensariam que já havia partido. Não notariam sua falta antes de semanas, talvez meses...

Agora, tomando um grande gole de bourbon, lembrou-se de como havia escolhido as roupas no armário, tirando o blusão ensanguentado de Ethel, vestindo nela a meia-calça, enfiando os braços da mulher na blusa e no casaco, abotoando a saia, tirando as jóias, forçando os pés no escarpim. Estremeceu lembrando o sangue que jorrou encharcando a blusa e o tailleur, quando ergueu o corpo na posição vertical. Mas era necessário. Quando fosse encontrada, *se* fosse encontrada, pensariam que fora morta com aquela roupa.

Lembrou-se de cortar as etiquetas da roupa, que significavam identificação imediata. Encontrou o longo saco plástico no armário, talvez de algum vestido vindo da tinturaria. Forçou o corpo dentro dele, limpou as manchas de sangue do tapete oriental, lavou o chão da cozinha com água sanitária, colocou as peças de roupa e os acessórios nas malas, correndo freneticamente contra o tempo...

Encheu o copo novamente com bourbon e lembrou-se do momento em que o telefone tocou. A secretária eletrônica atendeu e ele ouviu a voz ligeira de Ethel: "Deixe seu recado. Eu telefono quando e se estiver disposta." Sentiu os nervos à flor da pele. Não deixaram nenhum recado e ele desligou a secretária. Não queria que ficassem gravados telefonemas, talvez lembrando compromissos não cumpridos.

Ethel morava no térreo de um prédio de quatro andares. Sua entrada particular ficava à esquerda dos degraus que levavam ao hall principal. A porta não podia ser vista da rua. O único trecho perigoso para ele eram os 12 degraus da porta até a calçada.

Dentro do apartamento estava relativamente seguro. A parte mais difícil foi quando abriu a porta, depois de esconder embaixo da cama o corpo de Ethel dentro do saco plástico e as malas. O ar estava úmido e frio, anunciando a neve que logo começaria a cair. O vento entrou cortante no apartamento. Fechou a porta imediatamente. Passavam alguns minutos das 18 horas. Havia muita gente nas ruas, voltando do trabalho. Ele esperou quase duas horas, e então saiu, trancou a porta e foi até o posto onde alugavam carros velhos. Voltou de carro para o apartamento. Estava com sorte. Conseguira estacionar quase na frente do prédio. Estava escuro e a rua, deserta.

Em duas viagens pôs toda a bagagem na mala. A terceira foi a pior. Levantou a gola do sobretudo, pôs na cabeça um velho boné que encontrara no chão do carro alugado e carregou o saco plástico com o corpo de Ethel para fora do apartamento. O momento em que fechou a porta da mala do carro foi o primeiro em que teve certeza de que tudo ia dar certo.

Foi terrível a volta ao apartamento para certificar-se de que não havia nenhuma mancha de sangue, nenhum sinal da sua presença. Os nervos tensos ansiavam por chegar ao parque, desfazer-se do corpo, mas ele sabia que era loucura. A polícia na certa notaria se alguém entrasse no parque à noite. Deixou o carro na rua, a seis quarteirões de distância, seguiu sua rotina e às 5 horas saiu com os primeiros moradores dos subúrbios...

Ficará tudo bem agora, disse para si mesmo... Estava *salvo!*

Só quando tomava o último gole de bourbon percebeu seu terrível erro, e sabia exatamente quem, com toda certeza, iria descobri-lo.

Neeve Kearny.

2

O despertador tocou às 6h30. Neeve estendeu a mão direita para interromper a voz insistente do locutor, mas deteve-se ao perceber a importância do que ele estava dizendo. Dezenove centímetros de neve haviam se acumulado nas ruas naquela noite. Não era aconselhável sair de carro, a não ser por grande necessidade. O estacionamento nas ruas estava suspenso. Logo seria anunciado o fechamento das escolas. A previsão era de que a neve continuaria a cair até o fim da tarde.

Formidável, pensou Neeve, recostando-se no travesseiro e puxando o acolchoado até o queixo. Detestava perder sua corrida matinal. Então franziu a testa, pensando nas alterações que teria de fazer no seu horário. Duas das costureiras moravam em Nova Jersey e provavelmente não iam aparecer. O que significava que era melhor ela ir até a loja para acertar o esquema de Betty, a outra funcionária. Betty morava na rua 82 com a Segunda Avenida e percorria a pé os seis quarteirões até a loja, independentemente do clima.

Com resistência deixou o calor confortável da cama, afastou as cobertas, foi rapidamente até o *closet* e apanhou o velho robe de flanela que seu pai, Myles, insistia em dizer que era uma relíquia das Cruzadas.

– Se as mulheres que pagam aqueles preços absurdos por seus vestidos a vissem com esse trapo, voltariam a comprar na Klein's.

– A Klein's está fechada há vinte anos e se elas me vissem com este trapo, pensariam que sou excêntrica – respondia ela –, o que reforçaria o mito.

Amarrou o cinto, desejando como sempre ter herdado o corpo esguio da mãe, em vez daquele corpo musculoso, de ombros quadrados dos seus ancestrais celtas. Escovou o cabelo negro, a marca registrada da família Rossetti. Tinha também os olhos dos Rossetti, pupilas cor de mel, mais escuras nas bordas, cintilantes, largas e alertas sob as pestanas escuras. Sua pele tinha a brancura leitosa típica dos celtas com algumas sardas no nariz reto. A boca generosa e os dentes perfeitos eram os de Myles Kearny.

Há seis anos, quando se formou na universidade e informou ao pai que não pretendia sair de casa, ele sugeriu a

Neeve que reformasse seu quarto. Escolhendo na Sotheby e na Christie, ela reuniu um conjunto eclético de cama de latão, um armário antigo e uma cômoda Bombay, uma *chaise* vitoriana e um antigo tapete persa que brilhava de tão gasto. O acolchoado, os travesseiros e a colcha que cobriam a cama durante o dia eram brancos, a *chaise* de veludo tinha o mesmo tom turquesa das linhas do tapete. As paredes brancas formavam o fundo ideal para os quadros e gravuras da família de sua mãe. A *Women's Wear Daily* fotografou-a em seu quarto, descrevendo-o como discretamente elegante, com o toque inconfundível de Neeve Kearny.

Neeve calçou o chinelo acolchoado que Myles chamava de sapatinhos de bebê e abriu a persiana. Sem dúvida o meteorologista não precisava ser um gênio para dizer que aquela era uma grande tempestade de neve. Do seu quarto, em Schwab House, na rua 74 com a Riverside Drive avistava-se o Hudson, mas agora ela mal divisava os prédios na outra margem, em Nova Jersey. A rodovia Henry Hudson, coberta de neve, já estava tomada pelo tráfego lento e cauteloso. Os sacrificados moradores dos bairros distantes certamente tinham saído de casa muito cedo.

MYLES ESTAVA NA COZINHA com o café feito. Neeve o beijou no rosto, contendo-se para não dizer o quanto ele parecia cansado. Isso significava que não tinha dormido bem outra vez. Se ao menos cedesse e tomasse um comprimido para dormir, uma vez ou outra, pensou Neeve.

– Como vai a Lenda? – perguntou ela.

Desde sua aposentadoria, há um ano, os jornais constantemente referiam-se a ele como "O lendário comissário de polícia de Nova York". Myles detestava isso.

Ignorou a pergunta e olhou para ela com fingido espanto.

15

— Não vai me dizer que não está pronta para correr no Central Park! — exclamou. — O que são 30 centímetros de neve para a destemida Neeve?

Durante anos haviam corrido juntos todas as manhãs. Agora que ele não podia mais correr, preocupava-se com o exercício matinal da filha. Mas na verdade, pensou Neeve, ele *nunca* deixava de se preocupar com ela.

Neeve apanhou a jarra de suco de laranja da geladeira e, sem perguntar, serviu um copo grande para ele, um pequeno para ela e começou a fazer torradas. Myles costumava comer bem no café da manhã, mas agora bacon e ovos estavam proibidos. Assim como queijo, carne, e como ele dizia, "metade dos alimentos que nos fazem apreciar uma refeição". O enfarte agudo, além de restringir sua dieta, havia finalizado sua carreira.

Em silêncio, dividiram por acordo tácito a edição matinal do *Times*. Mas quando Neeve ergueu os olhos viu que o pai não estava lendo. Apenas olhava para o jornal. A torrada e o suco de laranja, na frente dele, não tinham sido tocados. Só havia tomado um gole de café. Neeve pôs sua parte do jornal na mesa.

— Muito bem — disse ela. — Conte-me o que há. Está se sentindo mal? Pelo amor de Deus, acho que sabe que não deve bancar o sofredor silencioso.

— Não, estou bem — afirmou Myles. — Isto é, se quer saber se tenho tido dores no peito, a resposta é não. — Jogou o jornal no chão e ergueu a xícara de café. — Nicky Sepetti sai da cadeia hoje.

Neeve deixou escapar uma exclamação abafada.

— Mas pensei que haviam recusado sua condicional no ano passado.

— O ano passado foi a quarta vez que ele pediu a condicional. Cumpriu a sentença toda, reduzida por bom comportamento. Esta noite estará de volta a Nova York. – Uma expressão de ódio apareceu nos olhos de Myles.

– Papai, olhe-se no espelho. Continue assim e terá outro enfarte. – Neeve percebeu que suas mãos tremiam. Segurou a borda da mesa para que o pai não visse que estava com medo. – Não me importa a ameaça de Sepetti quando foi condenado. Você passou anos tentando associá-lo a... – parou de falar por um momento, e então continuou. – E nunca encontrou nenhuma prova decisiva. E pelo amor de Deus, não comece a se preocupar comigo só porque ele está de volta às ruas.

Myles fora o promotor que havia conseguido a condenação do chefe mafioso da família Sepetti, Nicky Sepetti. Quando foi dada a sentença, perguntaram a Nicky se tinha algo a declarar. Ele apontou para Myles.

– Ouvi dizer que todos acham que você fez um belo trabalho comigo, e foi promovido a comissário de polícia. Meus parabéns. Um belo artigo aquele do *Post* sobre você e sua família. Tome conta da sua mulher e da sua filha. Elas podem precisar de alguma proteção.

Duas semanas depois, Myles tomou posse como comissário de polícia. No mês seguinte, o corpo da sua jovem esposa foi encontrado no Central Park com o pescoço cortado. O crime nunca foi solucionado.

NEEVE ACEITOU a sugestão do pai de chamar um táxi para levá-la até a loja.

– Você não pode andar com toda essa neve – argumentou.

– Não é a neve, e nós dois sabemos disso – respondeu Neeve. Ela beijou e abraçou o pai. – Myles, a única coisa com que temos de nos preocupar é a sua saúde. Nicky Sepetti não vai querer voltar para a prisão. Aposto que, se ele sabe rezar, deve estar pedindo para que nada me aconteça por muito e muito tempo. Você é a única pessoa em Nova York que não acredita que mamãe pode ter sido atacada por um ladrão que a matou porque ela se recusou a entregar a bolsa. Provavelmente ela começou a gritar em italiano e o homem entrou em pânico. Portanto, por favor, esqueça Nicky Sepetti e deixe que o céu julgue quem a tomou de nós. Está bem? Promete?

O gesto afirmativo do pai não a convenceu completamente.

– Agora, saia daqui – disse ele. – O taxímetro está funcionando e o meu jogo na televisão começará em minutos.

OS REMOVEDORES DE NEVE haviam dado o que Myles chamaria de guaribada, retirando parcialmente a neve acumulada na avenida West End. Seguindo lentamente pelas ruas escorregadias, o táxi entrou na via oeste-leste, atravessando o parque na rua 81, Neeve começou a imaginar um infrutífero "se ao menos". Se ao menos o assassino de sua mãe fosse encontrado. Talvez com o tempo a dor de Myles tivesse se suavizado como a de Neeve. Para ele ainda era uma ferida aberta, sempre inflamada. Myles culpava-se por não ter sido capaz de proteger Renata. Durante todos esses anos, atormentava-se, dizendo que devia ter levado a sério a ameaça. Era doloroso saber que com os imensos recursos do Departamento de Polícia de Nova York à sua disposição, não conseguiu descobrir a identidade do assassino que, tinha certeza, obedecia a ordens de Sepetti. Era o único objetivo não alcançado de sua vida – encontrar aquele assassino, fazer com que ele e Sepetti pagassem pela morte de Renata.

Neeve estremeceu. Estava frio dentro do táxi. O motorista devia estar olhando pelo retrovisor, porque disse:

– Desculpe, senhora, o aquecimento não está funcionando muito bem.

– Não tem problema.

Neeve virou o rosto para não encorajar uma conversa. Os "se ao menos" insistiam em aparecer em sua mente. Se ao menos o assassino tivesse sido encontrado e condenado anos atrás, Myles poderia continuar sua vida. Com 68 anos, ainda era um homem atraente e durante todo aquele tempo muitas mulheres olhavam com agrado para o comissário magro, de ombros largos, com a espessa cabeleira precocemente branca, os olhos de um azul intenso e o sorriso inesperadamente suave.

Absorta nos seus pensamentos, Neeve não notou que o táxi acabava de parar em frente à loja. Na marquise azul e marfim estava escrito Neeve's Place. As vitrines que davam para a avenida Madison e a rua 84 estavam orvalhadas de neve, imprimindo um movimento flutuante aos impecáveis vestidos primaveris de seda nos manequins em poses sofisticadas. Os guarda-chuvas que pareciam guarda-sóis eram ideia de Neeve. Capas de chuva transparentes que realçavam as cores dos vestidos, estavam elegantemente colocadas sobre os ombros dos manequins. O estilo que Neeve chamava de "Não seja deselegante na chuva" era um grande sucesso.

– A senhora trabalha aqui? – perguntou o motorista, quando Neeve pagou a corrida. – Parece coisa cara.

Ela fez um gesto afirmativo, pensando, eu sou dona desta loja, meu amigo. Uma ideia que ainda a encantava. Há seis anos, a loja instalada naquele local fora à falência. Um velho amigo de seu pai, agora estilista famoso, Anthony della Salva, insistiu com Neeve para comprar o negócio.

– Você é jovem – disse ele, abandonando o carregado sotaque italiano que agora era parte de sua *persona*. – Isso é uma vantagem. Você trabalha com moda desde que se formou. Mais ainda, você tem o *know-how*, o talento. Eu empresto o dinheiro para você começar. Se não der certo, posso aguentar a dívida, mas vai dar certo. Você tem tudo o que é necessário para fazer o negócio ir adiante. Além disso, preciso de mais um lugar para vender minhas roupas.

Era a última coisa que Sal precisava, ambos sabiam disso, e Neeve ficou grata a ele.

Myles foi decididamente contra a ideia de Neeve aceitar o empréstimo de Sal. Mas ela não deixou passar aquela oportunidade. Uma das coisas que havia herdado de Renata, além dos cabelos e dos olhos, era um talento especial para a moda. No último ano havia conseguido pagar o que devia a Sal, insistindo em acrescentar a taxa de juros do mercado em vigor naquela época.

NÃO FOI SURPRESA para Neeve encontrar Betty trabalhando na sala de costura, a cabeça inclinada, as linhas permanentes de concentração na testa e entre as sobrancelhas. As mãos, finas e enrugadas, manejavam a agulha com a habilidade de um cirurgião. Fazia a bainha de uma blusa enfeitada com contas. O tom acobreado visivelmente artificial dos cabelos acentuava a pele fina e seca do rosto. Neeve detestava lembrar que Betty tinha mais de 70 anos. Não queria nem pensar no dia em que ela se aposentasse.

— Achei que era melhor adiantar um pouco as coisas – explicou Betty. – Temos uma porção de entregas para hoje.

Neeve descalçou as luvas e tirou a echarpe.

— Pensa que não sei? E Ethel Lambston insistiu em ter tudo pronto esta tarde.

— Eu sei. Já separei as roupas dela para quando terminar esta blusa. Não vale a pena ouvir suas reclamações se não estiver tudo pronto.

— Todas deviam ser boas clientes como Ethel – disse Neeve suavemente.

Betty fez um gesto afirmativo.

— Acho que tem razão. A propósito, ainda bem que convenceu a Sra. Yates a comprar este conjunto. Com o outro que experimentou, ela parecia uma vaca no pasto.

— Também custava mais 1.500 dólares mas eu não podia deixar que ela o levasse. Mais cedo ou mais tarde iria olhar para o espelho com atenção. A blusa com contas é suficiente. Ela precisa de uma saia rodada de tecido macio.

Um número surpreendente de clientes, enfrentando a neve e as calçadas escorregadias, apareceu na loja. Duas vendedoras tinham faltado, por isso Neeve passou o dia no andar de vendas. Era a parte do trabalho que mais gostava, mas no último ano fora obrigada a limitar seu atendimento pessoal a poucas clientes.

Ao meio-dia, foi para o escritório no fundo da loja para comer um sanduíche e tomar um café e telefonou para casa.

Myles parecia mais calmo.

— Eu teria ganho 14 mil dólares e uma picape Champion na *Roda da Fortuna* – disse ele. – Ganhei tanto que teria de aceitar até aquele dálmata de gesso de 600 dólares que eles têm a coragem de chamar de prêmio.

— Bem, parece que você está melhor – observou Neeve.

— Falei com os rapazes da cidade. Eles têm gente muito boa vigiando Sepetti. Disseram que ele está muito doente e desanimado. – Havia satisfação na voz de Myles.

— E provavelmente repetiram que não acreditam que ele tenha tido alguma coisa a ver com a morte de mamãe. – Não esperou a resposta. – Vai ser uma ótima noite para macarrão. Tem bastante molho no freezer. Tire para descongelar, por favor, certo?

Neeve desligou mais tranquila. Terminou o sanduíche de peru e o café e voltou para a loja. Três das seis cabines de provas estavam ocupadas. Com um olhar experiente, notou todos os detalhes da loja. A entrada da avenida Madison dava para a seção de acessórios. Neeve sabia que um dos motivos principais do seu sucesso era a seção de bijuterias finas, bolsas, sapatos, chapéus e lenços, que podiam ser comprados ali mesmo, acompanhando os vestidos.

O interior da loja era de marfim fosco com tons rosados nas almofadas dos sofás e cadeiras. Roupas esportivas e peças avulsas ficavam nas espaçosas alcovas dois degraus acima das vitrines internas. A não ser pelos vestidos nos manequins, não havia nenhuma peça de roupa à vista. A cliente era conduzida a uma das cadeiras e as vendedoras levavam até ela vestidos e tailleurs para serem escolhidos.

A ideia foi de Sal.

— Do contrário — assegurou-lhe — você terá uma porção de gente tirando roupas das araras. Comece com um ambiente exclusivo, meu bem, e continue assim — aconselhou ele, e como sempre, estava certo.

A combinação de marfim e rosa fora ideia de Neeve.

— Quando uma cliente olhar no espelho, não quero que a imagem de fundo contraste com o que estou tentando vender — recomendou ao decorador de interiores que havia sugerido cores vivas e variadas.

No meio da tarde, a clientela diminuiu. Às 15 horas Betty saiu da sala de costura.

— A encomenda de Lambston está pronta — disse ela.

Neeve acondicionou pessoalmente a compra de Ethel Lambston. Só roupas primaveris. Ethel era uma escritora de 60 anos com um best-seller em seu currículo.

— Escrevo sobre qualquer assunto — ela havia dito, com seu modo de falar rápido, quase ofegante, no dia da inauguração da loja de Neeve. – Uso a nova abordagem, o olhar inquisitivo. Sou todas as mulheres vendo algo pela primeira vez ou por um ângulo novo. Escrevo sobre sexo, relacionamento, animais, casas de repouso, organizações, imobiliárias, sobre como ser uma voluntária, sobre partidos políticos... – Continuou a lista, os olhos azuis arregalados, o cabelo branco alourado agitando-se em volta do rosto. – O problema é que me aplico tanto no que faço que não tenho um minuto para mim mesma. Se comprar um vestido preto, vou acabar usando-o com sapatos marrons. Mas você tem tudo aqui. Que ideia maravilhosa. Pode me vestir.

Nos últimos seis anos Ethel fora uma cliente valiosa. Insistia para que Neeve escolhesse tudo que comprava, inclusive os acessórios, e pedia uma lista do que devia usar. Morava no apartamento térreo na rua 82 oeste, que Neeve visitava ocasionalmente para aconselhar Ethel sobre quais roupas devia doar e quais devia guardar, a cada ano.

Sua última visita fora há três semanas. No dia seguinte, Ethel foi à loja e encomendou um novo guarda-roupa.

– Estou quase terminando o artigo sobre moda para o qual a entrevistei – disse para Neeve. – Muita gente ficará furiosa comigo quando for publicado, mas você vai adorar. Será uma boa publicidade para sua loja.

Quando fez sua escolha, Neeve e Ethel discordaram apenas sobre um conjunto. Neeve ia levá-lo de volta.

– Não quero vender isso para você. É um Gordon Steuber. Eu me recuso a vender qualquer coisa dele. Este tailleur já devia ter sido devolvido. Não suporto esse homem.

Ethel deu uma gargalhada.

– Espere para ver o que escrevi sobre ele. Crucifiquei o homem. Mas eu quero o tailleur. As roupas que ele desenha ficam bem em mim.

Enquanto Neeve dispunha cuidadosamente as peças em embalagens protetoras, sentiu seus lábios se contraírem ao ver a roupa de Steuber. Seis semanas antes uma funcionária da loja pediu-lhe para falar com uma amiga que estava com problemas. A amiga, uma mexicana, contou a Neeve que trabalhava numa confecção clandestina no Bronx, de propriedade de Gordon Steuber.

— Não temos visto de permanência. Ele ameaçou nos denunciar. Na semana passada eu estava doente. Ele despediu a mim e à minha filha e não vai pagar o que nos deve.

A jovem mulher não parecia ter 30 anos.

— Sua filha! — exclamou Neeve. — Quantos anos ela tem?
— Quatorze.

Neeve cancelou o contrato que tinha com Gordon Steuber e enviou-lhe uma cópia do poema de Elizabeth Barrett Browning, a poetisa que ajudou a mudar as leis do trabalho infantil na Inglaterra. Ela sublinhou a estrofe *"But the young, young children, oh my brothers, they are weeping bitterly".*

Alguém no escritório de Steuber avisou ao *Women's Wear Daily*. Os editores imprimiram o poema na primeira página, junto à dura carta de Neeve para Steuber e convocaram outros revendedores a boicotar os fabricantes que agiam contra a lei.

Anthony della Salva ficou incomodado.

— Neeve, Steuber tem muito mais do que confecções clandestinas a esconder. Graças ao que você trouxe à baila os federais estão fuçando suas devoluções de imposto.

— Maravilhoso — retrucou Neeve. — Se ele está trapaceando nisso também, espero que o peguem.

---

*"Mas as jovens, jovens crianças, ó meus irmãos, elas estão chorando amargamente." (*N. do R.*)

Bem, resolveu ela, ajeitando o tailleur Steuber no cabide, esta será a última coisa dele que sai da minha loja. Estava ansiosa para ler o artigo de Ethel. Sabia que seria publicado logo na *Contemporary Woman,* a revista da qual Ethel era editora e articulista.

Depois, Neeve fez as listas para Ethel. Tailleur de seda azul, para a noite; blusa branca de seda, bijuterias na caixa A; conjunto de três peças rosa e cinza, escarpins cinzentos, bolsa combinando, jóias na caixa B; vestido preto de coquetel... Eram oito conjuntos ao todo. Com os acessórios, chegavam a quase 7 mil dólares. Ethel gastava essa quantia em roupas três ou quatro vezes por ano. Contou para Neeve que, vinte anos atrás, quando se divorciou, recebeu muito dinheiro e fez bons investimentos.

— Mais mil dólares de pensão vitalícia que ele me paga por mês — continuou rindo. — Quando nos separamos ele estava muito bem de vida. Disse aos advogados que valia a pena pagar tudo aquilo para se livrar de mim. No tribunal disse que se eu me casasse outra vez tinha de ser com um cara completamente surdo. Talvez eu tivesse sido menos dura com ele se não fosse por essa piada. Ele se casou de novo, tem três filhos e desde que a avenida Columbus ficou na moda, seu bar tem tido problemas. Uma vez ou outra telefona pedindo minha ajuda para sair do buraco, mas respondo que ainda não encontrei ninguém completamente surdo.

Naquele momento, Neeve sentiu que não gostava muito de Ethel. Mas então Ethel acrescentou:

— Eu sempre quis ter filhos. Quando nos separamos, eu estava com 37 anos. Durante os cinco anos que estivemos casados, ele jamais quis me dar um filho.

Neeve fazia questão de ler os artigos de Ethel e descobriu que, embora falasse demais e parecesse uma mulher fútil, era uma excelente escritora. Não havia dúvida de que realizava uma pesquisa exaustiva sobre os assuntos que escolhia.

Com a ajuda da recepcionista, Neeve grampeou as sacolas contendo os vestidos. As bijuterias e os sapatos estavam acondicionados separados, dentro de caixas de papelão marfim e rosa, com o nome da loja, Neeve's Place, impresso nas laterais. Com um suspiro de alívio, ela telefonou para o apartamento de Ethel.

Ninguém atendeu. A secretária também não estava ligada. Neeve concluiu que Ethel devia chegar a qualquer momento, ofegante, com o táxi esperando na rua.

Às 16 horas a loja estava vazia e Neeve mandou as funcionárias para casa. Droga de Ethel, pensou ela. Queria ir para casa também. A neve continuava a cair. Não ia conseguir um táxi mais tarde. Telefonou para Ethel às 16h30, às 17 horas, às 17h30. E agora?, pensou. Então teve uma ideia. Esperaria até as 18h30, a hora em que sempre fechava a loja, depois entregaria a encomenda de Ethel quando fosse para casa. Sem dúvida podia deixar com o zelador. Se Ethel pretendia viajar, teria tudo em casa.

A companhia de táxis não queria atender o chamado de Neeve.

— Estamos chamando todos os carros, senhora. Está muito difícil dirigir hoje. Mas deixe seu nome e o número do telefone.

Quando ouviu o nome, o homem mudou de tom.

— Neeve Kearny! Por que não disse que era a filha do comissário? Pode estar certa de que a levaremos para casa!

O táxi chegou às 19h20. O motorista não gostou da ideia de uma parada no caminho.

— Senhora, não posso ficar parado com a neve amontoando.

Ninguém atendeu a campainha no apartamento de Ethel. O mesmo ocorreu quando tocou na casa do zelador.

Havia mais quatro apartamentos no prédio, mas ela não conhecia os moradores e não ia deixar as roupas com estranhos. Finalmente, destacou uma página de seu caderninho e escreveu um bilhete para colocar por baixo da porta. *Estou com suas compras. Telefone quando chegar.* Sob a assinatura, escreveu o número do seu telefone. Então, voltou para o táxi carregando as caixas e as sacolas.

NO APARTAMENTO de Ethel Lambston, alguém apanhou o bilhete de Neeve. Leu o recado, jogou o bilhete para o lado e continuou sua procura pelas notas de 100 dólares que Ethel escondia sob os tapetes ou entre as almofadas do sofá, o dinheiro que ela chamava de "Pensão de Seamus, para o sanduíche".

MYLES KEARNY não conseguia se livrar da preocupação que o atormentava há semanas. Sua avó possuía uma espécie de sexto sentido.

"Tenho a impressão", dizia ela, "de que vamos ter problemas." Myles lembrava-se perfeitamente de quando tinha 10 anos e sua avó recebeu a fotografia de um primo da Irlanda. Ela chorou. "Ele tem a morte nos olhos." Duas horas depois o telefone tocou. O primo tinha morrido num acidente.

Dezessete anos antes, Myles não dera importância à ameaça de Sepetti. A Máfia tinha seu código particular. Nunca atacavam as mulheres ou os filhos dos seus inimigos. Então, Renata morreu. Às 15 horas, atravessando o Central Park para apanhar Neeve no Colégio do Sagrado Coração, Renata foi assassinada, num dia frio e ventoso de novembro. O parque estava deserto. Nenhuma testemunha para dizer quem a atraíra ou a forçara a sair do caminho e ir até a área nos fundos do museu.

Myles estava no escritório quando o diretor do Sagrado Coração telefonou, às 16h30. A Sra. Kearny não fora apanhar Neeve. Haviam telefonado mas ela não estava em casa. Algum problema? Quando desligou, Myles teve a terrível certeza de que alguma coisa havia acontecido com Renata. Dez minutos depois a polícia estava revistando o Central Park. Seu carro estava na parte norte da cidade quando recebeu o chamado dizendo que haviam encontrado o corpo.

Quando Myles chegou ao parque, um cordão de policiais impedia a aproximação dos curiosos e dos caçadores de notícias. A mídia já estava lá. Lembrava-se ainda das luzes dos flashes cegando-o, enquanto caminhava em direção ao corpo da mulher. Herb Schwartz, seu assistente, também estava no local.

– Não olhe para ela agora, Myles – pediu.

Myles livrou-se da mão de Herb em seu braço, ajoelhou no chão gelado e puxou o cobertor que cobria Renata. Ela parecia dormir. O rosto, ainda belo no descanso final, não tinha a expressão de terror que Myles vira tantas vezes em tantas vítimas. Os olhos estavam fechados. Ela mesma os teria fechado naquele momento final, ou Herb fizera isso por ele? A princípio pensou que Renata usava uma echarpe vermelha. Era uma fuga. Myles tinha grande experiência na observação das vítimas, mas naquele momento todo seu profissionalismo desaparecera. Não queria ver que alguém cortara o pescoço dela, atingindo a jugular. A gola da jaqueta branca de esqui estava vermelha de sangue. O capuz tinha escorregado da cabeça e o rosto estava emoldurado pelos fartos cabelos negros. A calça vermelha de esqui, o vermelho do sangue, a jaqueta branca e a neve endurecida sob o corpo – mesmo morta, ela parecia uma modelo fotográfica.

Myles queria abraçá-la, insuflar vida nos seus lábios, mas sabia que não devia mover o corpo. Contentou-se em beijar o rosto, os olhos, os lábios. Sua mão encostou acidentalmente no pescoço dela e saiu cheia de sangue, ele pensou: nos conhecemos com sangue, nos separamos com sangue.

Myles tinha 21 anos e era um policial novato no dia do ataque a Pearl Harbor e, na manhã seguinte, alistou-se no Exército. Quatro anos depois, estava com o Quinto Exército de Mark Clark na batalha da Itália. Tomavam cidade após cidade. Em Pontici, ele entrou numa igreja que parecia deserta. Logo ouviu uma explosão e o sangue jorrou da sua testa. Deu meia-volta rapidamente e viu um soldado alemão agachado atrás do altar, na sacristia. Myles o matou com um tiro antes de desmaiar.

Acordou sacudido por uma mão pequenina. "Venha comigo", uma voz murmurou no seu ouvido, em inglês com sotaque italiano carregado. Ele mal podia pensar com as ondas de dor que o torturavam. Seus olhos estavam quase fechados pelo sangue seco. Do lado de fora estava muito escuro. Os tiros soavam ao longe, à esquerda. A criança – ele percebeu que era uma criança – o conduziu por vielas desertas. Myles lembrava-se de pensar onde ela o estaria levando, por que estava sozinha. Ouviu suas botas de combate raspando os degraus de pedra, o chiado do portão enferrujado, depois um murmúrio de vozes, a explicação da criança. Agora ela falava italiano. Myles não entendia. Sentiu alguém ajudando-o a ficar de pé, depois fazendo-o deitar-se na cama. Myles desmaiava e acordava intermitentemente, sentindo mãos delicadas que banhavam e enfaixavam sua cabeça. Sua primeira lembrança clara era do médico do exército examinando-o. "Não sabe a sorte que teve", disseram. "Ontem eles nos tiraram de lá. Não foi bom para os que não conseguiram sair."

DEPOIS DA GUERRA, usando a GI Bill of Rights,* Myles foi para a universidade. O campus da Fordham Rose Hill ficava a 10 quilômetros da área do Bronx onde ele fora criado. Seu pai, capitão da polícia, demonstrou ceticismo.

– Esforçamo-nos para que você terminasse o ginásio – observou. – Não que você não tivesse uma boa cabeça, mas nunca quis enfiar o nariz nos livros.

Quatro anos mais tarde, depois de se formar *magna cum laude*, Myles entrou para a faculdade de Direito. O pai ficou feliz, mas avisou:

– Você ainda tem um tira dentro de você. Não se esqueça dele quando conseguir todos seus diplomas.

Faculdade de Direito. Escritório do promotor. Escritório particular. Foi então que ele compreendeu como era fácil para um bom advogado libertar um réu culpado. Myles não tinha estômago para isso. Agarrou a oportunidade de se tornar promotor público.

Isso foi em 1958. Tinha então 37 anos. Teve muitas namoradas e foi ao casamento de todas. Mas, de certo modo, sempre que ele chegava muito perto dessa decisão, uma voz murmurava no seu ouvido: "Tem mais. Espere um pouco."

A ideia de voltar à Itália cresceu aos poucos.

– Levar tiros pela Europa toda, não é exatamente uma grande viagem turística – disse sua mãe quando, certa noite, no jantar, ele falou de seus planos. E então ela perguntou: – Por que não procura aquela família que o acolheu em Pontici? Duvido que você estivesse em condições de agradecer naquela época.

---

*Em 1944, o Congresso norte-americano aprovou a lei Servicemen's Readjustment Act, que ficou conhecida como GI Bill of Rights. Esta lei destinava-se a dar apoio financeiro aos militares que serviram durante a Segunda Guerra Mundial, para que tivessem oportunidade de frequentar a universidade. *(N. do E.)*

Myles ainda abençoava a mãe pelo conselho. Porque quando bateu na porta, Renata atendeu. Renata, agora com 23 anos, não com 10. Renata alta e esguia, um pouco mais baixa que ele. Renata, que disse, incrivelmente:

– Sei quem você é. Eu o trouxe para casa naquela noite.
– Como pode lembrar? – perguntou.
– Meu pai tirou uma fotografia de nós dois antes de o levarem. – Está sempre na minha penteadeira.

Casaram-se três semanas depois. Os 11 anos seguintes foram os mais felizes de sua vida.

MYLES FOI ATÉ a janela e olhou para fora. Tecnicamente, a primavera havia chegado havia uma semana, mas ninguém se dera ao trabalho de avisar a Mãe Natureza. Procurou não pensar no quanto Renata gostava de andar na neve.

Passou uma água na xícara de café e no prato de salada e colocou na lavadora de pratos. Se todos os atuns do mundo desaparecessem, o que as pessoas em dieta teriam para o almoço? Talvez voltassem para os saborosos e grossos hambúrgueres. Só de pensar ficou com a boca cheia d'água. Mas lembrou-se então que precisava descongelar o molho do macarrão.

Às 18 horas, Myles começou a preparar o jantar. Tirou da geladeira tudo o que precisava para a salada e, habilmente, separou as folhas da alface, tirou a casca dos pepinos, cortou pimentões verdes em tiras finas. Sorria intimamente lembrando que, quando era pequeno, achava que salada era uma porção de tomates e alface cobertos de maionese. Sua mãe era uma mulher maravilhosa mas sua vocação não era a cozinha. Ela cozinhava a carne "até matar todos os germes", e a costeleta de porco ou o bife ficavam tão secos e duros que seriam mais facilmente cortados com um golpe de caratê do que com uma faca.

31

Renata o iniciou nas delícias dos sabores delicados, o prazer do macarrão, a delicadeza do salmão, as saladas picantes com leves traços de alho. Neeve herdou a habilidade culinária da mãe, mas Myles reconhecia que, durante aquele tempo, ele também tinha aprendido a fazer uma salada danada de boa.

Às 18h50 começou a se preocupar com Neeve. Talvez houvesse poucos táxis na rua. Meu Deus, não permita que ela atravesse o parque numa noite como esta. Telefonou para a loja, mas ninguém atendeu. Quando Neeve entrou com as sacolas no braço e arrastando as caixas, Myles preparava-se para telefonar para a polícia e pedir que a procurassem no parque. Ele fechou os lábios com força para não admitir isso.

Tirou as caixas dos braços dela, com uma expressão de surpresa.

– Natal outra vez? – perguntou. – De Neeve para Neeve com amor? Gastou seu lucro de hoje com você?

– Não seja tão engraçadinho, Myles – disse Neeve de cara fechada. – Vou dizer uma coisa, Ethel Lambston pode ser uma boa cliente mas é também uma grande chateação.

Enquanto colocava as caixas no sofá, contou sua tentativa de entregar as roupas de Ethel.

Myles ficou alarmado.

– Ethel Lambston? Aquela tagarela que esteve na nossa festa de Natal?

– Essa mesma.

Num gesto impulsivo, Neeve havia convidado Ethel para a festa de Natal que ela e Myles davam todos os anos no apartamento. Depois de pregar o bispo Stanton na parede e explicar por que a Igreja Católica não era mais importante no século XX, Ethel se deu conta de que Myles era viúvo e não o largou pelo resto da noite.

– Não me importo que você tenha que acampar na frente da porta dela por dois anos – avisou Myles. – Não deixe aquela mulher pôr os pés aqui nunca mais.

3

Trabalhar como um mouro para ganhar um salário mínimo e gorjetas na lanchonete da rua 83 com avenida Lexington não era a ideia que Denny Adler tinha de diversão. Mas Denny tinha um problema. Estava em liberdade condicional. Seu controlador da condicional, Mike Toohey, era um porco que adorava a autoridade de que o investia o Estado de Nova York. Denny sabia que se não tivesse um emprego não poderia gastar um centavo sem que Toohey perguntasse do que estava vivendo. Por isso ele trabalhava, odiando cada minuto.

Alugou um quarto miserável num pulgueiro na Primeira Avenida com a rua 150. O que o controlador da condicional *não sabia* era que, quando não estava no emprego, Denny passava o tempo mendigando na rua. Mudava o local e o disfarce constantemente. Algumas vezes, vestia-se como um vagabundo, com roupas imundas e tênis rasgados, e passava terra no rosto e nos cabelos. Encostado num prédio, segurava um cartaz que dizia "Ajude. Estou com fome."

Era uma das melhores iscas para otários.

Outras vezes, usava uma jaqueta desbotada do Exército, óculos escuros, peruca branca e uma bengala. Pregava um papel na jaqueta onde estava escrito "Veterano sem lar". A tigela aos seus pés enchia-se rapidamente de moedas.

Denny conseguia muito dinheiro miúdo desse modo. Não era o mesmo que planejar um verdadeiro golpe, mas servia para não perder a forma. Uma vez ou outra, quando encontrava um bêbado com algum dinheiro, cedia à necessidade de maltratar alguém. Mas os tiras pouco se importavam com um bêbado ou um vagabundo espancado ou esfaqueado, portanto praticamente não corria risco algum.

A condicional terminaria dentro de três meses, e então estaria livre para desaparecer e planejar uma atividade melhor. O responsável por sua condicional começava a relaxar o controle. No sábado de manhã, Toohey telefonou para a lanchonete. Denny imaginava Mike, o corpo magro inclinado sobre a mesa no escritório sujo.

– Falei com seu patrão, Denny. Ele disse que você é um dos seus melhores funcionários.

– Muito obrigado, senhor.

Se estivesse na frente de Mike, Denny teria contorcido as mãos, numa atitude de gratidão. Forçaria algumas lágrimas nos olhos castanho-claros, fingindo um sorriso de nervosa expectativa. Mas não estava, por isso seus lábios moveram-se silenciosamente formando um palavrão.

– Denny, não precisa se apresentar na segunda-feira. Estou com o horário muito apertado e você é um dos homens em que posso confiar. Vejo você na próxima semana.

– Sim, senhor.

Denny desligou. A caricatura de um sorriso franziu os cantos da sua boca. Passara metade dos seus 37 anos na cadeia, desde seu primeiro assalto, quando tinha 12 anos. Sua pele tinha a palidez permanente da prisão.

Olhou em volta, para as enojantemente graciosas mesas de cor creme, as cadeiras de arame, o balcão de fórmica branca, os cartazes de pratos especiais, os clientes habituais bem vestidos, absortos nos seus jornais enquanto comiam torradas ou cereal.

Seu sonho do que gostaria de fazer a Mike Toohey, e àquele lugar, foi interrompido pela voz gritante do gerente.

— Ei, Adler! Mexa-se! Estes pedidos não vão sair daqui sozinhos.

— Sim, senhor!

Contagem regressiva para *sim, senhor!*, pensou Denny, apanhando o paletó e a caixa com os sacos de papel.

Quando voltou para a lanchonete, o gerente atendia o telefone. Olhou para Denny com a cara fechada de sempre.

— Já avisei, nada de telefonemas pessoais nas horas de trabalho. — Empurrou o fone para a mão de Denny.

O único que telefonava para ele no trabalho era Mike Toohey. Denny disse seu nome e ouviu uma voz abafada.

— Como vai, Denny?

Reconheceu a voz imediatamente. Big Charley Santino. Dez anos antes, Denny havia compartilhado uma cela na prisão de Attica com Charley e de vez em quando fazia algum trabalho para ele. Charley tinha importantes conexões com a Máfia.

Denny ignorou a expressão de "ande com isso" do gerente. Só havia dois clientes no balcão e as mesas estavam vazias. Tinha certeza de que, fosse o que fosse que Charley quisesse, era interessante. Virou de frente para a parede e colocou a mão em concha sobre o bocal.

— O que há?

— Amanhã. Onze horas. Bryant Park, atrás da biblioteca. Espere um Chevrolet preto, 84.

Denny não sabia que estava sorrindo largamente quando Charley desligou.

SEAMUS LAMBSTON passou aquele fim de semana de neve sozinho no apartamento da família, na rua 71 com avenida West End. Na tarde de sexta-feira telefonou para seu *bartender*.

– Estou doente. Peça ao Matti para me substituir até segunda-feira.

– Dormiu profundamente naquela noite, o sono do emocionalmente exausto, mas acordou no sábado com uma sensação de pavor.

Ruth fora de carro para Boston na quinta-feira e ficaria até domingo. Jeannie, a filha mais nova, estava no primeiro ano da Universidade de Massachusetts. O cheque de Seamus para pagar o próximo semestre não tinha fundos. Ruth conseguiu um empréstimo de emergência no escritório em que trabalhava e cobriu o cheque. Depois do telefonema aflito de Jeannie, Ruth e Seamus tiveram uma briga que com certeza fora ouvida a um quarteirão de distância.

– Que droga, Ruth, estou fazendo o melhor possível – gritou ele. – Os negócios vão mal. Com três filhas na universidade, não é minha culpa se estamos duros! Pensa que tiro dinheiro do ar?

Confrontaram-se assustados, exaustos, desesperançados. A expressão de repugnância nos olhos dela o deixou envergonhado. Seamus sabia que os anos não tinham sido generosos para ele. Sessenta e dois. Com 1,55 metro de altura, sempre cuidou do corpo com ginástica e halteres. Mas agora, a barriga redonda não queria desaparecer, o cabelo, antes ruivo e espesso, estava ralo e amarelado, os óculos de leitura acentuavam o redondo balofo de seu rosto. Às vezes ele se olhava no espelho, depois para o seu retrato com Ruth, no dia do casamento. Os dois bem vestidos, com quase 40 anos, ambos no segundo casamento, felizes, ávidos um pelo outro. O bar ia muito bem e, embora hipotecado, Seamus tinha certeza de poder pagá-lo dentro de poucos anos. O temperamento ordeiro e tranquilo de Ruth era um santuário depois de ter vivido com Ethel.

— A paz vale cada centavo do que estou pagando – admitiu para o advogado que o aconselhava a não concordar com a pensão vitalícia.

Ficou feliz quando Marcy nasceu. Inesperadamente, Linda chegou dois anos depois. Ficaram chocados quando veio Jeannie. Ele e Ruth estavam com quase 45 anos.

O corpo esguio de Ruth tornara-se obeso. À medida que o aluguel do bar dobrava e triplicava e os antigos clientes desapareciam, o rosto sereno dela adquiria uma expressão de constante preocupação. Ruth queria tanta coisa para as meninas, coisas que não podiam comprar. Frequentemente ele se impacientava com ela. Por que não lhes dar um lar feliz, em vez de uma porção de lixo?

Os últimos anos, com a despesa das universidades, haviam sido terríveis. O dinheiro nunca era suficiente. E os mil dólares mensais que tinha de pagar a Ethel até ela se casar novamente, ou até morrer, transformaram-se num motivo constante de discórdia entre os dois.

— Pelo amor de Deus, volte aos tribunais – dizia Ruth. – Diga ao juiz que você não pode pagar os estudos das suas filhas e que aquela parasita ganha uma fortuna. Ela não *precisa* do seu dinheiro. Tem mais do que pode gastar.

A última discussão, na semana anterior, fora a pior. Ruth lera no *Post* que Ethel acabava de assinar contrato para um livro, recebendo 500 mil dólares adiantados. Segundo o artigo, Ethel disse que o livro revelador ia ser uma "bomba atirada no mundo da moda".

Para Ruth foi a última gota. Isso e o cheque sem fundos.

— Vá falar com aquela, aquela... – Ruth nunca dizia palavrões, mas foi como se tivesse gritado a palavra que não disse. – Diga-lhe que vou contar aos colunistas que ela o está arruinando. Doze mil dólares por ano há mais de vinte anos! – A voz de Ruth ficava mais estridente a cada sílaba. –

Eu quero parar de trabalhar. Estou com 62 anos. Logo as meninas vão se casar. E nós vamos para a cova com uma corda no pescoço. Diga que ela agora vai ser notícia de verdade! Pensa que aquelas revistas chiques vão poupar uma das suas editoras feministas que chantageia o ex-marido?

– Não é chantagem. É pensão. – Seamus tentou ser razoável. – Mas, está bem, vou falar com ela.

Ruth só voltaria no domingo à tarde. Ao meio-dia, Seamus venceu a letargia e começou a limpar o apartamento. Há dois anos haviam desistido da faxineira que ia uma vez por semana. Agora dividiam o trabalho doméstico entre as constantes reclamações de Ruth.

– Era só o que me faltava, depois de viajar espremida no metrô da Sétima Avenida, passar o fim de semana com um aspirador na mão.

Na última semana, ela de repente começou a chorar:

– Estou tão cansada – disse.

Às 16 horas o apartamento estava apresentável. Precisava de pintura. O linóleo da cozinha estava rasgado. O prédio era agora um condomínio, mas eles não puderam comprar o apartamento. Vinte anos e nada para mostrar, a não ser recibos de aluguel.

Seamus arrumou queijo e vinho na mesa de centro da sala. Os móveis eram desbotados e puídos mas na luz suave do fim de tarde não pareciam tão mal. Dentro de três anos Jeannie se formaria. Marcy estava no último ano. Linda no penúltimo. Estou desejando que minha vida não existisse, pensou ele.

Quanto mais se aproximava a hora da chegada de Ruth, mais suas mãos tremiam. Será que ela ia notar algo de diferente *nele*? Ruth chegou às 17h15.

– O tráfego estava horrível – comentou com sua voz queixosa.

– Você entregou o cheque visado e explicou sobre o outro? – perguntou Seamus, tentando ignorar o tom lamentoso da voz dela.

– É claro que sim. E sabe de uma coisa? O tesoureiro ficou chocado quando eu lhe contei que Ethel Lambston recebe pensão até hoje. No mês passado, Ethel tomou parte de um seminário na escola e falou o tempo todo sobre a igualdade das mulheres.

Ruth aceitou o copo de vinho que ele ofereceu e tomou um longo gole. Com um certo choque, Seamus notou que ela havia adquirido o hábito de Ethel de passar a língua pelos lábios quando terminava uma frase irritada. Seria verdade que sempre nos casamos com a mesma pessoa? A ideia lhe deu vontade de dar uma gargalhada.

– Muito bem, então conte. Foi falar com ela? – perguntou Ruth secamente.

Um imenso cansaço apossou-se de Seamus. A lembrança daquela cena final.

– Sim, eu a vi.

– E...

Escolheu cuidadosamente as palavras.

– Você tinha razão. Ela não quer que ninguém saiba que tem recebido pensão durante todos esses anos. Vai me tirar do buraco.

Ruth pôs o copo de vinho na mesa com o rosto transfigurado.

– Não acredito. Como você a convenceu?

A risada sarcástica de Ethel ao ouvir a ameaça e o pedido. O ímpeto de fúria primitiva que se apossou dele, a expressão de terror nos olhos dela... A última ameaça de Ethel... Oh, Deus...

– Agora *você* não pagará mais as roupas que Ethel compra na loja de Neeve Kearny, nem os jantares caros.

A risada triunfante de Ruth soou estridente em seus ouvidos enquanto as palavras tomavam sentido na sua mente.

Seamus pôs o copo de vinho na mesa.

— Por que você disse isso? – perguntou, em voz baixa.

NO SÁBADO DE MANHÃ, a neve parou de cair e as ruas tornaram-se regularmente transitáveis. Neeve levou a roupa de Ethel de volta para a loja. Betty ajudou-a a se desfazer dos volumes.

— Não vai me dizer que ela não gostou de *nada?*

— Como vou saber? – disse Neeve. – Não tinha ninguém no apartamento. Juro por Deus, Betty, depois de todo o trabalho que tive, tenho vontade de enrolar tudo no pescoço dela.

Foi um dia movimentado. O *Times* anunciara os vestidos estampados e as capas de chuva e a resposta foi entusiástica. Com olhos brilhantes, Neeve observava as vendedoras fazendo polpudas notas de venda. Mais uma vez abençoou Sal por ter lhe emprestado o dinheiro há seis anos.

Às 14 horas, Eugênia, uma ex-modelo negra, que era agora a primeira assistente na loja, lembrou que Neeve ainda não tinha almoçado.

— Tenho iogurte na geladeira – ofereceu.

Neeve tinha acabado de ajudar uma das suas clientes pessoais a escolher um vestido para o casamento de sua filha, no valor de 4 mil dólares. Sorriu levemente.

— Sabe que detesto iogurte – disse Neeve. – Peça uma salada de atum e uma Coca-Cola light, está bem?

Dez minutos mais tarde, quando o pedido foi entregue no escritório, ela percebeu que estava faminta.

— A melhor salada de atum de Nova York, Denny – disse para o entregador.

– A senhora é que sabe, Srta. Kearny. – O rosto dele franziu-se num sorriso.

Enquanto comia o lanche, Neeve ligou para a casa de Ethel. Nenhuma resposta. A recepcionista repetiu a ligação várias vezes durante a tarde. No fim do dia, Neeve disse para Betty:

– Vou levar tudo isso para casa outra vez. Não quero ter de voltar aqui no domingo se Ethel resolver de repente tomar um avião e quiser a roupa em dez minutos.

– Conhecendo Ethel, acho que ela obrigaria o avião a fazer buscá-la no portão de embarque, se chegasse atrasada. – disse Betty, asperamente.

As duas riram, mas então Betty continuou em voz baixa.

– Sabe, Neeve, esses sentimentos malucos que você tem às vezes. Acho que são contagiosos. Por mais chata que seja, Ethel nunca fez isso.

NO SÁBADO, NEEVE e Myles foram ao Metropolitan ouvir Pavarotti.

– Você devia estar com um namorado – disse Myles, quando o garçom do Ginger Man entregou os cardápios, depois do teatro.

Neeve olhou para ele.

– Escute, Myles, eu saio bastante. Você sabe. Quando aparecer alguém importante eu vou reconhecer, como você e mamãe sempre disseram. Que tal pedir camarão scampi?

MYLES GERALMENTE ia cedo à missa nos domingos. Neeve preferia dormir até mais tarde e assistia à missa solene da catedral.

Neeve surpreendeu-se ao encontrar Myles de roupão, na cozinha, quando se levantou.

— Abandonou a religião? – perguntou.

— Não, pensei em ir com você hoje. – Tentou parecer casual.

— Será que isso tem algo a ver com a saída de Nicky Sepetti da cadeia? – perguntou Neeve com um suspiro. – Não precisa responder.

Depois da missa resolveram fazer um lanche no Café des Artistes, e de lá foram ao cinema. De volta a casa, Neeve ligou outra vez para Ethel Lambston, deixou tocar umas seis vezes, deu de ombros e disputou com Myles para ver quem terminava antes as palavras cruzadas do *Times*.

— Um dia bom e tranquilo – comentou Neeve inclinando-se para beijar a testa do pai, depois do noticiário das 23 horas. Percebeu a expressão no seu rosto. – Não diga nada – advertiu.

Myles contraiu os lábios. Sabia que tinha razão. O que ia dizer era "Mesmo que o tempo esteja bom amanhã, gostaria que não fosse correr sozinha".

Os TELEFONEMAS INSISTENTES para o apartamento de Ethel não passaram despercebidos.

Douglas Brown, o sobrinho de Ethel de 28 anos, tinha se mudado para o apartamento na tarde de sexta-feira. Depois de alguma hesitação, resolveu enfrentar o risco, certo de que poderia provar que fora expulso naquele dia do apartamento que sublocava ilegalmente.

"Eu precisava de um lugar para ficar enquanto procuro outro apartamento", seria sua explicação.

Achou melhor não atender o telefone. As chamadas frequentes o irritavam mas não queria que soubessem da sua presença. Ethel jamais permitia que ele atendesse seu telefone.

— Não é da sua conta com quem eu falo – ela dizia. Com certeza teria dito isso para outras pessoas também.

Fora uma boa decisão não atender a porta na noite de sexta-feira. O bilhete colocado por debaixo da porta era sobre a roupa que Ethel havia encomendado.

Doug sorriu sem alegria. Sem dúvida aquele era o trabalho que Ethel tinha reservado para ele.

NO DOMINGO DE MANHÃ, Denny Adler esperava impaciente no vento frio e cortante. Exatamente às 11 horas, viu o Chevrolet preto. Com passos largos saiu do abrigo em Bryant Park, para a rua. O carro parou. Denny abriu a porta do passageiro e entrou. O carro partiu antes que ele tivesse fechado a porta.

Desde os dias na penitenciária de Attica, Big Charley tinha engordado e seu cabelo estava agora grisalho. As dobras da sua barriga quase escondiam a direção. Denny disse oi sem esperar resposta.

Big Charley balançou a cabeça em um cumprimento.

O carro seguiu pela rodovia Henry Hudson e entrou na ponte George Washington, depois na rodovia Palisades. Denny percebeu que, enquanto a neve em Nova York já estava meio derretida e suja de lama, nos lados da estrada era ainda muito branca. Nova Jersey, o Estado Jardim, pensou com ironia.

Logo depois da saída três, havia uma espécie de mirante para pessoas que, como Denny notara muitas vezes, não tinham nada melhor para fazer do que olhar para a paisagem de Nova York do outro lado do rio Hudson. Não se surpreendeu quando Charley entrou no estacionamento deserto. Era onde haviam conversado sobre outros trabalhos.

Charley desligou o motor e se espreguiçou com um grunhido. Apanhou um saco de papel com latas de cerveja e colocou entre os dois.

– Sua marca.

Denny gostou.

– Muita gentileza sua lembrar, Charley. – Abriu uma lata de Coors.

Antes de responder, Charley tomou um grande gole de cerveja.

– Nunca me esqueço de nada. – Tirou um envelope do bolso interno do paletó. – Dez mil – disse para Denny. – Outro tanto quando o trabalho estiver terminado.

Denny aceitou o envelope sopesando-o com prazer quase sexual.

– Quem?

– Você lhe entrega almoço uma ou duas vezes por semana. Ela mora em Schwab House, aquele prédio grande na rua 74 entre a West End e a Riverside Drive. Geralmente vai e volta do trabalho a pé. Atravessa o Central Park. Apanhe sua bolsa e acabe com ela. Tire tudo que tiver na carteira e jogue depois bem longe, para pensarem que um drogado qualquer a matou. Se não puder pegá-la no parque, pode ser no bairro dos fabricantes de roupas, onde ela vai todas as segundas-feiras à tarde. Aquelas ruas estão sempre apinhadas. Todo mundo com pressa. Os caminhões param em fila dupla. Aproxime-se e empurre-a para a frente de um caminhão. Vá com calma. Tem de parecer acidente ou roubo. Siga a mulher usando um de seus disfarces de mendigo. – A voz de Charley estava arrastada e gutural como se as camadas de gordura no pescoço apertassem as cordas vocais.

Para Charley foi um longo discurso. Tomou outro gole de cerveja.

Denny começou a ficar inquieto.

– *Quem?*

– Neeve Kearny.

Denny atirou o envelope para Charley como se continvesse uma bomba armada.

– A filha do comissário de polícia? Você está louco?

– A filha do *ex*-comissário.

A testa de Denny estava úmida de suor.

– Kearny ocupou o posto durante 16 anos. Não existe um tira na cidade que não dê a vida por ele. Quando sua mulher morreu, andaram pegando até quem roubava uma maçã na calçada. Esqueça.

Houve uma mudança quase imperceptível na expressão de Charley, mas sua voz tinha o mesmo tom monótono e gutural.

– Denny, como eu disse, jamais esqueço. Lembra-se daquelas noites em Attica quando você se gabava dos trabalhos que tinha feito e como conseguira escapar dos tiras? Tudo que tenho a fazer é dar um telefonema anônimo para os tiras e você nunca mais entregará sanduíches. Não me faça ficar do lado da lei, Denny.

Denny lembrou, amaldiçoando a própria boca. Sopesou outra vez o envelope, pensando em Neeve Kearny. Há quase um ano fazia entregas na loja dela. No começo, ele deixava a encomenda com a recepcionista, mas agora ele ia até o escritório de Neeve. Mesmo quando estava ao telefone, ela sorria, com um sorriso de verdade, não o sorriso sem expressão da maioria dos clientes. E sempre dizia o quanto gostava dos sanduíches.

Além disso, era uma garota muito bonita.

Denny deu de ombros, procurando afastar qualquer sentimento. Era um trabalho que tinha de fazer. Charley não o entregaria aos tiras, ambos sabiam disso. O fato de Denny ter conhecimento do contrato o fazia perigoso. Recusar significava que jamais atravessaria a ponte George Washington de volta a Nova York.

Guardou o envelope no bolso.

— Assim é melhor — disse Charley. — Qual é seu horário na lanchonete?

— Das 9 horas às 18 horas. Folgo às segundas-feiras.

— Ela sai para o trabalho entre 8h30 e 9 horas. Comece a vigiar o prédio. A loja fecha às 18h30. Lembre-se, não tenha pressa. *Não pode parecer um assassinato premeditado.*

Big Charley ligou o motor para a viagem de volta. Mais uma vez caiu no silêncio costumeiro, quebrado apenas pelo som áspero da sua respiração. Denny estava curioso. Quando Charley deixou a West Side e entrou na rua 57, ele perguntou:

— Charley, tem ideia de quem deu ordem para o trabalho? Ela não parece do tipo que cria problemas. Sepetti saiu da cadeia. Ao que parece ele não esquece.

Sentiu o olhar rápido e furioso de Charley. A voz gutural estava agora clara e as palavras caíam com o impacto de uma avalanche de pedras.

— Você está ficando descuidado, Denny. Não sei quem a quer morta. O cara que entrou em contato comigo não sabe. O cara que falou com ele não sabe. É assim que funciona, sem perguntas. Você é um vagabundo de terceira classe, Denny, e algumas coisas não são da sua conta. Agora *saia.*

O carro parou bruscamente na esquina da Oitava Avenida com a rua 57.

Abalado, Denny abriu a porta.

— Charley, me desculpe — disse ele. — Só que...

O vento entrava pela porta aberta do carro.

— Cale a boca e trate de fazer o trabalho direito.

Denny viu o Chevrolet preto desaparecer no fim da rua 57. Caminhou na direção de Columbus Circle e parou numa carrocinha para comprar um cachorro-quente e uma Coca-Cola. Quando terminou de comer, limpou a boca com as costas da mão. Seus nervos começaram a relaxar. Acariciou com os dedos o envelope no bolso do paletó.

– Acho melhor começar a merecer o que me pagam – murmurou Denny caminhando pela Broadway na direção da rua 74 e da avenida West End.

Chegando à Schwab House, deu a volta no quarteirão, notando a entrada do lado de Riverside Drive. Certamente, ela não usava aquela entrada. A da avenida West End era muito mais conveniente.

Satisfeito, atravessou a rua e encostou no prédio em frente à Schwab House. Um ótimo ponto de observação, pensou. A porta se abriu e alguns moradores saíram do prédio. Denny não queria ser visto, por isso afastou-se tranquilamente, pensando que seu disfarce de bêbado seria ótimo para vigiar Neeve Kearny.

Às 14h30, quando atravessava a cidade para o East Side, passou por uma fila de cinema. Denny arregalou os olhos pequenos. No meio da fila estava Neeve Kearny, ao lado de um homem de cabelos brancos, cujo rosto ele conhecia. O pai. Denny passou rapidamente com a cabeça abaixada. E eu nem estava à procura dela, pensou ele. Vai ser o contrato mais fácil da minha vida.

4

Segunda-feira pela manhã Neeve estava no hall do prédio, outra vez carregando os vestidos de Ethel, quando Tse-Tse, uma atriz de 23 anos, saiu apressada do elevador. O cabelo louro e crespo estava penteado à moda de Phyllis Diller, os olhos sombreados com violentos tons de lilás. A boca pequena e bem-feita era em forma de coração. Tse-Tse, nascida Mary Margaret McBride, "adivinhe em honra de quem?", como havia explicado para Neeve, aparecia constantemente em peças teatrais off-off-Broadway, que ficavam em cartaz menos de uma semana.

Neeve vira Tse-Tse no palco várias vezes e admirava seu talento. Tse-Tse podia mover um ombro, fazer um muxoxo, mudar sua postura e realmente transformar-se em outra pessoa. Tinha ótimo ouvido para sotaques e sua voz podia ir desde um agudo de Butterfly McQueen até a fala arrastada e rouca de Lauren Bacall. Morava num apartamento-estúdio em Schwab House com outra aspirante ao estrelato e reforçava a pequena mesada que recebia da família com empregos variados. Preferiu fazer faxina em vez de ser garçonete ou levar cães para passear.

— Cinquenta pratas por quatro horas e a gente não tem de arrastar nada pesado — explicou para Neeve.

Neeve havia sugerido os serviços de Tse-Tse para Ethel Lambston e sabia que ela fazia faxina na casa da escritora muitas vezes por mês. Naquele momento Tse-Tse lhe pareceu uma mensageira dos deuses. Quando o táxi chegou, ela explicou seu dilema.

— Vou lá amanhã — disse Tse-Tse, com sua voz ofegante. — Neeve, aquele lugar é de deixar a gente louca. Por mais que eu limpe e arrume, sempre encontro a maior desordem.

— Eu já vi — concordou Neeve. — Escute, se Ethel não apanhar esta encomenda hoje, amanhã vamos de táxi até lá e guardamos tudo no armário. Você tem a chave?

— Sim, ela me deu há seis meses. Fale comigo. Até logo.

Jogando um beijo para Neeve, Tse-Tse começou a correr, um flamingo com seu cabelo dourado e crespo, sua doida maquilagem, sua jaqueta de lã púrpura brilhante, calça de malha vermelha e tênis amarelos.

Na loja, Betty mais uma vez ajudou Neeve a colocar as roupas na arara das encomendas "para entregar", na sala de costura.

— Isto vai além do comportamento instável de Ethel – murmurou Betty em voz baixa, a preocupação acentuando as linhas permanentes da sua testa. – Acha que ela sofreu um acidente? Talvez seja melhor dar parte do seu desaparecimento.

Neeve empilhou as caixas de acessórios perto da arara.

— Posso pedir ao Myles para verificar os relatórios de acidentes – disse ela – mas é cedo ainda para registrar seu desaparecimento.

De repente Betty deu um largo sorriso.

— Talvez tenha encontrado um namorado, afinal, e está prolongando um fim de semana maravilhoso.

Neeve olhou para a loja pela porta aberta. A primeira cliente acabava de entrar e uma nova vendedora mostrava vestidos que nada tinham a ver com ela. Neeve mordeu o lábio. Sabia que tinha um pouco do temperamento exaltado de Renata e precisava controlar a língua.

— Espero que sim, por Ethel – disse ela. Aproximou-se da cliente e da vendedora com um sorriso acolhedor. – Marian, por que não traz o vestido Della Rosa de *chiffon* verde?

A manhã foi movimentada na loja. A recepcionista continuou tentando o telefone de Ethel. Depois de várias tentativas infrutíferas, Neeve pensou que, se Ethel finalmente havia encontrado o homem ideal, ninguém ia ficar mais feliz do que seu ex-marido que, há 22 anos pagava pensão.

Segunda-feira era o dia de folga de Denny Adler. Planejara passar sua folga seguindo Neeve Kearny, mas no domingo à noite foi chamado ao telefone público no corredor da casa de cômodos.

49

O gerente da lanchonete disse que Denny precisava ir trabalhar na segunda-feira. O balconista fora despedido.

– Verifiquei os livros e o filho da mãe estava me roubando. Preciso de você.

Denny praguejou em silêncio. Mas seria tolice recusar.

– Estarei lá – disse secamente.

Desligou pensando em Neeve Kearny, no sorriso dela quando entregou o almoço na loja, no cabelo negro emoldurando o rosto, a linha perfeita dos seios sob o suéter. Segundo Big Charley, ela costumava ir à Sétima Avenida às segundas-feiras. Isso queria dizer que não adiantava procurar segui-la depois do trabalho. Talvez fosse melhor. Denny havia combinado de sair com a garçonete do bar no outro lado da rua e não queria faltar ao compromisso.

Voltando para o quarto pelo corredor úmido, com cheiro de urina, ele pensou: "Segunda-feira não vai ser o seu dia, Kearny."

As pessoas nascidas na segunda-feira tinham o rosto claro e bonito. Mas não depois de algumas semanas no cemitério.

NEEVE PASSAVA as tardes de segunda-feira na Sétima Avenida. Gostava da ruidosa desordem do distrito de roupas, as calçadas cheias de gente, os caminhões de entrega em fila dupla nas ruas estreitas, os carregadores ágeis manejando as araras no meio do tráfego, a sensação de pressa, de não perder tempo.

Conheceu a Sétima Avenida com Renata, quando tinha 8 anos. Ignorando as objeções bem-humoradas de Myles, Renata conseguiu um emprego de meio expediente numa loja de roupas femininas, na rua 72, a dois quarteirões do apartamento em que moravam. Logo o idoso proprietário a encarregou das compras para a loja. Neeve lembrava-se de Renata balançando negativamente a cabeça para um estilista antiquado que tentava convencê-la a comprar um conjunto.

– Quando a pessoa se sentar, o vestido vai subir nas costas – dizia Renata. Quando o assunto a interessava, o sotaque italiano de Renata acentuava-se. – A mulher se veste, olha-se no espelho para verificar se a meia não está desfiada, uma bainha desfeita, e depois deve se esquecer do que está usando. A roupa deve ser como uma segunda pele – dizia Renata com um sotaque forte.

Mas ela também se interessava por novos estilistas. Neeve guardava ainda o camafeu que um deles havia dado para sua mãe. Renata fora a primeira a lançar a linha.

– Sua mãe, ela me deu a primeira oportunidade – lembrava Jacob Gold. – Uma bela mulher e entendia de moda. Como você. – Era seu maior elogio.

Caminhando pela movimentada Sétima Avenida, na direção oeste, Neeve sentiu que alguma coisa a preocupava. Era como uma dor latejante quase subconsciente, como uma dor de dente emocional. Resmungou para si mesma: "Daqui a pouco vou virar uma irlandesa supersticiosa, sempre com uma 'intuição' para problemas iminentes..."

Na Artless Sportswear, encomendou conjuntos de blazers e bermudas de linho.

– Gosto das cores suaves – murmurou Neeve –, mas precisam de algo mais explosivo.

– Estamos sugerindo esta blusa. – O vendedor, com o bloco de pedidos na mão, apontou para uma arara cheia de blusas de náilon de cores pálidas com botões brancos.

– Não, não. Essas parecem uniformes escolares.

Neeve caminhou pela loja e viu uma camiseta de seda multicolorida.

– É isso que eu quero.

Apanhou diversas camisetas com diferentes combinações de cores e levou-as para o balcão.

– Esta com a cor de pêssego, aquela com o lilás. Agora acertamos. Temos os conjuntos completos.

Na Victor Costa, escolheu *chiffons* românticos com gola alta que flutuavam nos cabides. E mais uma vez lembrou-se de Renata. Renata em um Victor Costa de veludo negro saindo para uma festa de Ano-Novo com Myles. Em volta do pescoço usava seu presente de Natal, um colar de pérolas com um fecho de pequenos brilhantes.

– Você parece uma princesa, mamãe – disse Neeve. Aquele momento estava gravado na sua lembrança. Sentia tanto orgulho dos pais. Myles, elegante com seu cabelo prematuramente branco; Renata, tão esbelta com o cabelo preso num coque.

Na festa do Ano-Novo seguinte, poucas pessoas foram ao apartamento. Padre Devin Stanton, que agora era bispo e o tio Sal, naquele tempo lutando ainda para conquistar um lugar como estilista. Herb Schwartz, assistente de Myles, com a mulher. Renata estava morta há sete semanas...

Neeve percebeu que o vendedor esperava pacientemente ao seu lado.

– Eu estava devaneando – desculpou-se ela – e não é hora para isso, certo?

Fez o pedido, passou rapidamente por mais três lojas da sua lista e quando a noite começava a cair, seguiu para sua costumeira visita ao tio Sal.

As salas de exposição de Anthony della Salva espalhavam-se agora por todo o distrito. A linha esportiva estava na rua 37 oeste. Os acessórios, na rua 35 oeste. A loja, na Sexta Avenida. Mas Neeve sabia que o encontraria no escritório central na rua 36 oeste, onde ele havia começado com um simples nicho na parede. Agora, ocupava três andares suntuosamente decorados. Anthony della Salva, nascido Salvatore Esposito, do Bronx, era um estilista do mesmo nível de Bill Blass, Calvin Klein e Oscar de la Renta.

Quando atravessava a rua 37, Neeve teve o desprazer de cruzar com Gordon Steuber. Meticulosamente vestido com um paletó de *cashmere* bege sobre o pulôver escocês marrom e bege, calça esporte marrom-escura e sapatos Gucci, os cabelos castanhos crespos e brilhantes, magro, o rosto de traços regulares, ombros fortes e cintura fina, Gordon Steuber poderia fazer sucesso como modelo. Porém, com quarenta e poucos anos, era um negociante astuto, com a habilidade especial de contratar estilistas jovens e desconhecidos e explorá-los até que eles conseguissem se livrar dele.

Graças aos seus jovens estilistas, sua linha de roupas femininas era elegante e provocante. Ele ganha bastante sem precisar explorar trabalhadores ilegais, pensou Neeve, olhando-o friamente. E se, como Sal havia sugerido, Steuber tinha problemas com o imposto de renda, ótimo!

Passaram um pelo outro sem se falar, mas Neeve teve a impressão de que a raiva emanava do homem. Tinha ouvido falar na aura que as pessoas emitem. Não quero saber a cor desta aura neste momento, pensou ela, apressando o passo.

Logo que Neeve entrou, a recepcionista ligou para o escritório particular. Quase no mesmo instante, Anthony della Salva, "o tio Sal", apareceu na porta. Com o rosto de querubim iluminado por um largo sorriso, abraçou Neeve.

Ela sorriu, notando a roupa de Sal. Ele era o melhor modelo da sua linha masculina de primavera. Sua versão de um conjunto safári era um cruzamento de macacão de paraquedista com Jim das Selvas.

– Adorei – disse ela, aprovando, enquanto o beijava. – No próximo mês estará por todo East Hampton.

— Já está, meu bem. É a última moda até em Iowa. Isso me assusta um pouco. Devo estar me descuidando. Venha. Vamos sair daqui.

A caminho do escritório ele parou para cumprimentar alguns compradores de fora da cidade.

— Já foram atendidos? Susan está tomando conta dos senhores? Ótimo. Susan mostre a linha esportiva. Aposto que vão sair vestidos com ela.

— Tio Sal, você quer atender esses clientes? – perguntou Neeve, enquanto atravessavam a sala de exposição.

— É claro que não. Vão gastar duas horas do tempo de Susan e no fim comprarão três ou quatro peças das mais baratas. – Com um suspiro de alívio ele fechou as portas do seu escritório particular. – Foi um dia maluco. Onde é que essa gente arranja dinheiro? Aumentei os preços outra vez. São absurdos e todos estão correndo com pedidos urgentes.

Seu sorriso era beatífico. O rosto redondo tornara-se gorducho nos últimos anos e os olhos, cercados de rugas, quase desapareciam sob as pálpebras pesadas. Sal, Myles e o bispo tinham crescido juntos no Bronx, jogaram bola juntos, frequentaram juntos o ginásio Cristóvão Colombo. Era difícil acreditar que Sal também tinha 68 anos.

Sua mesa estava cheia de amostras de tecidos.

— Já imaginou? Temos um pedido para desenhar interiores de Mercedes em miniatura para crianças de 3 anos. Quando eu tinha 3 anos brincava com uma carroça vermelha de pioneiro e uma das rodas vivia caindo. Cada vez que isso acontecia, meu pai me castigava por não saber cuidar dos meus brinquedos.

Neeve sentiu-se mais animada.

— Tio Sal, juro por Deus, gostaria de gravar nossa conversa. Faria uma fortuna chantageando-o depois.

– Você é boa demais para isso. Sente-se. Tome uma xícara de café. Feito agora, garanto.

– Sei que está ocupado, tio Sal. Cinco minutos só. – Neeve desabotoou o casaco.

– Quer esquecer esse negócio de "tio?" Estou ficando velho demais para ser tratado com respeito. – Olhou-a por um momento. – Você está ótima como sempre. Como vão os negócios?

– Muito bem.

– Como vai Myles? Li que Nicky Sepetti foi solto na sexta-feira. Imagino que isso deixou Myles preocupado.

– Ficou aborrecido na sexta-feira e durante quase todo o fim de semana. Mas agora, não estou tão certa.

– Convide-me para jantar esta semana. Há um mês não vejo Myles.

– Combinado. – Neeve observou Sal servir o café do aparelho de sílex na bandeja atrás da sua mesa. Depois olhou em volta. – Adoro esta sala.

O mural, atrás da mesa de Sal, representava um Atol do Pacífico, o desenho que fizera Sal famoso.

Sal sempre falava sobre o que o inspirou.

– Neeve, eu estava no Aquarium,* em Chicago, em 1972. Naquele ano a moda estava uma bagunça. Todo mundo cansado de minissaias e com medo de tentar alguma coisa nova. Os melhores estilistas mostravam tailleurs de corte masculino, bermudas, tailleurs sem nenhuma linha. Cores pálidas. Cores escuras. Blusas com jabôs e babados de colégio interno. Nada que fizesse uma mulher dizer: "Quero me vestir assim." Eu estava andando pelo Aquarium e subi ao andar onde ficava a exibição do Atol do Pacífico. Neeve, era

---

*O Aguarium é considerado o maior aquário do mundo. (*N. do E.*)

como se estivesse andando no fundo do mar. Tanques do chão até o teto repletos de peixes exóticos e plantas e árvores de coral e conchas. Cores por toda a parte, como se Michelangelo os tivesse pintado! Os desenhos e os motivos, dezenas e dezenas, cada um deles único. Prata misturando-se com azul; coral e vermelho trançados. Um peixe era amarelo, brilhante como o sol da manhã, com listras negras. E a graça do movimento flutuante. Pensei, e se eu pudesse reproduzir isto com tecido? Comecei a desenhar ali mesmo. Sabia que era fantástico. Naquele ano ganhei o prêmio Coty. Virei a indústria da moda de cabeça para baixo. As vendas para costureiros foram enormes. Representações para o mercado por atacado e acessórios. Tudo porque fui esperto o bastante para copiar a natureza.

Ele acompanhou o olhar de Neeve.

— Aquele desenho. Maravilhoso. Alegre. Elegante. Gracioso. Encantador. Ainda é a melhor coisa que eu fiz. Mas não conte para ninguém. Eles ainda não me alcançaram. Na próxima semana vou lhe dar uma amostra prévia da minha nova linha para o outono. A segunda melhor coisa que já fiz. Sensacional. Como vai sua vida amorosa?

— Não vai.

— E aquele cara que você convidou para jantar há uns dois meses? Estava louco por você.

— O fato de você não lembrar o nome dele diz tudo. Ele continua ganhando pilhas de dinheiro na Wall Street. Acaba de comprar um Cessna e um apartamento no Vail. Esqueça. Tinha a personalidade de um pedaço de macarrão molhado. Vou dizer o que sempre digo ao Myles. Quando o homem certo aparecer, eu o reconhecerei.

— Não espere muito tempo, Neeve. Você foi criada com o romance mitológico do casamento dos seus pais. — Sal tomou o último gole de café. – Para a maioria das pessoas, as coisas não funcionam assim.

Momentaneamente Neeve pensou divertida que, quando Sal estava entre amigos, à vontade, o sotaque italiano desaparecia, dando lugar à sua língua nativa.

Sal continuou.

– As pessoas se conhecem. Ficam um pouco interessadas. Depois o interesse diminui. Mas continuam se encontrando e aos poucos alguma coisa acontece. Nada de magia. Talvez uma pequena amizade. Elas se acomodam. Talvez não gostem de ópera, mas vão à ópera. Talvez detestem exercício, mas começam a jogar tênis ou a correr. Então o amor toma conta. Isso é o que acontece a noventa por cento das pessoas no mundo todo, Neeve. Acredite.

– Foi o que aconteceu com você? – perguntou Neeve suavemente.

– Quatro vezes – disse Sal com um largo sorriso. – Não seja tão atrevida. Eu sou um otimista.

Neeve terminou o café e levantou-se, com uma imensa sensação de bem-estar.

– Acho que também sou, mas você ajuda a trazer meu otimismo à tona. Que tal jantar conosco na quinta-feira?

– Ótimo. E lembre-se. Não estou fazendo a dieta de Myles e não diga que devia fazer.

Neeve despediu-se com um beijo e atravessou apressadamente as salas de exposição. Com olhar experiente, estudou as roupas nos manequins. Nada brilhante, mas bom. Uso discreto das cores, linhas definidas, inovador sem ser muito ousado. Venderiam bem. Pensou na linha de outono de Sal. Seria tão boa quanto ele pensava?

VOLTOU A NEEVE'S Place a tempo de resolver com a decoradora a arrumação da vitrine. Às 18h30 fechou a loja e recomeçou a tarefa agora habitual de carregar para casa as roupas de Ethel Lambston. Nenhuma resposta aos vários telefonemas durante todo o dia. Pelo menos via agora a possibilidade de uma solução. Na manhã seguinte iria com Tse-Tse ao apartamento de Ethel e deixaria tudo lá.

Isso a fez lembrar um verso do comovente poema de Eugene Field, *Little Boy Blue*: "Ele os beijou e os colocou no lugar."

Procurando segurar com firmeza as sacolas escorregadias, Neeve pensou que Little Boy Blue jamais voltou para seus belos brinquedos.

5

Na manhã seguinte encontrou-se com Tse-Tse no hall do prédio, pontualmente às 8h30. Seu cabelo estava penteado em duas tranças presas acima das orelhas. Uma capa de veludo negro a cobria dos ombros até os tornozelos. Sob ela, vestia o uniforme preto com avental branco.

— Consegui o papel de camareira em uma nova peça — explicou, tirando algumas caixas das mãos de Neeve. — Vou começar a praticar. Se Ethel estiver em casa, vai achar formidável, ela gosta quando apareço com as roupas do palco. — Seu sotaque sueco era excelente.

Tocaram a campainha vigorosamente, mas ninguém atendeu no apartamento de Ethel. Tse-Tse apanhou a chave na bolsa. Abriu a porta e ficou ao lado, esperando que Neeve entrasse primeiro. Com um suspiro de alívio, Neeve pôs as roupas no sofá e começou a arrumá-las. Existe um Deus, murmurou ela. E então se calou. Um jovem forte estava de pé na saleta que dava para o quarto e banheiro. Obviamente acabava de se vestir e segurava a gravata na mão. A camisa branca engomada não estava toda abotoada. Os olhos verde-claros, no rosto que, com outra expressão, podia ser atraente, entrecerraram-se sob as sobrancelhas franzidas. O cabelo despenteado caía sobre a testa, crespo e espesso. A reação atônita de Neeve ao vê-lo foi imediatamente substituída pela certeza de que aquele cabelo era produto de uma permanente. Ouviu a exclamação abafada de Tse-Tse atrás dela.

– Quem é você? – perguntou Neeve. – E por que não atendeu à porta?

– Acho que a primeira pergunta é minha. – O tom era sarcástico. – Atendo à porta quando tenho vontade.

Tse-Tse disse:

– Você é o sobrinho da Srta. Lambston. Vi sua fotografia. – O sotaque sueco aparecia e desaparecia. – Você é Douglas Brown.

– Eu sei quem eu sou. Será que se importariam em dizer quem são vocês? – Sempre com o tom sarcástico.

Neeve começou a ficar irritada.

– Sou Neeve Kearny – disse – e esta é Tse-Tse, a moça que limpa o apartamento da Srta. Lambston. Podia nos dizer onde está a Srta. Lambston? Ela disse que precisava destas roupas na sexta-feira e desde então eu as estou carregando de um lado para o outro.

– Então você é Neeve Kearny. – O sorriso agora era insolente. – Sapatos número três com tailleur bege. Use a bolsa número três e as bijuterias da caixa A. Faz isso para todas as suas clientes?

Neeve sentiu que os músculos do seu rosto se contraíam.

– A Srta. Lambston é uma ótima cliente e uma pessoa muito ocupada. Ela está aqui? Se não está, quando vai voltar?

Douglas Brown deu de ombros. Uma parte da sua animosidade desapareceu.

— Não tenha ideia de onde minha tia está. Ela me pediu para vir aqui na sexta-feira. Queria que eu apanhasse alguma coisa para ela.

— Na tarde de sexta-feira? — perguntou Neeve rapidamente.

— Sim. Cheguei e ela não estava. Entrei com minha chave. Até agora ela não apareceu. Acabo de perder meu apartamento sublocado e a Associação Cristã de Moços não é meu lugar preferido.

A explicação foi detalhada demais. Neeve olhou em volta. Viu um cobertor dobrado e um travesseiro no sofá onde havia colocado as roupas e as pilhas de papéis no chão. Das outras vezes que estivera na casa de Ethel, as almofadas estavam tão cobertas por revistas e pastas de papéis que nem se via o desenho do estofamento. Recortes de jornais espalhavam-se sobre a mesa de centro. Por ser no nível da rua, o apartamento tinha as janelas gradeadas e até as grades estavam cheias de pastas de papéis. A cozinha podia ser vista da sala. Como sempre, estava em desordem. Nas paredes havia fotos de Ethel recortadas de revistas e jornais, emolduradas. Ethel recebendo o prêmio da Revista do Ano da Sociedade Americana de Jornalistas e Escritores, por seu violento artigo sobre albergues e conjuntos de moradias abandonadas. Ethel ao lado de Lyndon e Lady Bird Johnson. Ela havia trabalhado para a campanha do presidente. Ethel na plataforma, no hotel Waldorf Astoria com o prefeito, na noite em que ele foi homenageado pela *Contemporary Woman*.

Neeve perguntou:

— Eu estive aqui no começo da noite de sexta-feira. A que horas você disse que chegou?

– Mais ou menos às 15 horas. Não atendi o telefone. Ethel não gosta que ninguém atenda o telefone quando ela não está.

– É verdade – disse Tse-Tse, esquecendo por um momento o sotaque sueco. Mas voltou a ele quando disse: – Yah, yah, é verdade.

Douglas Brown pôs a gravata em volta do pescoço.

– Preciso trabalhar. Deixe as roupas de Ethel, Srta. Kearny. – Voltou-se para Tse-Tse. – Se descobrir um jeito de limpar este lugar, ótimo. Vou dar uma arrumada nas minhas coisas, para o caso de Ethel nos dar o prazer de sua presença.

Agora ele parecia com pressa de sair. Deu meia-volta e andou na direção do quarto.

– Espere um pouco – disse Neeve. Ela parou e olhou por sobre o ombro. – Você disse que chegou mais ou menos às 15 horas na sexta-feira. Então devia estar aqui quando tentei entregar estas roupas. Pode explicar por que não abriu a porta? Podia ser Ethel que tivesse esquecido as chaves, certo?

– A que horas você chegou aqui?

– Mais ou menos às 19 horas.

– Eu tinha saído para comer alguma coisa. Sinto muito.

Ele entrou no quarto e fechou a porta.

Neeve e Tse-Tse entreolharam-se. Tse-Tse deu de ombros.

– Acho melhor eu começar a trabalhar. – Continuou com voz cantante: – Yumpin, Yimminy, é mais fácil limpar toda Estocolmo do que este apartamento com tanto lixo. – Deixou o sotaque. – Não acha que aconteceu alguma coisa a Ethel, acha?

– Pensei em pedir a Myles para verificar os registros de acidentes – disse Neeve. – O amoroso sobrinho não parece muito preocupado. Quando ele sair, vou guardar as roupas no closet.

61

Douglas Brown saiu do quarto com um terno azul-escuro, a capa de chuva no braço, o cabelo escovado, ondulado, sombrio e atraente. Pareceu surpreso e nada satisfeito por ver que Neeve ainda estava lá.

– Pensei que você tivesse dito que era muito ocupada – disse ele. – Vai ajudar na limpeza?

Neeve disse furiosa:

– Vou guardar estas roupas no closet da sua tia para que ela possa encontrar tudo em ordem quando for viajar. – Estendeu-lhe seu cartão. – Avise-me se tiver notícias. Estou começando a ficar preocupada.

Douglas Brown olhou rapidamente para o cartão e guardou-o no bolso.

– Não vejo por quê. Nos dois anos que moro em Nova York e ela já desapareceu umas três vezes, quase sempre deixando-me à sua espera num restaurante ou aqui no apartamento. Começo a pensar que ela é um caso de internação.

– Pretende ficar até a volta dela?

– Acho que não é da sua conta, Srta. Kearny, mas sim, provavelmente vou ficar.

– Tem algum lugar onde eu possa encontrá-lo no horário de trabalho? – Neeve começava a perder a paciência.

– Infelizmente, no edifício Cosmic Oil, mas eles não dão cartões para recepcionistas. Sabe, como a minha querida tia, sou escritor. Infelizmente, ao contrário dela, não fui ainda descoberto pelo mundo das letras, portanto sobrevivo trabalhando como recepcionista no hall do Cosmic Oil, confirmando as entrevistas dos visitantes. Não é o trabalho de um gigante mental, mas afinal, Herman Melville foi amanuense em Ellis Island, se não me engano.

– Considera-se outro Herman Melville? – Neeve não tentou esconder o sarcasmo.

– Não. Minha literatura é outra. Meu último livro chama-se *A vida espiritual de Hugh Hefner*. Até agora, nenhum editor percebeu a graça da obra.

Douglas saiu. Neeve e Tse-Tse entreolharam-se outra vez.

– Que tipo esquisito – disse Tse-Tse. – E pensar que é o único parente da pobre Ethel.

Neeve tentou se lembrar.

– Acho que ela nunca me falou dele.

– Duas semanas atrás, quando eu estava aqui, ela estava muito zangada, falando com ele no telefone. Ao que parece, Ethel esconde dinheiro pelo apartamento e tinha dado falta de algum. Praticamente o acusou de roubo.

De repente Neeve teve a sensação de claustrofobia no apartamento empoeirado e em desordem. Queria sair dali.

– Vamos guardar estas roupas.

Se Douglas Brown havia usado o sofá na primeira noite, era evidente que nas outras dormira na cama de Ethel. O cinzeiro na mesa de cabeceira estava cheio de pontas de cigarro. Ethel não fumava. Os móveis estilo provençal antigo eram, como tudo o mais no apartamento, peças valiosas, mas escondidas pela desordem. Perfumes e uma escova de cabelos de prata escurecida, pente e espelho espalhavam-se sobre a penteadeira. No grande espelho com moldura dourada havia pedaços de papel com recados de Ethel para ela mesma. Vários ternos masculinos, paletós e calças, estavam dobrados na espreguiçadeira e a mala masculina no chão, debaixo dela.

– Nem ele teve coragem de mexer no closet de Ethel – comentou Neeve.

O closet ocupava uma parede inteira do grande quarto de dormir. Quatro anos antes, Ethel pedira a Neeve para examinar seu closet e Neeve disse que para guardar tudo adequadamente, Ethel precisava de mais espaço. Três semanas depois, Ethel convidou Neeve outra vez para seu apartamento. Levou-a ao quarto e orgulhosamente mostrou sua mais recente aquisição: um armário embutido de 10 mil dólares. Tinha compartimentos para blusas, outros mais altos para vestidos longos. Espaços separados para casacos, tailleurs e vestidos. Tinha gavetas para suéteres e bolsas, grades para sapatos, uma parte para jóias com extensões de bronze, como ramos de árvore, para colares e pulseiras. Um par de mãos de gesso fantasmagóricas erguiam-se em posição de prece, os dedos separados.

Ethel apontara para as mãos.

– Não parecem capazes de estrangular alguém? – perguntou em tom de brincadeira. – São para guardar anéis. Eu disse ao homem que fez o armário que guardo tudo em caixas marcadas, mas ele me alertou que deveria ter assim mesmo, porque algum dia poderia me arrepender se não ficasse com elas.

Ao contrário do resto do apartamento, o closet era imaculadamente arrumado. As roupas todas em protetores de cetim com zíperes na parte de cima. Os casacos abotoados.

– Desde que você começou a vesti-la, todos comentam as roupas de Ethel – disse Tse-Tse. – Ela adora isso.

Na parte interna das portas estavam as listas que Neeve fazia para ela, presas com tachinhas.

– No mês passado fiz um inventário de tudo com Ethel – murmurou Neeve. – Abrimos espaço para as roupas novas. – Pôs as roupas sobre a cama e começou a retirar os protetores de plástico. – Bem, vou fazer o que faria se Ethel estivesse aqui. Vou guardar tudo e pregar a lista.

Enquanto arrumava as roupas, Neeve observava as que estavam no closet. O casaco de vison de Ethel. O paletó de marta. O casaco vermelho de *cashmere*. O Burberry. A capa espinha-de-peixe. O manto com gola de astracã. O de couro com cinto. Vinham em seguida os tailleurs. Os Donna Karan, os Beene, os de camurça, os... Neeve parou com dois cabides de tailleurs novos ainda na mão.

– Espere um pouco – lembrou. Examinou a prateleira superior. Sabia que Ethel tinha um conjunto de malas Vuitton com motivo de tapeçaria. Uma mala para vestidos, com bolsas de zíper, uma frasqueira grande, uma mala grande e uma de tamanho médio. Três malas não estavam na prateleira. – Ela *viajou* mesmo. O conjunto bege com gola de vison não está aqui. – Começou a verificar o closet. O tailleur de lã branca, o de malha verde, o preto e branco. – Veja você, ela fez as malas e foi embora. Juro que seria capaz de estrangular Ethel por isso. – Afastou o cabelo da testa. – Olhe isto – apontou para a lista na porta e depois para os lugares vazios nas prateleiras. – Levou tudo que precisava para se agasalhar. Acho que pensou que não ia precisar de roupas de primavera porque o tempo estava tão ruim. Bem, onde quer que esteja, espero que faça mais de 30 graus. *Che noiosa, spero che muore di caldo...*

– Calma, Neeve – disse Tse-Tse. – Quando você começa a falar italiano é porque está furiosa.

Neeve deu de ombros.

– Tudo bem. Vou cobrar do contador dela. Pelo menos *ele* tem a cabeça firme no pescoço. Não se esquece de pagar no prazo. – Olhou para Tse-Tse. – E *você?* Esperava receber hoje?

Tse-Tse balançou a cabeça.

– Na última vez ela me pagou adiantado. Está tudo bem.

Na loja, Neeve contou para Betty o que tinha acontecido.

– Você deve cobrar o táxi e sua assistência pessoal – disse Betty. – Aquela mulher é demais.

Ao meio-dia, Neeve contou para Myles a história.

– E eu já estava pensando em verificar os registros de acidentes – disse ela.

– Escute, se um trem visse aquela mulher no meio dos trilhos, descarrilava só para não chegar perto dela – disse Myles.

Mas, por algum motivo, a irritação de Neeve logo se dissipou, ficando apenas a sensação estranha e persistente de que havia algo de errado naquela partida repentina de Ethel. Às 18h30, quando fechou a loja e foi para o coquetel da *Women's Wear Daily*, no St. Regis, sentia ainda essa estranheza. No grupo cintilante de pessoas bem vestidas, Neeve viu Toni Mendell, a elegante editora chefe da revista *Contemporary Woman*, e aproximou-se dela.

– Sabe quanto tempo Ethel vai ficar fora? – perguntou no meio do vozerio.

– Estou surpresa por não vê-la aqui – disse Toni. – Prometeu vir, mas todos sabem como ela é.

– Quando vai ser publicado o artigo de Ethel sobre moda?

– Ela nos entregou na quinta-feira de manhã. Meus advogados o examinaram para evitar algum processo contra a revista. Eles cortaram pouca coisa e o artigo continua maravilhoso. Ouviu falar do grande contrato de Ethel com Givvons e Marks?

– Não.

Um garçom ofereceu canapés, salmão defumado e caviar com torradas. Neeve apanhou um. Toni balançou a cabeça sombriamente.

— Agora que a cintura está de novo na moda, não posso comer nem uma azeitona. — Toni era manequim 38. — O artigo é sobre a moda dos últimos cinquenta anos e os grandes estilistas que a criaram. Sem dúvida, é um assunto bastante explorado, mas você conhece Ethel. Transforma tudo em fofoca e divertimento. Então, há duas semanas ela apareceu muito misteriosa. Fiquei sabendo que no dia seguinte foi ao escritório de Campbell e o convenceu a fazer um contrato para um livro sobre moda, com adiantamento na casa dos milhares. Provavelmente está escondida em algum lugar escrevendo o livro.

— Querida, você está divina!

A voz vinha de algum lugar atrás de Neeve.

O sorriso de Toni revelou todos os seus dentes artisticamente encapados.

— Carmen, deixei uma dúzia de recados para você. Por onde tem andado?

Neeve começou a se afastar discretamente, mas Toni a deteve.

— Neeve, Jack Campbell acaba de chegar. Aquele homem alto, de terno cinzento. Talvez ele saiba como se comunicar com Ethel.

Quando Neeve finalmente conseguiu atravessar a sala, Jack Campbell já estava rodeado de pessoas. Ela esperou, ouvindo as congratulações que ele recebia. Ficou sabendo que acabava de ser promovido a presidente e editor da Givvons e Marks, que tinha comprado um apartamento na rua 51 leste e que estava adorando Nova York.

Neeve calculou que ele devia ter trinta e poucos anos, jovem para a posição que ocupava. O cabelo castanho-escuro era curto. Neeve pensou que, se fosse comprido, sem dúvida seria crespo. O corpo tinha a graça musculosa de um corredor. O rosto era magro, os olhos, castanho-escuros como os cabelos. O sorriso parecia sincero, formando pequenas linhas nos cantos dos olhos. Neeve gostou do modo como ele inclinou a cabeça para ouvir o editor idoso com quem falava, voltando-se depois para outra pessoa, sem parecer rude.

Uma verdadeira arte, pensou Neeve, o tipo de coisa que os políticos fazem naturalmente, mas que não é comum aos homens de negócios.

Era possível observá-lo sem chamar atenção. O que havia em Jack Campbell que lhe parecia familiar? Alguma coisa. Neeve já o vira antes. Mas onde?

Um garçom passou e ela apanhou outro copo de vinho. O segundo e último, mas era algo com que se ocupar.

– Você é Neeve, não é?

No momento em que Neeve virou de costas para apanhar o vinho, Campbell aproximou-se e apresentou-se.

– Chicago, há seis anos. Você voltava de uma temporada de esqui e eu estava numa viagem de negócios. Começamos a conversar cinco minutos antes de o avião aterrissar. Você estava toda entusiasmada porque ia abrir uma loja de moda feminina. Deu tudo certo?

– Muito certo. – Neeve lembrou-se vagamente do encontro. Havia desembarcado com pressa para tomar outro avião. Trabalho. Era isso. – Você não estava começando a trabalhar para uma nova editora?

– Isso mesmo.

– Não preciso perguntar se deu tudo certo.

– Jack, quero que conheça umas pessoas – o editor chefe da *W* puxava a manga de Campbell.

– Não quero tomar seu tempo – disse Neeve rapidamente. Só uma pergunta. Ouvi dizer que Ethel Lambston está escrevendo um livro para você. Sabe onde posso encontrá-la?

— Tenho o telefone da casa de Ethel. Isso ajuda?

— Obrigada, mas eu também tenho. — Neeve ergueu a mão num gesto de desculpa. — Não quero tomar seu tempo.

Atravessou a sala, de repente percebendo o vozerio e sentindo que fora um longo dia.

Como sempre, era grande o grupo dos que esperavam táxis na frente do St. Regis. Neeve deu de ombros, seguiu pela Quinta Avenida na direção da parte alta da cidade. A noite estava agradável. Podia atravessar o parque. Uma caminhada até em casa seria mentalmente repousante. Mas na Central Park Sul um táxi deixou o passageiro bem na frente dela. De repente, a ideia de andar com saltos altos mais dois quilômetros não pareceu tão atraente.

Neeve não viu a expressão frustrada de Denny. Ele havia esperado pacientemente na frente do St. Regis e a seguiu pela Quinta Avenida. Quando ela começou a andar na direção do parque ele pensou que sua oportunidade havia finalmente chegado.

NEEVE ACORDOU de um sono profundo às 2 horas da manhã. Sonhara que estava na frente do closet de Ethel fazendo uma lista.

Uma lista.

"Espero que ela derreta de calor, onde quer que esteja."

Era isso. Casacos. O casaco de pele. O paletó de marta. A capa. O Burberry. O agasalho. O manto. Estava tudo ali.

Ethel havia entregue o artigo na quinta-feira. Ninguém a viu na sexta. Dois dias de vento e de frio, com a tempestade de neve na sexta-feira. Mas todos os agasalhos de Ethel estavam no closet...

NICKY SEPETTI TREMIA de frio com o cardigã tricotado por sua mulher no ano em que foi para a prisão. Servia ainda nos ombros, mas estava largo no peito. Perdera 15 quilos na cadeia.

Era só um quarteirão da sua casa até o cais. Balançando a cabeça, impaciente com os cuidados da mulher.

– Ponha o cachecol, Nicky. Você esqueceu como é forte o vento do mar.

– Ele abriu a porta da frente e fechou-a quando saiu. Sentiu nas narinas o ar salgado e respirou fundo. Quando era menino, no Brooklyn, sua mãe o levava de ônibus para nadar na praia de Rockaway. Há trinta anos ele havia comprado a casa de veraneio, em Belle Harbor, para Marie e as crianças. Quando foi para a prisão, Marie mudou-se para lá.

Dezessete anos na última sexta-feira! O primeiro ar respirado fora da prisão provocou ondas de dor no seu peito. "Evite o frio", tinham recomendado os médicos.

Marie tinha preparado um bom jantar e um cartaz dizendo "Bem-vindo a casa, Nicky". Nicky estava tão cansado que nem terminou de jantar e foi para a cama. Os filhos telefonaram. Nicky Jr. e Tessa. – Papai, nós te amamos – disseram eles.

Nicky não permitira que o visitassem na prisão. Tessa acabava de entrar para a universidade quando ele foi preso. Agora, tinha 35 anos, dois filhos e morava no Arizona. O marido a chamava de Theresa. Nicky Jr. mudara o sobrenome para Damiano, o sobrenome de solteira de Marie. Nicholas Damiano, um contador que morava em Connecticut.

– Não venham agora – advertiu Nicky. – Esperem até a imprensa ir embora.

Ele e Marie passaram o fim de semana em casa, dois estranhos silenciosos, enquanto as câmaras de televisão esperavam do lado de fora.

Mas nessa manhã, tinham desistido. Nicky não era mais notícia. Um ex-condenado doente. Nicky respirou o ar do mar sentindo-o encher seus pulmões.

Logo à frente um homem calvo com um conjunto de moletom parou de correr.

– É um prazer vê-lo, Sr. Sepetti. O senhor está ótimo.

Nicky franziu a testa. Não queria ouvir aquele tipo de conversa, *sabia* qual era sua aparência. Há menos de meia hora, depois do banho de chuveiro, havia examinado seu corpo, detalhadamente, no espelho da porta do banheiro. Completamente calvo no alto da cabeça, mas com bastante cabelo em volta. Quando foi para a prisão seu cabelo era preto com alguns fios prateados. Sal e pimenta, como dizia seu barbeiro. Agora, o que restava era cinza opaco, ou branco acinzentado, tanto fazia. O resto do exame no espelho não contribuiu muito para animá-lo... Os olhos saltados, que sempre detestara, desde que era um jovem de boa aparência. Agora eram salientes como bolas de gude. Uma cicatriz no rosto destacava-se na pele pálida. A perda de peso não o havia deixado esbelto, mas esvaziado, como um travesseiro sem a metade das penas. Um homem perto dos 60. Tinha 42 quando foi preso.

– É, estou ótimo – disse ele –, muito obrigado.

Sabia que o cara que impedia sua passagem na calçada, com um sorriso largo e nervoso, de dentes enormes, morava a duas ou três casas da sua, mas não conseguia lembrar o nome dele.

Sem dúvida demonstrou seu aborrecimento. O homem ficou embaraçado.

– De qualquer forma, estou satisfeito por vê-lo de volta. – O sorriso agora era forçado. – Um dia maravilhoso, não é? Frio ainda, mas já dá para sentir a primavera.

"Se eu quiser a previsão do tempo, eu ligo o rádio", pensou Nicky, erguendo a mão num gesto de despedida.

– Isso mesmo. Isso mesmo – concordou, caminhando rapidamente até o cais.

O mar, batido pelo vento, parecia uma massa de espuma fervente. Nicky encostou na grade lembrando-se da infância, quando gostava de pegar ondas. A mãe estava sempre gritando:

"Não vá tão longe. Vai se afogar. Vai ver uma coisa."

Impaciente, deu meia-volta e começou a caminhar na direção da praia, rua 98. Pretendia chegar até o lugar de onde se avistava a montanha-russa e depois voltar. Os caras iam apanhá-lo em casa. Primeiro o clube, depois um almoço comemorativo da sua volta, na rua Mulberry. Um sinal de respeito, mas ele não se deixava enganar. Dezessete anos era muito tempo para ficar afastado. Estavam agora lidando com negócios em que ele jamais permitiria que pusessem as mãos. Todos sabiam que Nicky estava doente. Completariam o que haviam começado naqueles 17 anos. Iam aposentá-lo. Teria de aceitar de qualquer modo.

Joey fora sentenciado com ele. O mesmo tempo de prisão. Mas Joey saiu depois de seis anos e era o chefe agora.

Myles Kearny. Agradecia a Kearny por aqueles 12 anos a mais.

Nicky inclinou a cabeça contra o vento, pensando com amargura que os filhos podiam dizer que o amavam, mas ele os constrangia. Quando Marie os visitava, dizia aos amigos deles que era viúva.

Tessa. Meu Deus, quando era pequena, era louca pelo pai. Talvez tivesse errado não permitindo que ela o visitasse durante todos aqueles anos. Marie via a filha regularmente. Na casa de Tessa e em Connecticut, ela era a Sra. Damiano. Nicky queria conhecer os filhos de Tessa. Mas o marido dela achava que deviam esperar mais um pouco.

Marie. Nicky sentia o ressentimento dela por todos aqueles anos de espera. Tentava parecer satisfeita com sua volta mas seus olhos eram frios e sem expressão. Nicky sabia o que ela estava pensando. "Até nossos amigos se afastaram por causa do que você fez, Nicky". Marie tinha 54 anos e parecia dez anos mais velha. Trabalhava no escritório do hospital. Não precisava, mas quando aceitou o emprego, explicou:

– Não posso ficar sentada em casa olhando para as paredes.

Marie. Nicky Jr., não, *Nicholas,* Tessa, não, *Theresa.* Será que teriam sentido, realmente, se ele tivesse sofrido um enfarte na prisão? Talvez, se tivesse saído depois de seis anos, como Joey, não fosse tarde demais. Tarde demais para tudo. Os anos extras de pena que havia cumprido por causa de Myles Kearny, e ainda estaria lá se eles tivessem arranjado um meio de mantê-lo na prisão.

Nicky já tinha passado pela rua 98 quando lembrou que não vira a antiga montanha-russa e logo depois notou com espanto que ela não existia mais. Voltou por onde tinha vindo, com as mãos nos bolsos e os ombros curvos contra o vento. O gosto amargo da bile tomava o lugar do ar salgado do mar nos seus lábios...

O carro estava à sua espera com Louie na direção. Louie, o único em quem sempre pôde confiar. Louie que não esquecia os favores recebidos.

– Quando o senhor mandar, Don Sepetti – disse Louie. – É bom dizer isso para o senhor outra vez. – Louie era sincero.

Nicky viu a triste resignação nos olhos de Marie quando entrou em casa para trocar o suéter pelo paletó. Lembrou-se da história que havia escrito na escola. Era a história de um homem que desaparece e a mulher pensa que ele está morto e "organiza sua vida tranquilamente como uma viúva". Marie tinha organizado sua vida confortavelmente sem ele.

A verdade era que Marie não o queria de volta. Os filhos ficariam aliviados se desaparecesse, como Jimmy Hoffa. Ou melhor, gostariam de uma morte limpa e natural, que não precisassem explicar para os filhos mais tarde. Se soubessem como estavam perto de conseguir tudo que queriam!

– Vai querer jantar quando voltar? – perguntou Marie.
– É que estou no turno do meio-dia às 21 horas. Quer que deixe alguma coisa na geladeira?
– Esqueça.

Nicky ficou em silêncio enquanto o carro seguia pela rodovia Fort Hamilton, pelo túnel do Brooklyn até a parte baixa de Manhattan. No clube nada havia mudado. A mesma loja de terceira categoria na frente. Lá dentro a mesa de jogo de cartas com as cadeiras, pronta para a próxima partida, a máquina de café expresso, enorme e antiquada, o telefone público que todos sabiam que estava grampeado.

A única diferença era a atitude da família. Sem dúvida, todos o rodearam, apresentando seus respeitos, com sorrisos largos e falsos. Mas ele sabia.

Ficou satisfeito quando chegou a hora de ir para Mulberry. Pelo menos Mario, o dono do restaurante, pareceu alegre por vê-lo. A sala estava reservada para eles. As massas e os pratos servidos eram os seus favoritos antes de ir para a cadeia. Nicky estava mais descontraído, sentindo um pouco da antiga força fluir no seu corpo. Esperou até a sobremesa, *cannoli* com café expresso forte e negro, e então examinou, um por um, os dez homens que pareciam duas filas idênticas de soldadinhos de chumbo. Cumprimentou com um movimento de cabeça os que estavam à sua direita, depois os da esquerda. Dois rostos eram novos para ele. Um lhe pareceu bem. O outro foi apresentado como "Carmen Machado".

Nicky o observou cuidadosamente. Uns 30 anos, cabelo e sobrancelhas escuros e espessos, nariz chato, magro mas musculoso. Estava com a família há três ou quatro anos. Fora preso por roubo de carro quando Alfie o conheceu, explicaram. Nicky, instintivamente, não confiou nele. Perguntaria a Joey o que sabiam a respeito do homem.

Seus olhos fixaram-se em Joey. Joey, libertado depois de seis anos, que assumiu a chefia enquanto ele, Nicky, estava na prisão. O rosto redondo de Joey franziu-se em algo que podia ser um sorriso. Joey parecia o gato que acabava de engolir o canário.

Nicky sentiu um intenso calor no peito e de repente a comida pesava no seu estômago.

– Muito bem, diga então – dirigiu-se a Joey. – O que pretende fazer?

Joey continuou a sorrir.

– Com todo respeito, tenho novidades para você. Nós todos sabemos o que sente por aquele filho da mãe, Kearny. Pois então ouça isto. Há um contrato para a filha dele. *E não é nosso.* Steuber vai liquidá-la. É quase como um presente para você.

Nicky levantou-se bruscamente e com fúria bateu com o punho fechado na mesa de carvalho.

– Seus estúpidos filhos da mãe! – gritou. – Seus nojentos filhos da mãe! Mandem suspender o contrato! – Viu de relance a expressão de Carmen Machado e teve a certeza de estar vendo um tira. – Mandem suspender. Estou mandando suspender, entenderam?

A expressão de Joey foi do medo à preocupação e à piedade.

– Nicky, você sabe que é impossível. Ninguém pode cancelar um contrato. É tarde demais.

QUINZE MINUTOS MAIS tarde, ao lado do silencioso Louie, Nicky voltava para Belle Harbor. Seu peito queimava com ondas de dor. Quando a filha de Kearny fosse morta, os tiras não descansariam enquanto não pusessem as mãos nele, e Joey sabia disso.

Sombriamente compreendeu que fora um tolo prevenindo Joey contra Machado.

– Aquele cara nunca trabalhou para a família Palino na Flórida – Nicky tinha dito. – Você, como um idiota, nem verificou, certo? Seu filho da mãe cretino, cada vez que abre a boca está contando tudo para um tira.

NA TERÇA-FEIRA SEAMUS Lambston acordou de um sono de quatro horas perturbado por sonhos terríveis. Depois de fechar o bar às 2h30, leu o jornal por algum tempo e depois deitou-se, procurando não acordar Ruth.

Quando as meninas eram menores, podia dormir até mais tarde, chegar ao bar ao meio-dia, jantar em casa com a família e voltar para o trabalho até a hora de fechar. Mas nos últimos anos, com a progressiva e constante diminuição do movimento e o aumento do aluguel, havia deixado que os *bartenders* e os garçons diminuíssem os pratos servidos até reduzir o cardápio a sanduíches. Seamus fazia as compras pessoalmente, chegava no bar às 8 horas ou 8h30 e, a não ser por um jantar apressado, ficava até a hora de fechar. Mesmo assim não estava conseguindo saldar suas dívidas.

O rosto de Ethel atormentava seus sonhos. O modo com que os olhos saltavam quando ficava zangada. O sorriso irônico que ele havia tirado dos seus lábios.

Quando chegou ao apartamento dela, na tarde de quinta-feira, Seamus tirou do bolso uma fotografia das filhas.

– Ethel – implorou ele –, olhe para elas. Elas precisam do dinheiro que estou dando a você. Dê-me uma oportunidade.

Ethel apanhou a fotografia, examinou com atenção e disse:

– Elas deviam ser minhas – e a devolveu a Seamus.

Agora Seamus sentia um aperto no estômago. O pagamento da pensão devia ser feito no dia cinco. O dia seguinte. Teria coragem de não fazer o cheque?

Eram 7h30 da manhã. Ruth já estava de pé. Seamus a ouvia no chuveiro. Levantou-se e foi até seu escritório e sala íntima, já iluminado pelo sol da manhã. Sentou-se na frente da escrivaninha de tampo corrediço que estava na sua família há três gerações. Ruth a detestava. Gostaria de trocar todos os móveis antigos e pesados por outros modernos, mais leves e de cores vivas.

– Durante todos esses anos, não comprei nem uma cadeira – disse. – Você deixou todos seus móveis bons com Ethel, quando se separaram, e eu tenho de viver com esse lixo da sua mãe. Os únicos móveis novos que já tive foram os berços e camas das meninas e nunca os que eu gostaria de ter comprado.

Seamus pôs de lado a agonia da decisão sobre o cheque de Ethel para se ocupar de outras. A conta do gás, da luz, o aluguel, o telefone. Há seis meses haviam cancelado a televisão a cabo. Era uma economia de 22 dólares por mês.

Ouviu o barulho do bule de café no fogão. Logo depois Ruth entrou no escritório com um copo de suco de laranja e uma xícara de café quente na pequena bandeja. Estava sorrindo, e por um momento Seamus lembrou-se da mulher tranquila e sorridente com quem havia se casado três meses depois do divórcio. Ruth não era dada a demonstrações de afeto mas, depois de pôr a bandeja sobre a escrivaninha, inclinou-se e beijou-o no alto da cabeça.

– Vendo você fazer os cheques para as contas me fez lembrar – disse ela. – Nada mais de dinheiro para Ethel. Meu Deus, Seamus, podemos finalmente começar a respirar. Vamos comemorar esta noite. Arranje alguém para substituí-lo no bar. Há meses não jantamos fora.

Os músculos do estômago de Seamus se contorceram. O cheiro forte do café lhe deu náuseas.

– Meu bem, só espero que ela não mude de ideia – disse com voz incerta. – Quero dizer, não tenho nada por escrito.

Acha que devo mandar o cheque, como sempre, e esperar que ela o devolva? Creio que é melhor. Porque então teremos uma prova legal, quero dizer, a prova de que ela concordou com a suspensão dos pagamentos.

A voz de Seamus morreu na garganta quando a bofetada de Ruth fez sua cabeça girar para o lado. Ele ergueu os olhos e encolheu-se ao ver a expressão terrível de ofensa no rosto de Ruth. Vira aquela mesma expressão em outro rosto há poucos dias. Então, a fúria de Ruth dissolveu-se em manchas vermelhas no rosto e em lágrimas.

– Seamus, desculpe. Eu perdi o controle. – Sua voz ficou embargada, ela mordeu o lábio e endireitou os ombros. – Mas *nada de cheques.* Deixe que ela tente faltar com a palavra. Eu a matarei antes de permitir que você pague mais um centavo.

6

Na quarta-feira de manhã, Neeve disse a Myles que estava preocupada com Ethel. Com a testa franzida, passando requeijão na torrada, contou ao pai o que a impedira de dormir quase metade da noite.

– Ethel é bastante descuidada para viajar sem as roupas novas, mas ela tinha um encontro com o sobrinho na sexta-feira.

– Pelo menos é o que ele diz.

– Exatamente. Eu sei que na quinta-feira ela entregou o artigo que estava escrevendo. Na quinta-feira fazia muito frio e começou a nevar à tarde. Na sexta-feira era como se estivéssemos em pleno inverno.

— Está virando uma meteorologista – observou Myles.

— Ora, Myles. Acho que alguma coisa está errada. Todos os agasalhos de Ethel estão no armário.

— Neeve, aquela mulher vai viver para sempre. Posso ver Deus e o Diabo dizendo um para o outro: "Fique com ela, é sua." Myles sorriu apreciando a própria piada.

Neeve fez-lhe uma careta, irritada porque o pai não estava levando a sério sua preocupação, mas agradecida pela boa disposição dele. A janela da cozinha estava entreaberta, trazendo para dentro a brisa do Hudson, um aroma de sal que disfarçava a poluição dos milhares de carros que passavam pela rodovia Henry Hudson. A neve desaparecia com a mesma rapidez com que havia chegado. A primavera estava no ar e talvez por isso Myles parecesse tão bem disposto. Ou seria outra coisa?

Neeve foi até o fogão, apanhou o bule de café e serviu os dois.

— Você parece bem disposto hoje – observou ela. – Isso quer dizer que não está mais preocupado com Nicky Sepetti?

— Digamos que falei com Herb e sei que Nicky não pode nem escovar os dentes sem que um dos nossos homens veja suas cáries.

— Compreendo. – Neeve tinha bastante experiência para não fazer mais perguntas. – Bem, desde que você pare de se preocupar comigo. – Olhou o relógio. – Preciso ir. – Na porta, ela hesitou. – Myles, conheço as roupas de Ethel Lambston como a palma da minha mão. Ela desapareceu na quinta-feira ou na sexta, com um frio tremendo, sem nem um casaco. Como você explica isso?

Myles estava começando a ler o *Times*. Pôs o jornal de lado, cheio de paciência.

– Vamos brincar de "faz de conta". Vamos fazer de conta que Ethel viu um casaco em outra loja e resolveu que era exatamente o que ela queria.

O jogo do "faz de conta" começou quando Neeve tinha 4 anos e tomou uma lata proibida de refrigerante. Ao lado da porta aberta da geladeira, sorvendo extática o último gole, viu Myles olhando-a com expressão severa.

– Tive uma boa ideia, papai – disse ela, apressadamente. – Vamos brincar de faz de conta. Vamos fazer de conta que esta Coca-Cola é suco de maçã.

De repente, Neeve achou que estava sendo tola.

– Por isso você é o tira e eu tenho uma loja de moda.

Mas, depois do banho, vestindo o paletó de *cashmere* marrom de mangas justas e punhos dobrados, saia de lã preta, um pouco franzida, percebeu o engano no raciocínio de Myles. Há muito tempo a Coca-Cola não era suco de maçã, e hoje ela apostaria tudo que tinha como Ethel não havia comprado nenhum casaco em outra loja.

NA QUARTA-FEIRA DE MANHÃ, Douglas Brown acordou cedo e começou a ampliar seu domínio sobre o apartamento de Ethel. Fora uma surpresa agradável voltar para casa na noite anterior e encontrar tudo limpo e razoavelmente em ordem, tanto quanto permitia a quantidade de papéis espalhados. Encontrou comida congelada no *freezer*, escolheu uma lasanha e, enquanto a esquentava, tomou uma cerveja gelada. Levou a bandeja para a sala e jantou assistindo televisão no aparelho novo, de 40 polegadas, de Ethel.

Agora, do conforto dos lençóis de seda na cama de baldaquino, examinava o quarto. Sua mala ainda estava na espreguiçadeira, o terno no cabide dobrado sobre ela. Que diabo. Não seria prudente usar o precioso *closet* de Ethel, mas podia perfeitamente usar o outro.

O *closet* menor era evidentemente um depósito. Douglas conseguiu arrumar os álbuns de fotografias, pilhas de catálogos e de revistas de modo a fazer espaço para suas roupas.

Enquanto o café era coado, tomou banho de chuveiro, com os azulejos brancos brilhando de limpos e os frascos de perfume e loções agora arrumados na prateleira de vidro à direita da porta. Até as toalhas estavam dobradas no armário do banheiro. Douglas de repente franziu a testa. Será que aquela sueca achara o dinheiro?

Douglas saiu do chuveiro, enxugou-se vigorosamente, enrolou a toalha na cintura e correu para a sala de estar. Havia deixado uma única nota de 100 dólares debaixo do tapete, perto da poltrona. Ainda estava lá. Nesse caso, ou a garota sueca era honesta ou não tinha visto a nota.

Ethel era tão idiota, pensou. Quando recebia o cheque do ex-marido, ela o trocava por notas de 100 dólares.

– Meu dinheiro para extravagâncias – ela dizia para Doug. Era o dinheiro que usava quando o levava para jantar em restaurantes caros. – Eles estão comendo feijão e nós, caviar – debochava. – Às vezes gasto tudo num mês. Outras vezes, o dinheiro amontoa. Então, procuro pela casa e mando as notas que sobraram para o contador pagar minhas roupas. Restaurantes e roupas. É isso que aquele verme estúpido tem pago para mim durante todos estes anos.

Doug ria com ela, os dois batendo os copos em um brinde ao verme Seamus. Mas aquela noite ele compreendeu que Ethel não sabia quanto dinheiro tinha escondido no apartamento e assim jamais daria falta de 100 dólares por mês. E Douglas nos últimos anos vinha se servindo dessa quantia regularmente...

Umas duas vezes Ethel pareceu suspeitar mas, às suas primeiras palavras, Doug ficava indignado e ela sempre recuava.

– Se você pelo menos anotasse o que gasta desse dinheiro, ia *saber* para onde ele vai – gritava Doug.
– Desculpe – dizia Ethel. – Você sabe como eu sou. Desconfio de alguma coisa e começo logo a falar.

Douglas procurou esquecer aquela última conversa, quando Ethel disse que queria um favor dele na sexta-feira, prometendo uma boa gorjeta.

– Passei a anotar meus gastos – dissera –, para saber aonde vai o dinheiro.

Douglas então correu para a casa de Ethel, confiando na sua capacidade de convencer a tia, sabendo que, se ela o abandonasse, não teria mais ninguém para os pequenos serviços...

Doug serviu-se de café e voltou para o quarto. Enquanto fazia o nó da gravata, examinou criticamente a imagem no espelho. Estava com boa aparência. O tratamento de pele, feito com o dinheiro que roubava de Ethel, produzira bom resultado. Tinha também encontrado um bom barbeiro. Os dois ternos comprados recentemente tinham corte impecável. A nova recepcionista no Cosmic não tirava os olhos dele. Doug explicou a ela que fazia aquele trabalho porque estava escrevendo uma peça de teatro. Ela conhecia Ethel de nome. E você também escreve, dissera a moça, encantada. Seria bom levar Linda ao apartamento. Mas precisava ter cuidado, pelo menos por algum tempo...

Tomando a segunda xícara de café, Doug examinou metodicamente os papéis na mesa de trabalho de Ethel. Uma pasta estava marcada: "Importante". Doug abriu-a e ficou pálido. Aquela velha desmiolada tinha ações *blue chip!* Tinha terrenos na Flórida. Uma apólice de seguro de um milhão de dólares!

Encontrou uma cópia do testamento de Ethel na última divisão da pasta. Doug mal podia acreditar no que estava lendo.

Tudo. Cada centavo do que possuía, Ethel deixava para ele. E Ethel tinha muito.

Ia chegar atrasado ao trabalho, mas não importava. Doug levou suas roupas de volta para a espreguiçadeira, arrumou a cama cuidadosamente, limpou o cinzeiro, dobrou e arrumou o acolchoado, os lençóis e o travesseiro no sofá, para dar a impressão de que nunca havia usado a cama da tia e escreveu um bilhete: "Querida tia Ethel. Suponho que tenha saído para uma das suas viagens inesperadas. Sei que não se importa que eu continue a dormir no sofá até arranjar outro apartamento. Espero que tenha se divertido. Seu sobrinho que a ama, Doug."

E isso determina a natureza do nosso relacionamento, pensou ele, saudando o retrato de Ethel na parede, ao lado da porta do apartamento.

ÀS 15 HORAS de quarta-feira, Neeve deixou um recado para Tse-Tse na secretária eletrônica. Uma hora depois, Tse-Tse telefonou.

— Neeve, acabamos de fazer o ensaio geral. Acho que a peça é ótima – declarou, eufórica. – Tudo que tenho a fazer é passar a comida e dizer: "Yah", mas nunca se sabe, Joseph Papp pode estar na plateia.

— Você ainda será uma estrela – disse Neeve com sinceridade. – Mal posso esperar para dizer com orgulho: "Eu a conheci quando..." Tse-Tse, preciso voltar ao apartamento de Ethel. Você ainda tem a chave?

— Nenhuma notícia dela? – A voz de Tse-Tse perdeu a animação. – Neeve, alguma coisa muito estranha está acontecendo. Aquele sobrinho maluco dela. Está dormindo na cama de Ethel e fumando no quarto. Ou não espera que ela volte, ou não se importa de ser expulso com um pontapé.

Neeve levantou-se. De repente sentiu-se confinada atrás da sua mesa, e as amostras de vestidos, bolsas, joias e sapatos, espalhadas pelo escritório, pareciam coisas sem nenhuma importância. Vestia agora um duas-peças de um dos seus melhores estilistas. Era de lã cinza-pálido com um cinto prateado frouxo, apoiado nos quadris. A saia tulipa mal chegava aos joelhos. No pescoço usava uma echarpe de seda em tons de cinza, prateado e pêssego. Duas clientes tinham encomendado um conjunto igual quando a viram na loja.

– Tse-Tse, você pode ir ao apartamento de Ethel amanhã de manhã? – perguntou Neeve. – Se ela estiver lá, tudo bem. Diga que ficou preocupada. Se o sobrinho estiver no apartamento, pode dizer que Ethel mandou você fazer algum trabalho extra, limpar os armários da cozinha ou qualquer coisa assim.

– É claro – concordou Tse-Tse. – Com prazer. Esta peça é off-off-Broadway, não esqueça. Nenhum salário. Só prestígio. Mas posso garantir que Ethel não está preocupada com o estado dos seus armários de cozinha.

– Se ela aparecer e não quiser pagar, eu pago – prometeu Neeve. – Quero ir com você. Sei que ela tem uma agenda na mesa de trabalho. Quero saber quais os planos que pode ter feito antes de desaparecer.

Combinaram se encontrar às 8h30 da manhã seguinte, no hall do prédio. Na hora de fechar a loja, Neeve trancou a porta que dava para a avenida Madison. Voltou para o escritório para terminar com calma seu trabalho. Às 19 horas, telefonou para a residência do cardeal na avenida Madison e pediu para falar com o bispo Stanton.

– Recebi seu recado – respondeu. – Será um prazer jantar com você amanhã, Neeve. Sal também vai? Ótimo. Os Três Mosqueteiros do Bronx têm se encontrado poucas vezes ultimamente. Não vejo Sal desde o Natal. Por acaso, ele casou outra vez?

Antes de se despedir, o bispo lembrou Neeve de que seu prato favorito era *pasta al pesto.*

– A única pessoa que sabia fazer melhor do que você era sua mãe. Que Deus a tenha – disse ele suavemente.

Devin Stanton não costumava falar de Renata em uma conversa telefônica casual. Neeve suspeitou que ele estivera conversando com Myles sobre a saída de Nicky Sepetti da prisão. O bispo desligou antes que ela pudesse perguntar alguma coisa. Você vai ter seu *pesto,* tio Devin, pensou, mas também está desconfiado de alguma coisa. Não posso permitir que Myles passe o resto da vida tomando conta de mim.

Um pouco antes de sair, telefonou para o apartamento de Sal. Como sempre, ele estava esfuziante.

– É claro que não me esqueci do jantar amanhã. O que você vai fazer? Eu levo o vinho. Seu pai pensa que entende de vinho mas não entende.

Rindo com ele, Neeve desligou, apagou as luzes e saiu. O tempo caprichoso de abril estava frio outra vez mas, mesmo assim, Neeve sentiu necessidade de uma longa caminhada. Para fazer a vontade de Myles, há quase uma semana não corria e precisava de exercício.

Caminhou rapidamente da Madison até a Quinta Avenida e resolveu atravessar o parque entrando pela rua 79. Sempre evitava a área atrás do museu, onde fora encontrado o corpo de Renata.

A avenida Madison ainda estava cheia de carros e pedestres. Na Quinta, os táxis, as limusines e os carros brilhantes passavam rapidamente, mas no lado norte da rua, ao lado do parque, o movimento era pequeno. Mesmo assim, já na rua 79, Neeve recusou-se a desistir da caminhada.

Estava entrando no parque quando um carro-patrulha parou ao seu lado.

– Srta. Kearny. – O sargento sorridente baixou o vidro do carro. – Como vai o comissário?

Neeve reconheceu o policial que fora, durante um tempo, chofer de Myles. Aproximou-se para conversar com ele.

A POUCOS PASSOS dela, Denny parou bruscamente. Estava com um sobretudo comprido, com a gola levantada e um boné. Quase não dava para ver seu rosto. Mesmo assim, sentiu os olhos do policial pregados nele. Os policiais nunca esqueciam um rosto e reconheciam mesmo os que só tinham visto rapidamente. Denny sabia disso. Continuou a andar, ignorando Neeve, ignorando os tiras, mas sentindo ainda os olhos nas suas costas. Logo adiante havia uma parada de ônibus. Quando o ônibus chegou, Denny entrou com os outros. Pagou a passagem, sentindo o suor brotar na testa. Mais um segundo e aquele tira o teria reconhecido.

Mal-humorado, Denny sentou-se. Aquele trabalho valia muito mais do que estavam pagando. Quando Neeve Kearny fosse liquidada, 40 mil tiras de Nova York estariam caçando o culpado.

QUANDO ENTROU NO PARQUE, Neeve pensou se teria sido apenas coincidência a presença do sargento Collins, ou se Myles havia encarregado o melhor anjo da guarda de Nova York de tomar conta dela.

Havia muitas pessoas correndo, algumas bicicletas, poucos pedestres, um trágico número de desabrigados cobertos com jornais ou cobertores rasgados. Podiam morrer ali e ninguém ia notar, pensou Neeve, enquanto suas macias botas italianas moviam-se silenciosamente pelo caminho.

Contrariada, surpreendeu-se olhando para trás diversas vezes. Na sua adolescência vira, na biblioteca, as fotografias do corpo de sua mãe nos jornais. Agora, apressando cada vez mais o passo, tinha a estranha sensação de as estar vendo outra vez. Mas era o seu rosto, não o de Renata na primeira página do *Daily News* sobre a legenda "Assassinada".

Kitty Conway entrou para as aulas de equitação no Morrison State Park por um único motivo. Precisava ocupar seu tempo. Era uma bela mulher de 58 anos, com cabelos ruivos e olhos que ganhavam mais encanto com as finas linhas que se desenhavam em volta deles. Houve uma época em que aqueles olhos pareciam sempre dançar com um brilho divertido e maroto. Quando chegou aos 50 anos, Kitty perguntou a Michael:

— Como é possível que eu me sinta como se tivesse 22 anos?

— Porque você *só tem* 22.

Michel se fora há quase três anos. Montando desajeitadamente na égua castanha, Kitty pensou em todas as atividades em que havia se envolvido nos últimos três anos. Agora era corretora licenciada e ótima vendedora de casas e terrenos. Redecorou a casa em Ridgewood, Nova Jersey, comprada um ano antes de perder Michael. Trabalhava ativamente nos Voluntários da Alfabetização; um dia por semana, atuava também, como voluntária, no museu. Fora duas vezes ao Japão, onde servia Mike Jr., seu único filho, oficial do exército, passando dias deliciosos com a neta meio-japonesa. Recomeçou também as aulas de piano sem muito entusiasmo. Duas vezes por semana levava no seu carro pessoas inválidas para visitas ao médico e agora sua mais recente atividade era a equitação. Porém, não importava o que fizesse, quantas novas amizades desfrutasse, sentia-se sempre atormentada pela solidão. Mesmo agora, juntando-se aos outros alunos, atrás do instrutor, sentia uma profunda tristeza observando a aura que envolvia as árvores, o brilho avermelhado que era uma promessa de primavera.

– Oh, Michael – murmurou ela. – Eu queria que isso melhorasse. Estou tentando.

– Como vai indo, Kitty? – gritou o instrutor.

– Muito bem – gritou ela.

– Se quiser fazer direito, mantenha a rédea curta. Mostre à égua quem é que manda. E mantenha os calcanhares para baixo.

– Tudo bem. – Vá para o inferno, pensou Kitty. Esta maldita égua é a pior de todas. Eu ia montar Charley, mas é claro que você o deu para aquela nova aluna jovem e sexy.

A trilha era agora uma subida íngreme. A égua parava sempre que via alguma coisa verde no caminho. Um a um os outros a ultrapassaram. Kitty não queria se separar do grupo.

– Vamos, égua danada – murmurou, batendo com os calcanhares nos flancos do animal.

Em um movimento brusco e violento, a égua lançou a cabeça para trás e recuou alguns passos. Assustada, Kitty puxou as rédeas e o animal virou para o lado, passando para outra trilha paralela. Apavorada, Kitty lembrou-se de não se inclinar para a frente. Quando estiver em apuros, sente bem para *trás*. As pedras soltas saltavam sob os cascos. O passo lento e irregular transformou-se num galope, na descida, em solo desigual. Meu Deus, se o animal caísse com certeza a esmagaria! Tentou escorregar as botas deixando apenas as pontas nos estribos, para não ficar presa, se caísse.

Ouviu a voz do instrutor atrás dela.

– Não puxe as rédeas!

O animal tropeçou quando uma pedra grande se deslocou sob sua pata traseira. Começou a cair para a frente, mas recuperou o equilíbrio. Um pedaço de plástico negro voou do chão, atingindo o rosto de Kitty. Ela olhou para baixo e a imagem de uma mão emoldurada por um punho azul-vivo passou por sua mente e desapareceu.

O cavalo chegou ao fim da descida e, tomando a rédea nos dentes, galopou para o estábulo. Kitty conseguiu se manter na sela até o último momento, mas, quando a égua parou bruscamente, voou por cima da cabeça do animal. Todos os seus ossos sentiram o baque, mas Kitty conseguiu se levantar, balançou os braços e as pernas e girou a cabeça de um lado para o outro. Nada parecia gravemente distendido ou quebrado, graças a Deus...

O instrutor chegou a galope.

– Eu disse, tinha de *controlar* o animal. O cavaleiro é quem manda. Você está bem?

– Nunca estive melhor – disse Kitty, caminhando para seu carro. – Vejo você no próximo milênio.

MEIA HORA DEPOIS, na banheira, o corpo acariciado pela água quente e borbulhante da Jacuzzi, ela começou a rir. Equitação não é para mim, resolveu. Adeus, esporte dos reis. De agora em diante vou me limitar a correr como todos os seres humanos sensatos. Reviveu mentalmente a penosa experiência. Provavelmente não durou mais de dois minutos, pensou. A pior parte foi quando a maldita égua tropeçou... Lembrou-se do pedaço de plástico voando perto do seu rosto. E aquela manga de lã. Que coisa ridícula. Mesmo assim, *tinha* visto, não tinha?

Fechou os olhos, entregando-se ao prazer do redemoinho quente e calmante, do perfume do óleo de banho.

Esqueça, pensou Kitty.

A NOITE ESTAVA FRIA e o apartamento continuava aquecido. Mesmo assim, Seamus estava gelado até a alma. Depois de empurrar o hambúrguer com fritas de um lado para o outro do prato, desistiu de fingir que estava comendo. Os olhos de Ruth, no outro lado da mesa, pareciam penetrá-lo.

– Você escreveu? – perguntou ela, afinal.
– Não.
– Por que não?
– Porque acho melhor deixar tudo como está.
– Eu disse para você escrever. Agradecer-lhe por concordar que você precisa mais do dinheiro. – A voz de Ruth começou a subir de tom. – Dizer que nesses vinte e dois anos você pagou quase um quarto de milhão, além do que ela levou na partilha, e que é obsceno exigir mais por um casamento que durou apenas seis anos. Dê-lhe os parabéns pelo contrato que fechou para o novo livro e diga-lhe que está feliz por ela não precisar do dinheiro, porque suas filhas, sem dúvida nenhuma, precisam. Assine e ponha na caixa de correspondência dela. Guardaremos uma cópia. E se ela reclamar, todo mundo vai saber o quanto ela é gananciosa. Quero ver quantos diplomas honorários ela receberá ainda depois disso.

– Ethel adora desafios – murmurou Seamus. – Ela mostraria a carta a todo mundo. Faria com que a pensão parecesse um triunfo feminista. Seria um erro.

Ruth empurrou seu prato para o lado.

– Escreva a carta!

Tinham uma velha copiadora no escritório. Depois de três tentativas, conseguiram uma cópia limpa da carta. Ruth deu o casaco para o marido.

—Agora vá e ponha na caixa de correspondência de Ethel.

Seamus resolveu caminhar os nove quarteirões. Com a cabeça inclinada para a frente, as mãos nos bolsos, tocava com os dedos os dois envelopes. Um continha o cheque, tirado do fim do talão e feito sem o conhecimento de Ruth. No outro estava a carta. Qual dos dois devia colocar na caixa de correspondência de Ethel? Via a reação dela à carta como se estivessem um na frente do outro. Com a mesma clareza via o que Ruth faria se colocasse o cheque.

Virou na esquina da avenida West End e entrou na rua 82. Havia ainda muita gente na rua. Jovens casais, voltando do trabalho para casa, com os braços carregados de compras para o jantar. Pessoas de meia-idade, bem vestidas, chamando táxis, a caminho de algum jantar elegante e do teatro. Mendigos encolhidos contra as paredes.

Seamus sentiu um arrepio quando chegou ao prédio de Ethel. As caixas de correspondência ficavam no hall de entrada. Todos os meses tocava a campainha, o zelador abria a porta, deixava-o entrar e ele depositava o cheque na caixa. Mas nesse dia isso não foi necessário. Uma garota que ele reconhecera como moradora do quarto andar passou por ele e começou a subir os degraus. Num gesto impulsivo, Seamus segurou o braço dela. A menina voltou-se assustada. Era uma garota magra, de rosto fino, traços duros. Uns 14 anos talvez. Não como suas filhas, pensou Seamus. Elas haviam herdado de algum antepassado distante rostos bonitos, sorrisos cheios de vida e calor. Por um momento, teve uma sensação de profundo remorso.

— Importa-se se eu entrar com você? Tenho de colocar uma coisa na caixa de correspondência da Srta. Lambston.

A expressão cautelosa desapareceu.

— Oh, é claro. Sei quem você é. É o ex-marido dela. Hoje deve ser dia cinco. É quando ela diz que você paga o resgate. – A menina riu, mostrando os dentes separados.

Sem uma palavra, Seamus procurou o envelope no bolso e esperou que ela abrisse a porta. A raiva assassina apossou-se dele outra vez. Então era objeto de ridículo no prédio!

As caixas de correspondência ficavam perto da porta. A de Ethel estava cheia. Seamus ainda não sabia o que ia fazer. O cheque ou a carta? A menina esperava na frente do elevador, observando-o.

– Está bem no prazo – comentou a menina, em voz alta. – Ethel disse a minha mãe que se você atrasar o cheque ela o arrasta para os tribunais.

O pânico o dominou. Tinha de ser o cheque. Tirou o envelope do bolso e o colocou na pequena abertura.

Quando chegou em casa, respondeu as perguntas incisivas de Ruth com um gesto afirmativo. Naquele momento não suportaria a explosão inevitável se dissesse que havia deixado o cheque. Quando Ruth saiu da sala, Seamus dependurou o casaco e tirou o envelope do bolso. Olhou para ele. Estava vazio.

Seamus praticamente despencou na cadeira, trêmulo, a bile subindo à garganta, na cabeça, nas mãos. Mais uma vez tinha se atrapalhado. Colocara o cheque e a carta no mesmo envelope que estava agora na caixa de correspondência de Ethel.

NICKY SEPETTI PASSOU a manhã de quarta-feira na cama. A dor ardente no peito estava pior do que na véspera. Marie entrava e saía do quarto. Levou uma bandeja com suco de laranja, café, pão italiano fresco com uma espessa camada de geléia. Insistiu para que a deixasse chamar o médico.

Louie chegou ao meio-dia, logo depois que Marie saiu para o trabalho.

– Com todo respeito, Don Nicky, o senhor parece muito doente – disse ele.

Nicky mandou que ele fosse assistir televisão, embaixo, na sala. Quando estivesse pronto para ir a Nova York, avisaria.

Louie murmurou:

– O senhor estava certo sobre o Machado. Eles o pegaram. – Sorriu e piscou um olho.

No fim da tarde, Nicky levantou-se e começou a se vestir. Estaria melhor na rua Mulberry e não era bom que soubessem o quanto estava doente. Quando estendeu a mão para o paletó, todo seu corpo ficou úmido de suor. Segurando a coluna dos pés da cama, escorregou lentamente, afrouxou a gravata, abriu o botão da camisa e deitou-se de costas. Durante as horas seguintes, a dor no peito crescia e diminuía em ondas gigantescas. Sua boca ardia por causa dos comprimidos de nitroglicerina que colocara sob a língua. Não estavam adiantando nada para aliviar a dor, apenas produziam aquela dor de cabeça breve e aguda quando se dissolviam.

Rostos do passado começaram a flutuar na frente de seus olhos. O rosto da mãe. "Nicky, não ande com esses caras. Nicky, você é um bom menino. Não se meta em encrenca." Provando o próprio valor para os homens da Máfia. Nenhum trabalho era muito pequeno nem grande demais. Porém, nunca mulheres. Aquela observação idiota que havia feito no tribunal. Tessa. Gostaria de vê-la mais uma vez. Nicky Jr. Não, *Nicholas. Theresa e Nicholas.* Ficariam satisfeitos por ele ter morrido na cama, como um cavalheiro.

O som da porta abrindo-se e fechando-se parecia vir de muito longe. Marie chegando do trabalho. Então a campainha, áspera e urgente. A voz zangada de Marie.

– Não sei se ele está em casa. O que você quer?

Estou em casa, pensou Nicky. Sim, estou em casa. A porta do quarto abriu-se com violência. Com a visão embaçada percebeu o choque no rosto de Marie, ouviu seu grito.

– Chamem o médico.

Outros rostos. Tiras. Não precisavam estar de uniforme. Nicky os farejava mesmo morrendo. Então soube por que estavam ali. Aquele agente infiltrado, o que eles haviam assassinado. É claro que os tiras foram direto atrás dele!

– Marie – chamou baixinho.

Marie inclinou-se sobre o marido, encostou o ouvido nos lábios dele, passou a mão por sua testa.

– Nicky! – Ela estava chorando.

– Juro... pela... alma... da minha mãe... não mandei... matar... a mulher de Kearny. – Queria dizer que havia tentado anular o contrato para a filha de Kearny. Mas tudo que conseguiu dizer foi "Mama" – antes que a dor lancinante crescesse dentro do seu peito e seus olhos deixassem de ver. A cabeça tombou sobre o travesseiro e a respiração angustiosa da agonia encheu o quarto por alguns momentos, e então parou.

COM QUANTAS PESSOAS a indiscreta Ethel compartilhara a suspeita de que ele roubava o dinheiro que ela escondia no apartamento? A pergunta atormentava Doug na quarta-feira de manhã quando chegou ao balcão do edifício Cosmic Oil. Automaticamente verificava entrevistas, escrevia nomes, entregava crachás aos visitantes e os recebia de volta. Linda, a recepcionista do sétimo andar, apareceu várias vezes para conversar com ele. Doug tratou-a com certa frieza, o que aparentemente a deixou intrigada. O que ia pensar se soubesse que Doug herdaria um monte de dinheiro? Onde Ethel tinha *conseguido* toda aquela grana?

Só havia uma resposta. Ethel contara ao sobrinho que havia tirado o máximo de Seamus, quando se separaram. Além da pensão, recebera uma grande quantia na partilha que, naturalmente, permitira um bom investimento. O livro, escrito há cinco ou seis anos, teve boa venda. Ethel, com aquele seu jeito de alienada, era bastante astuta. Era isso que enchia Doug de apreensão. Ela sabia que ele roubava o dinheiro. *A quantas pessoas teria contado?*

Depois de pensar no assunto até o meio-dia, tomou uma decisão. O limite contratual da sua conta no banco permitia que retirasse o máximo de 400 dólares. Impaciente, esperou na enorme fila do banco e retirou o dinheiro em notas de 100 dólares. Colocaria as notas em alguns dos esconderijos que Ethel não usava muito. Assim, se alguém procurasse, o dinheiro estaria lá. Mais tranquilo, comeu um cachorro-quente na rua e voltou ao trabalho.

Às 18h30, quando virou a esquina da Broadway com a rua 82, Doug viu Seamus descendo apressadamente os degraus do prédio de Ethel. Quase riu alto. É claro! Era o dia 5 e Seamus, o otário, estava lá, na hora exata, com o cheque da pensão. Que figura grotesca, com aquele sobretudo ordinário! Tristemente, Doug pensou que ia levar algum tempo para poder comprar roupas agora. Precisava ser muito, muito cauteloso.

Todos os dias Doug recolhia a correspondência usando a chave que Ethel guardava numa caixa na sua mesa de trabalho. O envelope de Seamus estava com a ponta para fora. O resto era quase só propaganda por mala direta. As contas de Ethel eram enviadas diretamente ao seu contador. Examinou rapidamente os envelopes e os deixou sobre a mesa. Todos, menos o que não tinha selo, a contribuição de Seamus. Não estava bem fechado. Havia um bilhete dentro e o cheque era perfeitamente visível.

Seria fácil abrir o envelope e fechá-lo outra vez. Com cuidado para não rasgar, ele o abriu. O cheque caiu na mesa. Nossa, Doug gostaria de mandar analisar aquela caligrafia. A tensão era clara como um mapa naqueles rabiscos de Seamus...

Doug desdobrou o bilhete, leu, releu e ficou atônito. Que diabo... Cuidadosamente colocou o bilhete e o cheque no envelope, passou a língua pela cola e fechou-o com firmeza. A imagem de Seamus com as mãos nos bolsos, quase correndo para atravessar a rua, desenhou-se como uma parada do tempo na mente de Doug. Seamus estava armando alguma coisa. Qual seria seu jogo, dizendo na carta que Ethel concordara em não receber mais a pensão e juntando o cheque?

Uma ova que ela o deixa sair do anzol, pensou Doug. Então sentiu um arrepio. Aquilo seria para *ele* e não para Ethel?

QUANDO CHEGOU em casa, Neeve viu, com satisfação, que o pai havia feito uma grande compra de mantimentos.

— Você foi até ao Zabar's – disse ela, encantada. – Estava pensando que teria de sair o mais cedo possível da loja amanhã. Agora, posso começar a preparar o jantar.

Avisara ao pai que ficaria até mais tarde terminando o trabalho no escritório. Silenciosamente, agradeceu por ele não ter perguntado como voltara para casa.

Myles tinha preparado uma coxa de carneiro, vagens cozidas e uma salada de tomate e cebola ao vinagrete. A mesa estava posta na sala íntima e ele abrira uma garrafa de borgonha. Neeve vestiu uma calça esporte e um suéter e com um suspiro de alívio sentou-se e estendeu a mão para o vinho.

— Muita gentileza sua, comissário – disse ela.

— Bem, como você vai alimentar os idosos Mosqueteiros do Bronx amanhã, achei que uma boa ação merece outra.

Com as mãos hábeis, Myles começou a destrinchar o assado. Neeve o observava em silêncio. O pai estava corado. Os olhos haviam perdido aquela expressão dolorosa e pesada.

– Detesto fazer elogios, mas sabe que está com uma aparência muito saudável? – disse ela.

– Sinto-me bem. – Myles pôs uma fatia perfeitamente cortada no prato de Neeve. – Espero não ter exagerado no alho.

Neeve experimentou a carne.

– Ótimo. Você tem de estar se sentindo muito melhor para cozinhar tão bem.

Myles tomou um pequeno gole de vinho.

– Bom vinho, se é que posso dizer. – Seus olhos perderam o brilho.

Um pouco de depressão, tinha dito o médico.

– O enfarte, ter de deixar o trabalho, a operação para colocar a ponte...

– E sempre se preocupando comigo – havia interrompido Neeve.

– Sempre se preocupando com você porque não se perdoa por não se ter preocupado com sua mãe.

– O que posso fazer para acabar com isso?

– Mantenha Nicky Sepetti na prisão. Se não for possível, quando chegar a primavera insista com ele para fazer alguma coisa importante. Neste momento ele está sofrendo muito, Neeve. Estaria perdido sem você, mas detesta depender emocionalmente de você. É um cara orgulhoso. E tem mais uma coisa. Pare de tratá-lo como se fosse um bebê.

Isso fora há seis meses. Agora estavam na primavera. Neeve sabia que tinha se esforçado para tratar Myles como antes. Costumavam discutir calorosamente sobre tudo, desde o empréstimo oferecido por Sal até política em todos os níveis.

— Você é a primeira Kearny em noventa anos que vota a favor dos republicanos — explodira Myles.

— Não é o mesmo que perder a fé.

— Mas está muito perto.

E agora, quando está no caminho da recuperação, fica todo preocupado por causa de Nicky Sepetti, pensou Neeve, e isso pode continuar para sempre.

Sem perceber, Neeve balançou a cabeça olhando em volta, mais uma vez convencida de que a sala íntima era o seu lugar preferido do apartamento. Os tapetes orientais muito usados eram em tons de vermelho e azul. O sofá e as poltronas de couro eram belos e convidativos. Fotografias cobriam as paredes. Myles recebendo placas e honrarias. Myles com o prefeito, o governador, o presidente *republicano*. As janelas que davam para o Hudson. As cortinas eram as mesmas escolhidas por Renata. Estilo vitoriano, em azul-escuro e carmim, listras delicadas que cintilavam refletindo o brilho dos cristais nos candelabros na parede. Entre os candelabros estavam as fotografias de Renata. Na primeira, tirada pelo pai, a menina de 10 anos olhava encantada para o homem cuja vida havia salvo, deitado, com a cabeça enfaixada. Renata com Neeve ainda bebê, com Neeve dando os primeiros passos. Renata, Neeve e Myles mergulhando na costa de Mauí. Isso foi um ano antes da morte de Renata.

Myles perguntou o que ela pretendia fazer para o jantar no dia seguinte.

— Eu não sabia o que você ia querer, por isso comprei um pouco de tudo — disse ele.

— Sal disse que não quer comer da sua dieta. O bispo quer *pesto*.

Myles resmungou:

— Ainda me lembro quando Sal achava que um sanduíche duplo era um petisco raro e quando a mãe de Devin o mandava comprar bolinhos de peixe e espaguete Heinz por uma ninharia.

Neeve tomou o café na cozinha, começando a organizar o jantar. Os livros de cozinha de Renata estavam na prateleira sobre a pia. Neeve apanhou o seu favorito, uma antiga relíquia de família com receitas do norte da Itália.

Depois da morte de Renata, Myles quis que Neeve tivesse aulas particulares de italiano. No verão, ela passava um mês em Veneza com o avô materno e fez o primeiro ano da faculdade em Assis. Durante anos Neeve evitou tocar nos livros de receitas para não ver as anotações com a letra caprichosa de Renata. "Mais pimenta. Só vinte minutos no forno. Diminuir o óleo." Neeve lembrava de Renata cantando enquanto cozinhava, deixando Neeve mexer, misturar ou medir, explodindo às vezes.

— Cara, ou é um erro de impressão ou o *chef* estava bêbado. Quem pode pôr tanto óleo neste molho? É melhor beber o Mar Morto.

Às vezes Renata fazia rápidos desenhos de Neeve nas margens do livro, miniaturas encantadoras com traços perfeitos: Neeve vestida de princesa, sentada à mesa, Neeve inclinada sobre uma enorme tigela, Neeve vestida como uma Gibson Girl, experimentando um biscoito. Dezenas de desenhos, cada um trazendo a sensação de uma perda profunda. Até agora, Neeve apenas passava os olhos pelos desenhos. As lembranças eram por demais dolorosas. De repente seus olhos se encheram de lágrimas.

— Eu dizia sempre que ela devia ter estudado artes plásticas – disse Myles.

Neeve não tinha percebido o pai atrás dela.

— Mamãe gostava do que ela fazia.

— Vender roupas para mulheres entediadas.

Neeve mordeu a língua.

– Exatamente como você me classifica, suponho.

Myles desculpou-se.

– Oh, Neeve, desculpe. Estou tenso, tenho de admitir.

– Está tenso, mas falou sério. Agora, saia da minha cozinha.

Deliberadamente, Neeve começou a bater as vasilhas enquanto media, coava, cortava, refogava, fervia e assava. Tinha de admitir. Myles era o maior chauvinista do mundo. Se Renata tivesse se dedicado à arte e se tornasse uma pintora medíocre de aquarelas, ele teria considerado isso um passatempo próprio de uma dama. Ele simplesmente não entendia que ajudar as mulheres a escolher roupas adequadas podia fazer grande diferença na sua vida social e profissional.

Fui citada na *Vogue*, na *Town and Country*, no *New York Times* e em muitas outras publicações pensou Neeve, mas isso nada significa para ele. É como se eu estivesse roubando quando cobro preços altos pelas roupas que vendo.

Lembrou-se da indignação de Myles na festa de Natal, quando entrou na cozinha e encontrou Ethel examinando os livros de cozinha de Renata.

– Está interessada em cozinha? – Myles perguntou secamente.

Evidentemente, Ethel não notou o aborrecimento dele.

– Nem um pouco – respondeu ela. – Eu leio italiano e vi estes livros. *Queste desegni sono stupendi!*

Ethel segurava o livro com os desenhos. Myles o tirou da mão dela.

– Minha mulher era italiana. Eu não falo italiano.

Foi então que Ethel soube que Myles era viúvo e não o largou mais pelo resto da noite.

Finalmente, estava tudo preparado. Neeve guardou os pratos na geladeira, arrumou a cozinha e depois a mesa na sala de jantar. Deliberadamente, ignorou Myles, que estava assistindo televisão na sala íntima. Quando Neeve terminou de arrumar as travessas no aparador, começou o noticiário das 23 horas.

— Sua mãe batia as panelas quando estava zangada comigo — explicou ele com um sorriso conciliador. Era seu modo de pedir desculpas.

Neeve aceitou o *brandy*.

— Uma pena não as atirar em você.

Os dois riram e o telefone tocou. O "alô" bem-humorado foi logo substituído por uma enxurrada de perguntas. Neeve viu mudar a expressão no rosto do pai. Myles desligou e disse:

— Era Herb Schwartz. Um dos nossos homens infiltrou-se no grupo de Nicky Sepetti. Acabam de encontrá-lo em um depósito de lixo. Vivo ainda e com probabilidades de sobreviver.

Neeve sentiu a boca seca. Não conseguia interpretar o que via no rosto de Myles.

— O nome dele é Tony Vitale — continuou Myles. — Trinta e um anos. Eles o conheciam como Carmen Machado. Levou quatro tiros. Era para estar morto mas de algum modo sobreviveu. Queria nos contar alguma coisa.

— O quê? — murmurou Neeve.

— Herb estava na sala de emergência do hospital. Tony disse: "Nenhum contrato, Nicky, Neeve Kearny."

Myles cobriu o rosto com a mão, como tentando esconder o que sentia.

Neeve olhou para o rosto angustiado do pai.

— Você não pensou mesmo que havia um contrato?

— Oh, sim, eu pensei — Myles ergueu a voz. — Oh, sim, eu pensei. E agora, pela primeira vez em 17 anos, posso dormir à noite. — Pôs as mãos nos ombros dela. — Neeve, eles resolveram interrogar Nicky. Nossos homens. E chegaram bem a tempo de assistir à sua morte. O maldito filho da mãe teve um enfarte. Está morto. Neeve, Nicky Sepetti está morto!

Abraçou a filha e Neeve sentiu as batidas aceleradas do coração do pai.

— Então, deixe que essa morte o liberte, papai — pediu ela. Sem perceber, Neeve segurou o rosto dele com as duas mãos e lembrou então que era assim que Renata o acariciava sempre. Deliberadamente, imitou o sotaque de Renata: — *Caro* Milo, ouça o que estou dizendo.

Sorriram comovidos e Myles assegurou-lhe:

— Vou tentar. Prometo.

O DETETIVE Anthony Vitale, conhecido na família do crime organizado como Carmen Machado, estava na unidade de tratamento intensivo do Hospital São Vicente. As balas haviam se alojado no pulmão, depois de fraturar as costelas e o ombro esquerdo. Por milagre ele ainda estava vivo. Os tubos invadiam seu corpo, injetando antibióticos e glicose nas veias. Um respirador fazia as vezes de pulmão.

Nos momentos ocasionais em que recobrava a consciência, Tony via os rostos angustiados dos seus pais. Eu sou resistente, estou tentando sair desta, queria dizer a eles.

Se ao menos pudesse falar. Teria conseguido dizer alguma coisa quando o encontraram? Tentou falar sobre o contrato, mas as palavras não saíram como ele pretendia.

Nicky Sepetti e seus homens não haviam posto um contrato em Neeve Kearny. Outra pessoa fizera isso. Tony sabia que fora ferido na noite de terça-feira. Há quanto tempo estava no hospital? Vagamente, lembrava-se de fragmentos do que haviam dito a Nicky sobre o contrato: não se pode cancelar um contrato. O ex-comissário terá de providenciar outro funeral.

Tony tentou se sentar. Precisava avisá-los.

— Calma, calma – murmurou uma voz suave.

Sentiu a picada no braço e logo depois mergulhou num sono tranquilo, sem sonhos.

7

Na quinta-feira, às 8 horas da manhã, Neeve e Tse-Tse estavam num táxi, do outro lado da rua onde ficava o apartamento de Ethel Lambston. Na terça-feira, o sobrinho de Ethel saíra para o trabalho às 8h20. Queriam ter certeza de não encontrá-lo em casa. O motorista protestou:

Não fico rico esperando – mas acalmou-se com a promessa de uma gorjeta de 10 dólares.

Às 8h15, Tse-Tse disse:

— Veja.

Doug fechou a chave a porta do apartamento, olhou em volta e caminhou na direção da Broadway. A manhã estava fria e ele usava uma capa com cinto.

— Uma Burberry legítima – disse Neeve. – Deve ganhar muito bem como recepcionista.

O apartamento estava surpreendentemente limpo e arrumado. Lençóis e um acolchoado estavam dobrados sob o travesseiro no sofá da sala e a fronha amarrotada indicava uso. Nem sinal de cinzeiro usado, mas Neeve sentiu um vago cheiro de cigarro no ar.

— Ele fumou aqui dentro, mas não quer que saibam – observou ela. – Por que será?

O quarto era um modelo de ordem. A cama feita. A mala de Doug na espreguiçadeira e sobre ela os cabides com ternos, calças e paletós esporte. O bilhete para Ethel estava encostado no espelho da penteadeira.

— Quem está enganando quem? — perguntou Tse-Tse. — Por que ele escreveu isto e deixou de usar o quarto?

Neeve sabia que Tse-Tse tinha um ótimo olho para detalhes.

— Tudo bem — disse ela. — Vamos começar com o bilhete. Ele já deixou algum outro antes?

Tse-Tse balançou vigorosamente as tranças da sua fantasia de empregada sueca.

— Nunca.

Neeve foi até o *closet* e o abriu. Examinou as roupas de Ethel, cabide por cabide, para certificar-se de que todos os casacos estavam lá. Todos estavam, o de vison, o de marta, o de *cashmere*, a capa, o Burberry, o casaco de couro, o manto. Percebendo a expressão intrigada de Tse-Tse, explicou o que estava fazendo.

Tse-Tse reforçou suas suspeitas.

— Ethel sempre dizia que deixou de comprar roupas ao acaso desde que você começou a vesti-la. Você tem razão. Ela não tem outro casaco.

Neeve fechou a porta do *closet*.

— Não gosto de fazer isto, mas preciso. Ethel sempre levava um calendário na bolsa, mas tenho certeza de que tinha também uma agenda maior.

— É claro que tem — afirmou Tse-Tse. — Está na mesa de trabalho.

A agenda estava ao lado de uma pilha de correspondência. Era um livro de 20 centímetros por 30 com uma página para cada dia do mês, inclusive dezembro do ano anterior. Neeve folheou até chegar ao dia 31 de março. Com letra clara e grande, Ethel havia escrito: *Mandar Doug apanhar as roupas na Neeve's Place.* O espaço para as 15 horas estava marcado com um círculo e na frente anotado: *Doug no apartamento.*

Tse-Tse estava lendo também.

– Então ele não está mentindo – disse ela.

O sol matinal começava a entrar brilhante na sala. De repente, desapareceu atrás de uma nuvem. Tse-Tse estremeceu.

– Juro por Deus, Neeve, este lugar começa a me assombrar.

Sem responder, Neeve verificou as folhas do mês de abril. Compromissos esparsos, coquetéis, almoços. Todas as páginas cortadas por uma linha de ponta a ponta. No dia 1º de abril estava escrito: *Pesquisa/Escrever o livro.*

– Ela cancelou tudo. Estava se preparando para viajar, ou pelo menos ficar afastada por algum tempo para escrever – murmurou Neeve.

– Então, talvez tenha resolvido partir um dia antes? – sugeriu Tse-Tse.

– É possível. – Neeve começou a folhear a agenda para trás. A última semana de março estava cheia de nomes de estilistas de modas famosos: Nina Cochran, Gordon Steuber, Victor Costa, Ronald Altern, Regina Mavis, Anthony della Salva, Kara Potter. – Ela não pode ter entrevistado toda esta gente – concluiu Neeve. – Acho que telefonou para verificar algumas citações antes de entregar seus artigos. – Apontou para a anotação na quinta-feira, 30 de março: *Último dia para o artigo da Contemporary Woman.*

Rapidamente, Neeve examinou os três primeiros meses do ano, notando que ao lado dos compromissos Ethel escrevia o preço dos táxis, as gorjetas, lembranças sobre almoços, jantares e reuniões. *Boa entrevista, mas impaciente se o deixam esperando... Carlos, novo chefe dos garçons no Le*

Cygne... Não use Limusine Luxury... carro com cheiro de fábrica de desinfetante...

As anotações eram irregulares, os números muitas vezes riscados e modificados. Além disso, Ethel gostava de rabiscar. Triângulos, corações, espirais e desenhos cobriam as páginas.

Neeve passou para o dia 22 de dezembro, o dia da festa de Natal em sua casa. Sem dúvida foi um evento importante para Ethel. O endereço de Schwab House e o nome de Neeve estavam escritos com maiúsculas e sublinhados. Espirais e círculos acompanhavam o comentário de Ethel: *O pai de Neeve, solteiro e fascinante.* Na margem da folha Ethel havia desenhado uma grosseira imitação dos desenhos de Renata.

— Myles teria uma úlcera se visse isto — comentou Neeve. — Eu tive de dizer-lhe que ele estava ainda muito doente para pensar em compromissos sociais. Ela queria convidá-lo para um jantar formal no ano-novo. Myles sem dúvida entraria em choque.

Voltou para a última semana de março e começou a copiar os nomes apontados por Ethel.

— Pelo menos é um ponto de partida — reconheceu.

Dois nomes chamaram a sua atenção. Toni Mendell, a editora da *Contemporary Woman.* O coquetel não era o lugar certo para perguntar se Ethel havia dito onde pretendia se esconder para escrever o livro. O outro nome era Jack Campbell. Obviamente o contrato do livro era extremamente importante para Ethel. Talvez tivesse dito alguma coisa a Campbell sobre seus planos.

Neeve colocou o caderninho de notas na bolsa, fechou o zíper e disse:

— Acho melhor eu sair daqui.

Deu um nó na echarpe vermelha e azul. A gola do casaco era alta e seu cabelo negro estava penteado para trás, num coque.

– Você está ótima – observou Tse-Tse. – Esta manhã, no elevador, o cara do 11C perguntou quem você era.

Neeve calçou as luvas.

– Um tipo Príncipe Valente, espero.

Tse-Tse riu.

– Um cara mais ou menos entre os 40 anos e a morte. Peruca horrível. Parecia ter penas negras em um campo de algodão.

– Ele é todo seu. Muito bem, se Ethel aparecer, ou se o sobrinho amoroso voltar mais cedo, você tem sua história. Faça alguma coisa nos armários da cozinha, lave os vidros das prateleiras de cima. Mostre que trabalhou bastante, mas fique de olhos bem abertos. – Olhou para a correspondência. – Dê uma espiada nisto. Talvez Ethel tenha recebido alguma carta que a fez mudar de ideia. Meu Deus, sinto-me como uma espiã, mas temos de fazer isso. Nós duas sabemos que algo de estranho está acontecendo, mas não podemos ficar entrando e saindo daqui indefinidamente.

Caminhando para a porta, Neeve olhou em volta.

– Você consegue, mesmo, fazer com que este lugar pareça realmente habitável – comentou. – De certa forma, ele lembra Ethel. Tudo que vemos é a desordem superficial. Ethel parece sempre tão aérea que todos esquecem sua inteligência viva.

A parede com os inúmeros retratos de publicidade de Ethel ficava ao lado da porta. Com a mão na maçaneta, Neeve os observou atentamente. Em quase todos, Ethel parecia fotografada no meio de uma frase. A boca entreaberta, os olhos cintilando de energia, os músculos do rosto em movimento.

Um instantâneo despertou a atenção de Neeve. A expressão era tranquila, a boca em repouso, os olhos tristes. O que Ethel havia lhe contado certa vez? "Nasci no dia dos namorados. Fácil de lembrar, não é mesmo? Pois há anos não recebo um cartão, nem mesmo um telefonema. Acabo cantando parabéns sozinha."

Neeve resolveu que mandaria flores e convidaria Ethel para almoçar no dia dos namorados, mas estava fora da cidade, esquiando em Colorado. Desculpe-me, Ethel, pensou. Eu sinto muito mesmo.

Teve a impressão de que os olhos no instantâneo não a perdoavam.

DEPOIS DA CIRURGIA para implantação da ponte de safena, Myles começou a sair à tarde para longas caminhadas. O que Neeve não sabia era que, nos últimos quatro meses, ele estava também visitando um psiquiatra na rua 75 leste.

— Um caso de depressão — havia dito o cardiologista sem rodeios. — É comum depois deste tipo de cirurgia. Faz parte do quadro. Mas suspeito que a sua tem outra origem. — Convenceu Myles a marcar uma hora com o Dr. Adam Felton.

Sua consulta era às terças-feiras, 2 horas da tarde. Myles detestava a ideia de deitar num divã, por isso usava uma poltrona de couro. Adam Felton não era o psiquiatra típico que Myles esperava. Com quarenta e poucos anos, tinha cabelo cortado curto, óculos modernos, corpo magro e musculoso. Na terceira ou quarta visita, já havia conquistado a confiança de Myles. Myles não tinha mais a impressão de estar desnudando sua alma. Falar com o Dr. Felton era como estar na sala do departamento de polícia, explicando aos seus homens os aspectos de uma investigação.

Engraçado, pensou, olhando para o lápis que Felton girava entre os dedos, nunca me ocorreu conversar assim com Dev. Mas não era assunto para o confessionário.

— Não pensei que os psiquiatras também tivessem tiques nervosos – disse ele secamente.

Adam Felton riu e deu mais uma virada no lápis.

— Tenho direito a um tique nervoso porque estou deixando de fumar. Você parece animado hoje.

Uma observação que podia ser feita casualmente num coquetel.

Myles contou a morte de Nicky Sepetti e quando Felton começou a fazer perguntas disse impaciente:

— Já falamos sobre isso. Passei dezessete anos certo de que alguma coisa ia acontecer a Neeve quando Sepetti saísse da prisão. Falhei com Renata. Quantas malditas vezes tenho de lhe dizer isso? *Eu não levei a sério a ameaça de Nicky.* Ele é um assassino frio. Menos de três dias depois de ele sair da cadeia, nosso homem foi assassinado. Nicky provavelmente descobriu quem ele era. Sempre se gabou de poder farejar um tira.

— E agora você acha que sua filha está segura?

— Eu *sei* que está segura. Nosso homem conseguiu dizer que não há nenhum contrato. Devem ter discutido o assunto. Sei que os outros não tentariam agora. De qualquer modo, afastariam Nicky. Devem estar felizes por poder enterrá-lo.

Adam Felton começou a girar o lápis outra vez, hesitou e em um gesto decidido o jogou no cesto de papéis.

— Está dizendo que a morte de Sepetti o libertou do medo que o atormenta há dezessete anos. O que isso significa para você? Que mudanças trará para sua vida?

109

Quarenta minutos mais tarde, Myles saiu do consultório e continuou sua caminhada com passo leve e ágil. Sabia que estava quase recuperado fisicamente. Agora que não precisava mais se preocupar com Neeve, ia arranjar um emprego. Neeve não sabia ainda das suas investigações sobre a possibilidade de dirigir a Comissão de Repressão às Drogas, em Washington. Teria de passar muito tempo na capital, alugar um apartamento. Mas seria bom para Neeve ficar sozinha. Não ia ficar tanto tempo em casa e começaria a sair com pessoas da sua idade. Antes da doença do pai, Neeve passava os fins de semana de verão nos Hamptons e esquiava muito em Vail. No ano anterior, Myles quase a obrigara a sair por alguns dias. Queria que Neeve se casasse. Ele não ia viver para sempre. Agora, graças ao oportuno enfarte de Nicky, podia ir para Washington sem nenhuma preocupação.

Myles lembrava ainda a dor tremenda do seu enfarte agudo. Era como se um rolo compressor, com pregos, estivesse passando sobre seu peito. "Espero que tenha sentido isso na sua despedida, Nicky", pensou. Então teve a impressão de ver o rosto de sua mãe, os olhos severos fixos nele. *Deseje mal para alguém e o mal volta para você. O que roda sempre volta ao ponto de partida.*

Atravessou a avenida Lexington e passou pelo restaurante Bella Vita. O odor tantalizante da cozinha italiana o fez pensar com prazer no jantar que Neeve havia preparado para aquela noite. Ia ser ótimo ver Sal e Dev outra vez. Meu Deus, como parecia distante aquele tempo em que eram garotos, crescendo juntos na avenida Tenbroeck. Como o Bronx estava diferente agora! Naquele tempo era um grande lugar para viver. Apenas sete casas no quarteirão, bosques de carvalho e bétula. Eles faziam casas nas árvores. O jardim dos pais de Sal, onde hoje era a industrializada estrada

Williamsbridge. Os campos onde ele, Sal e Devin brincavam com seus trenós na neve eram agora ocupados pelo Centro Médico Einstein... Mas havia boas áreas residenciais.

Na Park Avenue, Myles desviou de um pequeno monte de neve suja e meio derretida. Lembrou-se de quando Sal perdeu o controle do trenó e passou por cima de seu braço, quebrando-o em três lugares. Sal começou a chorar.

– Meu pai vai me matar.

Dev assumiu a culpa. O pai dele foi pedir desculpas.

– Ele não quis machucar ninguém, mas é um bobo desajeitado.

Devin Stanton. Sua Graça, o Bispo. Diziam que o Vaticano estava de olho em Dev para a primeira arquidiocese vaga e isso podia significar o chapéu de cardeal.

Quando chegou à Quinta Avenida, Myles olhou para a direita. Seus olhos fixaram-se no telhado maciço do Metropolitan Museum of Art. Sempre quis examinar melhor o Templo de Dendur. Percorreu seus quarteirões e passou a hora seguinte absorto na contemplação das ruínas de uma civilização perdida.

Só quando consultou o relógio e viu que estava na hora de ir para casa e preparar o bar para o jantar, Myles se deu conta de que seu impulso para visitar o museu era uma desculpa para voltar ao local da morte de Renata. Esqueça isso, disse para si mesmo. Mas quando saiu não se conteve e foi direto para os fundos do museu, para o lugar onde o corpo fora encontrado. Era uma peregrinação que fazia a cada quatro ou cinco meses.

Uma névoa avermelhada nas árvores no Central Park era a primeira promessa do verdejar que logo começaria. Havia muita gente no parque. Corredores. Babás empurrando carrinhos. Jovens mães com crianças irrequietas.

Os desabrigados, homens e mulheres patéticos encolhidos nos bancos. O tráfego constante. Carros puxados a cavalo.

Myles parou na clareira onde Renata fora encontrada. Estranho, pensou, ela está enterrada no cemitério Portas do Céu, mas para mim é como se seu corpo estivesse sempre aqui. De pé, parado, inclinou a cabeça, as mãos nos bolsos do paletó de suede. Se fosse um dia como este, haveria gente no parque. Alguém teria visto o que estava acontecendo. Lembrou-se de um verso do poema de Tennyson: *Querida como beijos lembrados depois da morte... Profunda como o primeiro amor, e selvagem como todo o remorso. Oh, Morte em Vida, os dias que não existem mais.*

Mas então, pela primeira vez naquele lugar, Myles sentiu uma vaga sensação de cura.

— Não graças a mim, mas ao menos nossa filha está segura, *carissima mia* — murmurou ele. — E espero que quando Nicky Sepetti se apresentar ao Trono do Julgamento você esteja lá para mandá-lo para o inferno.

Myles deu meia-volta e atravessou rapidamente o parque. As últimas palavras de Adam Felton soaram em seus ouvidos. "Tudo bem. Você não precisa mais se preocupar com Nicky Sepetti. Você passou por uma tragédia terrível há 17 anos. O problema é: está pronto finalmente para continuar sua vida?"

Myles murmurou outra vez a resposta que dera a Adam:

— Estou.

QUANDO NEEVE CHEGOU, quase todos os funcionários já estavam a postos. Além de Eugênia, sua gerente, tinha sete vendedoras fixas e três costureiras.

Eugênia estava vestindo os manequins.

— Acho ótimo que tenha voltado a moda dos conjuntos — disse ela, arrumando o casaco de um tailleur de seda cor de canela. — Com que bolsa?

Neeve recuou um pouco, olhando para as bolsas.

— Levante as duas outra vez. Acho que a menor. A outra tem muito âmbar para esse vestido.

Quando Eugênia deixou a profissão de modelo, engordou um pouco mas conservou os movimentos graciosos que faziam dela a favorita dos estilistas. Colocou a bolsa no braço do manequim.

— Como sempre, você está certa – disse ela. – Vai ser um dia movimentado. Sinto nos ossos.

— Continue sentindo. — Neeve tentou parecer despreocupada mas não conseguiu.

— Neeve, alguma coisa sobre Ethel Lambston? Ela ainda não apareceu?

— Nem sinal. — Neeve examinou rapidamente a loja. — Escute, vou para o escritório dar uns telefonemas. Não diga a ninguém que estou aqui. Não quero falar com vendedores hoje.

Seu primeiro telefonema foi para Toni Mendell, na *Contemporary Woman*. Toni ia passar o dia todo num seminário para editores de revistas. Tentou Jack Campbell. Estava em reunião. Deixou recado para que ele telefonasse.

— É muito urgente — disse para a secretária dele.

Foi seguindo as listas dos nomes encontrados na agenda de Ethel. Os três primeiros não haviam visto Ethel na semana anterior. Ela apenas telefonou para conferir umas citações. A estilista de moda esporte Elke Pearson resumiu a irritação que Neeve notava em todos com quem falou.

— Não sei por que concordei em ser entrevistada por aquela mulher. Ficou martelando perguntas até me deixar tonta. Fui obrigada a praticamente expulsá-la do meu escritório e tenho um palpite de que não vou gostar do maldito artigo.

Anthony della Salva era o seguinte. Neeve não se preocupou por não conseguir falar com ele. Ia vê-lo naquela noite no jantar. Gordon Steuber. Ethel confessara que o havia crucificado no seu artigo. Mas quando o vira pela última vez? Relutantemente, Neeve discou o número do escritório de Steuber e imediatamente passaram a ligação para ele.

Steuber não perdeu tempo com amenidades.

— O que você quer? — perguntou secamente.

Neeve podia vê-lo recostado na cadeira de couro com cantoneiras de bronze. Sua voz era tão fria quanto a dele.

— Pediram-me para tentar localizar Ethel Lambston. É muito urgente. — Num palpite, acrescentou: — Sei, pela agenda dela, que esteve com você na semana passada. Deu alguma indicação de onde pretendia ir?

Longos segundos se passaram em completo silêncio. Ele está tentando decidir o que vai dizer, pensou Neeve. Finalmente Steuber falou, frio como sempre:

— Ethel Lambston tentou me entrevistar há algumas semanas para um artigo que estava escrevendo. Não a recebi. Não tenho tempo para fofoqueiras. Ela telefonou na semana passada mas eu não atendi.

Steuber desligou.

Neeve ia ligar para o nome seguinte da lista quando seu telefone tocou. Era Jack Campbell. Parecia preocupado.

— Minha secretária disse que era urgente. Algum problema, Neeve?

De repente sentiu-se ridícula tentando explicar no telefone que estava preocupada com Ethel Lambston porque ela não havia apanhado suas roupas na sexta-feira.

Disse então:

— Você deve estar muito ocupado, mas seria possível conversarmos por meia hora em breve?

– Tenho um almoço com um dos meus autores – disse ele. – Que tal às 15 horas no meu escritório?

A EDITORA GIVVONS e Marks ocupava os últimos seis andares do prédio na esquina sudoeste da Park Avenue com a rua 41. O escritório de Jack Campbell era imenso, de canto, no 47º andar, com uma vista deslumbrante de Manhattan. A mesa enorme era revestida de verniz negro. As estantes, repletas de manuscritos. O sofá e as cadeiras de couro dispunham-se em volta da mesa de centro, de vidro. Neeve ficou surpresa por não ver nenhum toque pessoal na sala.

Foi como se Jack Campbell adivinhasse seu pensamento.

– Meu apartamento ainda não está pronto, por isto estou no Hampshire House. Todos os meus pertences ainda estão no depósito. Por isso este escritório parece uma sala de espera de dentista.

O paletó estava no encosto da cadeira. Jack vestia um suéter de lã com losangos em tons de verde e marrom que combinava com ele, pensou Neeve. Cores de outono. O rosto era muito magro, os traços irregulares demais para serem belos, mas infinitamente atraentes, com sua força serena. Quando sorria, os olhos irradiavam bom humor e calor humano. Neeve ficou feliz por estar usando um dos seus novos conjuntos de primavera, um vestido de lã turquesa e casaco meio longo combinando.

– Que tal um café? – ofereceu ele. – Eu tomo café demais, mas vou tomar mais um.

Neeve sentiu uma leve dor de cabeça e lembrou que não tinha almoçado.

– Ótimo. Puro, por favor.

Enquanto esperavam, falou sobre a vista.

– Não se sente como o rei de Nova York?

– Neste mês inteiro tive de me esforçar para dar atenção ao trabalho – disse ele. – Tornei-me um futuro nativo de Nova York quando tinha 10 anos. Isso foi há 26 anos, o tempo que levei para conquistar a *Big Apple*.

Quando chegou o café, Jack Campbell sentou-se no sofá, e Neeve na ponta de uma das poltronas. Tinha certeza de que ele havia cancelado outros compromissos para recebê-la tão rapidamente. Respirou fundo e falou sobre Ethel.

– Meu pai acha que é loucura – disse ela. – Mas tenho a estranha sensação de que alguma coisa aconteceu. O caso é, ela falou algo sobre ficar sozinha em algum lugar, por certo tempo? Ouvi dizer que o livro que escreverá para você está programado para o outono.

Jack Campbell ouvia com a mesma atenção que Neeve havia notado no coquetel.

– Não, não está – disse ele.

Neeve arregalou os olhos.

– Então como...?

Campbell acabou de tomar seu café.

– Conheci Ethel há uns dois anos, na ABA, quando ela fazia a promoção do seu primeiro livro para a Givvons e Marks, sobre a mulher na política. Um livro muito bom. Engraçado. Fofoqueiro. Vendeu bem. Por isso, quando ela me procurou, fiquei interessado. Ela fez um resumo do artigo que estava escrevendo e disse que tinha uma história que ia fazer tremer o mundo da moda e perguntou se eu compraria um livro a respeito e quanto daria de adiantamento.

"Eu disse que naturalmente precisava saber mais sobre o assunto, mas que, com base no sucesso do primeiro livro, se este fosse tão explosivo quanto garantia, nós o compraríamos e provavelmente daríamos um adiantamento de seis dígitos. Na semana passada li na coluna Page Six, do *Post*, que Ethel tinha um contrato comigo de meio milhão de dólares e que o livro estava programado para a nossa lista de outono. Meu telefone está tocando sem parar. Todas as editoras menores querem dar seu lance. Telefonei para o agente de Ethel. Ela sequer havia mencionado o assunto para ele. Tentei falar com ela e não consegui. Não confirmei nem neguei os termos. Ela é uma grande caçadora de publicidade, mas se escrever o livro e se ele for bom, concordarei com o adiantamento.

– E não tem ideia da história que, segundo Ethel, vai abalar os alicerces da indústria da moda?

– Nem uma pista.

Com um suspiro, Neeve levantou-se.

– Já tomei muito do seu tempo. Acho que não devo me preocupar. É típico de Ethel entusiasmar-se com um projeto e se esconder em algum lugar. O melhor é eu cuidar da minha vida. Muito obrigada.

Campbell não notou imediatamente a mão estendida. Seu sorriso foi rápido e amigável.

– Você sempre sai assim depressa? Há seis anos, saiu do avião como uma flecha. No coquetel, quando me virei você não estava mais lá.

Neeve retirou a mão.

– Uma vez ou outra ando mais devagar – admitiu –, mas agora acho melhor correr e tratar dos meus negócios.

Ele a acompanhou até a porta.

– Ouvi dizer que Neeve's Place é uma das lojas mais elegantes de Nova York. Posso conhecê-la algum dia?

– É claro. E nem precisa comprar nada.

– Minha mãe mora em Nebraska e gosta de roupas elegantes.

Descendo no elevador, Neeve imaginou se aquele seria o modo de Campbell informar que não tinha nenhuma mulher especial em sua vida. Cantarolando baixinho, Neeve saiu para a tarde morna de abril e chamou um táxi.

Na loja, encontrou um recado de Tse-Tse e telefonou para o apartamento de Ethel. Tse-Tse atendeu ao primeiro toque.

– Neeve, graças a Deus você telefonou. Quero sair daqui antes que aquele sobrinho idiota volte. Neeve, há alguma coisa muito estranha, Ethel costuma esconder notas de 100 dólares pelo apartamento todo. Foi com uma delas que me pagou adiantado uma vez. Quando estive aqui na terça-feira eu vi uma nota debaixo do tapete. Esta manhã encontrei uma no armário de louças e mais três escondidas nos móveis. *Neeve, tenho certeza de que não estavam aqui na terça-feira.*

Seamus saiu do bar às 16h30. Ignorando os empurrões dos pedestres, caminhou apressado pela calçada da avenida Columbus. Precisava ir ao apartamento de Ethel sem que Ruth soubesse. Desde o momento em que descobriu que havia posto o cheque no envelope, com o bilhete, Seamus era como um animal acuado, saltando de um lado para o outro, procurando uma saída.

Sua única esperança era o fato de a ponta do envelope ter ficado para fora da caixa de correspondência. Talvez pudesse retirá-lo agora. Era uma chance em um milhão. Se o carteiro tivesse passado com mais cartas, provavelmente teria empurrado o envelope para dentro. Mas a possibilidade existia e precisava tentar.

Chegou ao quarteirão do edifício de Ethel, observando atento as pessoas que passavam, esperando não encontrar nenhum vizinho que o conhecia de vista. Quando chegou ao prédio, a sensação de desastre cresceu ao ponto do desespero. Não podia nem tentar reaver uma carta sem criar confusão. Para entrar no prédio precisava de uma chave. Na noite passada, aquela menina atrevida abrira a porta para ele. Agora, precisava tocar a campainha do zelador e o homem, na certa, não ia permitir que mexesse na caixa de correspondência de Ethel.

Estava na frente do prédio. O apartamento de Ethel ficava à esquerda, no térreo. Enquanto estava ali parado, sem saber o que fazer, a janela do quarto andar se abriu e uma mulher inclinou-se para fora. Atrás dela, Seamus viu a menina da véspera.

– Ela não apareceu durante toda a semana – gritou uma voz estridente. – Escute. Eu quase chamei os tiras na quinta-feira passada quando o ouvi gritando com ela.

Seamus deu meia-volta e fugiu. Ofegante, correu às cegas pela avenida West End. Só parou quando entrou em casa e trancou a porta. Então percebeu as batidas desordenadas do seu coração, o som trêmulo da respiração angustiante. Ouviu passos no corredor, que vinham do seu quarto. Ruth já estava em casa. Rapidamente, passou a mão pelo rosto e tentou se acalmar.

Ruth não pareceu notar sua agitação. Estava com o terno marrom de Seamus no braço.

– Ia deixar isto na tinturaria – disse ela. – Pode me dizer, pelo amor de Deus, como esta nota de 100 dólares foi parar no bolso do seu terno?

JACK CAMPBELL PERMANECEU no escritório por mais ou menos duas horas, depois que Neeve saiu. Mas o manuscrito entregue com um bilhete entusiasmado de um agente não conseguia prender sua atenção. Depois de muito esforço para ler com interesse, ele o empurrou para o lado com irritação pouco comum. A zanga era dirigida a ele mesmo. Não era justo avaliar o trabalho de alguém pensando em outro assunto.

Neeve Kearny. Lembrava-se do seu desapontamento momentâneo, seis anos antes, por não ter pedido a Neeve o número do seu telefone. Alguns meses mais tarde, já em Nova York, ele consultou a lista de assinantes de Manhattan e encontrou páginas e páginas com o sobrenome Kearny. Nenhum com o primeiro nome Neeve. Ela dissera alguma coisa sobre uma loja de modas. Procurou em Kearny. Nada.

Então deu de ombros e procurou não pensar mais nela. Com certeza Neeve vivia com alguém. Mas, por algum motivo, não conseguiu esquecer. No coquetel, quando Neeve aproximou-se, Jack a reconheceu imediatamente. Não era mais uma garota com 21 anos com roupas de esquiar, mas uma jovem mulher sofisticada e muito bem vestida. Porém, o cabelo negro, a pele branca e macia, os enormes olhos castanhos, as sardas no nariz, tudo era igual.

Agora, Jack imaginava se ela estaria seriamente envolvida com alguém. Se não estivesse... Às 18 horas sua assistente apareceu na porta.

– Para mim, chega – disse ela. – Posso avisá-lo de que vai atrapalhar a vida de todo mundo se ficar no escritório até tão tarde?

Jack levantou-se.

– Estou saindo – desculpou-se. – Só uma pergunta, Ginny. O que você sabe sobre Neeve Kearny?

A caminho do apartamento alugado em Central Park Sul, Jack pensou na resposta de Ginny. Neeve Kearny tinha uma butique famosa onde Ginny comprava seus vestidos para ocasiões especiais. Neeve era respeitada e querida. Há alguns meses havia denunciado um estilista que explorava o trabalho de menores. Neeve era uma lutadora.

Jack havia perguntado sobre Ethel Lambston. Ginny ergueu os olhos.

– Não me faça começar a falar.

Jack ficou no apartamento o tempo suficiente para se convencer de que não estava disposto a preparar o próprio jantar. O certo era ir ao Nicola's e comer algum prato de massa. O Nicola's ficava na rua 84, entre as avenidas Lexington e Terceira.

Foi uma boa decisão. Como sempre, encontrou uma fila de espera, mas depois de um drinque no bar seu garçom favorito, Lou, disse:

– Tudo pronto, Sr. Campbell.

Depois de meia garrafa de Valpolicella, uma salada de agrião e chicória crespa e linguine com frutos do mar, Jack sentiu-se mais relaxado. Pediu um expresso duplo e a conta.

Saiu do restaurante e deu de ombros. Durante todo o tempo sabia que ia caminhar pela avenida Madison, até a rua 84 para ver Neeve's Place. Alguns minutos depois, com a brisa fresca da noite lembrando que estavam em abril e que no começo da primavera o tempo pode ser caprichoso, ele examinava as vitrines elegantemente decoradas. Gostou do que viu. Os vestidos estampados delicadamente femininos, com guarda-chuvas combinando. As poses dos manequins, a inclinação quase arrogante das cabeças. Jack sentiu que Neeve definia-se naquela combinação de força e suavidade.

Observando atentamente as vitrines, Jack finalmente deu forma ao pensamento que não lhe ocorrera quando tentou explicar a Neeve por que Ethel o havia escolhido.

– Há intriga, há excitação, há universalidade na moda – dissera Ethel com aquele seu modo ofegante e rápido de falar. – Meu artigo é sobre isso. Mas suponha que eu possa lhe oferecer muito mais. Uma bomba, dinamite pura.

Naquele dia Jack estava atrasado para um compromisso e tentou interromper Ethel.

– Mande um resumo.

A recusa insistente de Ethel de terminar a conversa:

– Quanto vale um escândalo explosivo de grandes proporções?

Sua resposta, descuidada.

121

— Se for suficientemente sensacional, na casa dos 100 mil dólares.

Jack olhou para os manequins com seus guarda-chuvas que pareciam guarda-sóis. Olhou para a marquise marfim e azul com o nome Neeve's Place. No dia seguinte telefonaria para contar exatamente o que Ethel havia dito.

Quando chegou à avenida Madison, mais uma vez sentindo necessidade de andar para se libertar de uma inquietação indefinida, Jack pensou: Estou procurando pretextos. Por que não a convido para sair?

Nesse momento Jack definiu a causa da inquietação. De modo algum queria ouvir Neeve dizer que estava envolvida com outra pessoa.

QUINTA-FEIRA ERA UM DIA atarefado para Kitty Conway. Das 9 horas da manhã até o meio-dia, levou doentes aos consultórios médicos. À tarde trabalhou como voluntária na pequena loja do Garden State Museum. Essas duas atividades a faziam sentir-se útil.

Há muito tempo, na universidade, estudara antropologia, pensando vagamente em se tornar uma segunda Margaret Mead. Então conheceu Mike. Agora, ajudando uma jovem de 16 anos na escolha de uma réplica de colar egípcio, pensava que no verão podia se inscrever numa viagem antropológica.

A ideia era interessante. Voltando de carro para casa, naquela noite de abril, Kitty compreendeu que começava a se impacientar consigo mesma. Estava na hora de retomar sua vida. Entrou na avenida Lincoln e sorriu ao ver sua casa no alto da curva do Grand View Circle, estilo colonial com venezianas negras.

Entrou em casa e acendeu as luzes do andar térreo, depois ligou a lareira a gás na sala. Quando Michael era vivo, ele fazia um belo fogo na lareira, empilhando os troncos sobre o acendedor e alimentando as chamas regularmente, enchendo a sala com o perfume da madeira queimada. Por mais que tentasse, Kitty não conseguia fazer o mesmo; assim, pedindo desculpas à memória de Michael, mandou instalar o jato de gás.

Subiu para o quarto, agora redecorado em abricó e verde-claro, num desenho copiado de uma tapeçaria de museu. Tirou o conjunto de lã cinzenta, decidindo-se por um banho de chuveiro e o conforto de um pijama e um roupão. Péssimo hábito, pensou. São só 18 horas.

Tirou um conjunto de moletom azul-escuro do *closet* e apanhou os tênis.

– A partir de agora, volto a correr – disse Kitty.

Seguiu o caminho de sempre: Grand View para avenida Lincoln, 600 metros até a cidade, dar a volta na estação de ônibus e voltar para casa. Sentindo-se agradavelmente virtuosa, despiu-se, pôs a roupa no cesto para lavar, entrou no chuveiro, vestiu o pijama e parou na frente do espelho. Sempre fora magra e estava mantendo bem a linha. As rugas em volta dos olhos não eram muito acentuadas. O cabelo parecia natural. O cabeleireiro conseguia sua cor ruiva original. Nada mau, disse Kitty para a imagem no espelho, mas, meu Deus, mais dois anos e farei *60 anos*.

Estava na hora do noticiário das 19 horas e sem dúvida na hora de um xerez. Ia sair do quarto quando percebeu que deixara acesa a luz do banheiro. Sabendo usar não vai faltar, e além disso, era preciso economizar eletricidade. Quando estendeu a mão para o interruptor do banheiro, seus dedos ficaram paralisados. A manga do conjunto de moletom azul jazia pendurada para fora da cesta. O medo, como uma lâmina fria de aço, apertou a garganta de Kitty. Seus lábios ficaram secos. Sentiu arrepiar o cabelo na nuca. Aquela manga. A mão podia estar nela. Ontem. Quando o cavalo disparou. O pedaço de plástico batendo no seu rosto. A imagem embaçada de tecido azul e a mão. Não fora ilusão. *Tinha visto a mão.*

Kitty esqueceu de ligar a televisão para o noticiário das 19 horas. Sentou-se na frente do fogo, inclinada para a frente, tomando seu xerez. Nem o fogo nem a bebida conseguiam eliminar o frio que tomava conta do seu corpo. Devia chamar a polícia? E se estivesse enganada? Ia parecer uma tola.

Não estou enganada, disse para si mesma, mas vou esperar até amanhã. Vou de carro até o parque e sigo a pé até o lugar. Eu vi a mão, mas seja de quem for, está fora de qualquer ajuda agora.

— VOCÊ DISSE QUE o sobrinho de Ethel está no apartamento? — perguntou Myles, colocando gelo no balde. — Então ele apanhou o dinheiro emprestado e depois devolveu. Isso acontece.

Mais uma vez, a explicação lógica de Myles sobre as circunstâncias do desaparecimento de Ethel, os casacos no *closet* e as notas de 100 dólares, fazia com que Neeve se sentisse tola. Ainda bem que não tinha contado a Myles seu encontro com Campbell. Naquela tarde, quando chegou em casa, vestiu uma calça comprida de seda com uma blusa de manga comprida. Esperava que Myles dissesse: "Muita elegância para servir um simples jantar." Em vez disso, olhou para ela com ternura e disse:

— Sua mãe sempre ficava linda de azul. Você está ficando cada dia mais parecida com ela.

Neeve apanhou o livro de cozinha de Renata. Ia servir presunto em fatias finas com melão, macarrão *al pesto*, linguado recheado com camarão, legumes variados, salada de rúcula e endívia, queijo e uma torta. Folheou o livro até chegar à página dos desenhos. Mais uma vez evitou olhá-los, concentrando-se nas instruções escritas na margem, sobre o tempo em que o linguado devia ficar no forno.

Certa de que tudo estava em ordem, foi até a geladeira e tirou um vidro de caviar. Myles a observou enquanto ela arrumava as torradas no prato.

– Jamais consegui gostar desse negócio – disse ele. – Sei que é muito plebeu de minha parte.

– Você não tem nada de plebeu. – Neeve pôs um pouco de caviar numa das torradas. – Mas está perdendo uma iguaria deliciosa.

Olhou para o pai, para o paletó esporte azul-marinho, calça esporte cinza, camisa azul-clara e a gravata vermelha e azul, presente de Natal da filha. Um homem bonito, pensou, e o melhor, ninguém diria que esteve doente. Disse isso para ele.

Myles apanhou uma torrada com caviar e a enfiou na boca.

– Ainda não gosto – comentou. E depois: – Sinto-me bem e a inatividade começa a me dar nos nervos. Estive estudando a possibilidade de dirigir a agência da Comissão de Repressão às Drogas, em Washington. Teria de passar muito tempo na capital. O que você acha?

Com uma exclamação de alegria, Neeve abraçou o pai.

– É maravilhoso. Vá em frente. Consiga o emprego...

Cantarolando baixinho, Neeve levou o caviar e um prato com Brie para a sala de estar. Agora, se ao menos descobrisse o paradeiro de Ethel Lambston. Estava pensando quanto tempo teria de esperar o telefonema de Campbell quando tocaram a campainha da porta. Os convidados chegaram juntos.

O bispo Devin Stanton era um dos poucos religiosos que nas reuniões sociais ainda parecia mais à vontade com o colarinho romano do que com um casaco esporte. Alguns fios ruivos apareciam timidamente entre os cabelos brancos. Os suaves olhos azuis, atrás dos óculos de aros prateados, irradiavam inteligência e calor humano. Os movimentos do corpo alto e magro eram fluidos. Neeve sempre teve a impressão de que Dev podia ler sua mente e que, para sua satisfação, gostava do que lia. Beijou-o calorosamente.

Anthony della Salva estava resplandecente com uma de suas criações. Terno cinza-escuro de seda italiana. O corte elegante da roupa disfarçava o excesso de peso no corpo que nunca fora magro. Neeve lembrou-se da observação de Myles sobre Sal. Parece um gato bem alimentado. A descrição exata. O cabelo negro, sem um fio branco, brilhava, combinando com o brilho dos sapatos Gucci. Para Neeve era instintivo calcular o preço de roupas. Avaliou que o terno de Sal devia custar, no varejo, mais ou menos 1.500 dólares.

Como sempre, Sal estava esfuziante.

— Dev, Myles, Neeve, minhas três pessoas favoritas, não contando minha atual namorada, mas certamente contando minhas ex-mulheres. Dev, acha que a Mãe Igreja vai me aceitar de volta quando eu ficar velho?

— O filho pródigo deve voltar arrependido e andrajoso — observou o bispo secamente.

Rindo, Myles passou os braços pelos ombros dos amigos.

— É bom estar com vocês. Sinto-me de novo no Bronx. Ainda bebem vodca Absolut ou encontraram alguma coisa mais sofisticada?

A noite começou do modo agradável que já era um ritual. O debate sobre o segundo martíni, um erguer de ombros e o "por que não nos reunimos mais vezes", do bispo, "eu acho melhor ficar por aqui", de Myles, o descuidado "é claro", de Sal. A conversa passou da política — "Será que o prefeito pode ganhar outra vez?" — para os problemas da

Igreja – "Não se pode educar uma criança na escola paroquial por menos de 16 mil dólares por ano. Meu Deus, quando estávamos na São Francisco Xavier, nossos pais pagavam um dólar por mês. A paróquia mantinha a escola com os jogos de bingo" – e para os lamentos de Sal sobre importação – "É claro que devemos usar o preço determinado pelo sindicato, mas podemos comprar roupas feitas na Coreia por uma terça parte do preço. Se não cobramos a taxa, perdemos dinheiro. Se cobramos, estamos prejudicando o sindicato" – ao comentário de Myles, com voz inexpressiva: – "Ainda acho que não sabemos da metade do dinheiro da Máfia que circula na Sétima Avenida."

Inevitavelmente, falaram da morte de Nicky Sepetti.

– Foi fácil demais para ele, morrer na cama – comentou Sal, sem sua expressão jovial – depois do que fez à sua querida.

Neeve viu Myles comprimir os lábios. Há muito tempo atrás, Sal ouvira Myles, em tom de brincadeira, chamar Renata de "minha querida" e para aborrecimento de Myles passou a chamá-la assim. "Como vai, querida?", dizia para Renata. Neeve lembrava-se do momento em que, no enterro de Renata, Sal ajoelhou-se ao lado do caixão com os olhos marejados de lágrimas, depois levantando-se abraçou Myles e disse:

– Tente pensar que sua querida está dormindo.

– Ela não está dormindo. Está morta. E Sal, nunca mais a chame assim. Era como eu a chamava. – Myles respondera secamente.

Até aquela noite, Sal tinha obedecido. Houve um momento de silêncio embaraçoso, então Sal terminou seu martíni e levantou-se.

– Volto num minuto – disse ele, caminhando para o banheiro.

Devin suspirou.

— Ele pode ser um estilista genial, mas tem mais manchas do que verniz.

— Ele também me emprestou o capital para a loja – lembrou Neeve. – Se não fosse por Sal, eu provavelmente seria, ainda, uma assistente de compradora da Bloomingdale's.

Viu a expressão nos olhos do pai e avisou:

— Não diga que eu estaria muito melhor.

— Isso jamais me passou pela cabeça.

Quando serviu o jantar, Neeve acendeu as velas e diminuiu a luz do lustre central, mergulhando a sala num suave movimento de sombras. Todos os pratos foram elogiados, Myles e o bispo serviram-se duas vezes de cada um, Sal três vezes.

— Tenho de esquecer a dieta – disse ele. – Esta é a melhor cozinha de Manhattan.

Quando chegaram à sobremesa, inevitavelmente começaram a falar de Renata.

— Esta é uma das receitas dela – disse Neeve. – Preparada especialmente para vocês dois. Estou começando a usar seu livro de receitas e é muito interessante.

Myles falou sobre a possibilidade de trabalhar para a Agência de Repressão às Drogas.

— Talvez eu lhe faça companhia na área de Washington – disse Devin com um sorriso, e acrescentou: – Estritamente confidencial.

Sal insistiu em ajudar Neeve a tirar a mesa e ofereceu-se para fazer o expresso. Enquanto ele se ocupava da máquina, Neeve tirou da cristaleira as belíssimas xícaras em ouro e verde que estavam há gerações na família Rossetti.

Um baque surdo e um grito de dor fizeram com que todos corressem para a cozinha. A máquina de expresso estava caída de lado, inundando a bancada e o livro de receitas de

Renata. Sal estava com a mão vermelha e queimada sob o jato de água fria da torneira, seu rosto extremamente pálido.

— A alça daquele maldito bule soltou – tentava parecer calmo. – Myles, acho que está querendo se vingar por aquela vez em que quebrei seu braço.

A queimadura era grave e dolorosa.

Neeve apanhou as folhas de eucalipto que Myles sempre tinha em casa para o caso de queimaduras. Enxugou cuidadosamente a mão de Sal, cobriu-a com as folhas e enrolou sobre elas um guardanapo de linho branco. O bispo levantou a máquina de café e começou a enxugar a água derramada. Myles enxugava o livro de cozinha. Neeve observou a expressão dos olhos dele vendo os desenhos de Renata completamente molhados e manchados.

Sal notou também. Retirou a mão das de Neeve.

— Myles, pelo amor de Deus, desculpe-me.

Myles, segurando o livro sobre a pia, enxugou as manchas de café, cobriu o livro com uma toalha e o colocou cuidadosamente sobre a geladeira.

— Por que está se desculpando? Neeve, eu nunca vi essa maldita máquina de café antes. Quando você a comprou?

Neeve começou a fazer café na máquina antiga.

— Foi um presente – explicou ela, relutante. – Ethel Lambston mandou para você, depois daquela festa de Natal.

Para surpresa de Devin Stanton, Myles, Neeve e Sal caíram na gargalhada.

— Explico tudo quando estivermos mais calmos, Sua Graça – disse Neeve. – Meu Deus, por mais que eu faça, não consigo me livrar de Ethel nem pelo tempo de um jantar.

ENQUANTO TOMAVAM expresso e Sambuca, ela falou sobre o aparente desaparecimento de Ethel. O comentário de Myles foi:

— Desde que ela *continue* desaparecida.

Tentando não demonstrar a dor que estava sentindo, Sal serviu-se de uma segunda dose de Sambuca e disse:

— Não existe um estilista na Sétima Avenida que ela não tenha atacado naquele artigo. Para responder à sua pergunta, Neeve, ela telefonou para meu escritório na semana passada e insistiu em falar comigo. Eu estava no meio de uma reunião. Ethel me fez algumas perguntas, como: "Era verdade que bateu o recorde da escola, no jogo de hóquei no Ginásio Cristóvão Colombo?"

Neeve olhou para ele atônita.

— Você deve estar brincando.

— Nada disso. Minha opinião é que o artigo de Ethel tem como objetivo negar todas as histórias que nós, os estilistas, pagamos aos publicitários para inventar. Pode ser material quente para um artigo, mas diga, acha que um livro desse tipo vale meio milhão? Eu não entendo.

Neeve ia dizer que, na verdade, não haviam oferecido meio milhão pelo livro de Ethel, mas resolveu se calar. Evidentemente Jack Campbell não tinha intenção de revelar esse fato.

— A propósito — continuou Sal —, estão dizendo que sua denúncia sobre a exploração de menores nas oficinas de Steuber está revelando um monte de sujeira. Neeve, fique longe daquele cara.

— O que quer dizer com isso? — perguntou Myles.

Neeve não contara ao pai que Gordon Steuber podia vir a ser indiciado por sua causa. Balançando a cabeça para Sal, contou:

— É um estilista do qual deixei de comprar por causa do modo como trabalha. — Apelou para Sal. — Continuo achando que há alguma coisa estranha no desaparecimento de Ethel. Você sabe que ela só compra na minha loja e todos os seus casacos de inverno estão no *closet*.

Sal deu de ombros.

— Neeve, vou ser franco. Ethel é tão desligada que, provavelmente, saiu sem agasalho e nem notou. Espere para ver. Ela vai aparecer com alguma coisa comprada na J. C. Penney's.

Myles riu. Neeve balançou a cabeça.

— Você não ajuda nada.

Antes de se levantarem da mesa, Devin Stanton fez uma oração de graças.

— Agradecemos a Deus por nossa boa amizade, pela deliciosa refeição, pela bela jovem que a preparou e pedimos que abençoe a lembrança de Renata que nós todos amávamos.

— Obrigado, Dev. – Myles tocou de leve a mão do bispo. Depois riu. – E se ela estivesse aqui, estaria mandando você limpar a desordem que fez na cozinha, Sal.

Quando os convidados saíram, Neeve e Myles ligaram a máquina de lavar pratos e lavaram as panelas num silêncio amigável. Neeve apanhou o bule da máquina de expresso.

— Acho melhor me desfazer disto antes que alguém mais se queime – disse ela.

— Não, deixe aí – disse Myles –, parece coisa cara e posso consertar algum dia, enquanto assisto a *Perigo*.

Perigo. Neeve teve a impressão de que a palavra ficou soando no ar. Balançando a cabeça com impaciência, apagou a luz da cozinha e deu um beijo de boa-noite no pai. Olhou em volta certificando-se de que tudo estava em ordem. A luz do hall se refletia palidamente na salinha íntima e Neeve estremeceu vendo-a iluminar as páginas manchadas do livro de cozinha de Renata, que Myles tinha colocado em cima da sua mesa.

8

Na sexta-feira de manhã, Ruth Lambston saiu de casa enquanto Seamus se barbeava. Não se despediu dele. A lembrança da expressão furiosa do marido quando ela mostrou a nota de 100 dólares estava gravada em sua mente. Nos últimos anos, o cheque mensal da pensão quase destruíra tudo que sentia por ele, menos o ressentimento. Agora havia algo novo. Ruth estava com medo. Dele? Por ele? Não sabia.

Ruth ganhava 26 mil dólares por ano como secretária. Com impostos e aposentadoria, mais despesas de condução, roupas e almoço, seu ordenado líquido, trabalhando três dias por semana, correspondia quase à pensão de Ethel. "Estou trabalhando como uma escrava para aquela bruxa", costumava dizer a Seamus.

Geralmente ele procurava acalmá-la. Mas na noite anterior, seu rosto estava crispado de raiva. Ergueu o punho fechado e Ruth se encolheu, certa, por um momento, de que ia espancá-la. Mas Seamus arrancou a nota de 100 dólares da mão de Ruth e a rasgou ao meio.

— Quer saber onde consegui? — gritou ele. — Aquela cadela me deu. Quando pedi para me libertar da pensão, ela disse que teria prazer em me ajudar. Disse que esteve ocupada durante todo o mês, que quase não comeu fora e isto tinha sobrado do mês passado.

— Então não disse que você podia parar de mandar os cheques? — berrou Ruth. A fúria no rosto de Seamus transformou-se em ódio.

— Talvez eu a tenha convencido de que há limite para o que um ser humano pode aguentar. Talvez você também precise aprender isso.

A indignação de Ruth foi tamanha que até agora dificultava sua respiração.

– Não se atreva a me ameaçar – gritou ela e então, horrorizada, viu Seamus começar a chorar.

Entre soluços, ele contou que tinha posto o cheque com a carta no mesmo envelope, contou o que a garota do terceiro andar dissera sobre o pagamento do resgate.

– Todos naquele prédio me ridicularizam.

Ruth passou a noite em claro no quarto de uma das filhas, sentindo tanto desprezo por Seamus que não suportava a ideia de ficar ao lado dele. De manhã, compreendeu que desprezava a si mesma também. Aquela mulher me transformou numa megera, pensou. Isso tem de acabar.

Agora, com expressão determinada, em vez de virar para a direita na direção da Broadway e da estação do metrô, seguiu direto pela avenida West End. Soprava uma brisa cortante mas, com sapatos de saltos baixos, Ruth podia caminhar rapidamente.

Ia enfrentar Ethel. Devia ter feito isso há muitos anos. Os artigos de Ethel que havia lido mostravam que se fazia passar por feminista. Mas agora o enorme contrato para o livro a fazia vulnerável. A Page Six do *Post* adoraria publicar que Ethel tirava mil dólares por mês de um homem que tinha três filhas na universidade. Ruth permitiu-se um sorriso irônico. Se Ethel não desistisse do seu direito à pensão, Ruth a destruiria. Primeiro o *Post*. Depois, os tribunais.

Pedira um empréstimo na companhia em que trabalhava para cobrir o cheque sem fundos que Seamus enviara à universidade da filha. A diretora da empresa ficara chocada quando soube da pensão.

– Tenho uma amiga que é ótima advogada na vara de família – garantiu ela. – Ela pode trabalhar *pro bono* e vai adorar um caso como esse. Ao que sei, não se pode anular um acordo irrevogável de pensão, mas já está mais do que na hora de testar a lei. Se você entrar com a alegação de injúria, muita coisa pode acontecer.

Ruth, naquele momento hesitou.

– Não quero criar constrangimento para minhas filhas. Teria de admitir que a renda do bar dá apenas para manter as portas abertas. Vou pensar no assunto.

Atravessando a rua 73, Ruth pensou: ou ela desiste da pensão, ou eu vou procurar aquela advogada.

Uma jovem empurrando um carrinho obrigou Ruth a desviar para o lado e colidir com um homem magro com um boné que quase cobria seu rosto e um sobretudo cheirando a vinho azedo. Franzindo o nariz, Ruth segurou com força a bolsa e atravessou a rua rapidamente. Havia tanta gente nas calçadas, constatou. Crianças correndo com livros escolares, velhos no seu passeio diário até a banca de jornais, gente que ia para o trabalho tentando chamar um táxi.

Ruth não se esquecia da casa que quase tinham comprado em Westchester há 20 anos. Trinta e cinco mil dólares naquela época. Devia valer dez vezes mais agora. Quando o banco viu os pagamentos da pensão, não aprovou o empréstimo.

Caminhou para leste, entrando na rua 82, o quarteirão de Ethel. Empertigando o corpo, Ruth ajeitou os óculos sem aros, preparando-se como um lutador prestes a entrar no ringue. Seamus havia dito que Ethel morava no térreo, num apartamento com entrada independente. O nome sobre o botão da campainha, E. Lambston, confirmava isso.

Um rádio tocava lá dentro. Ruth apertou a campainha com firmeza, mas ninguém atendeu da primeira, nem da segunda vez. Ruth não desanimou. Na terceira vez, ficou com o dedo no botão.

A campainha dentro do apartamento soou por um minuto inteiro antes de Ruth ser recompensada com o barulho da chave girando na fechadura. A porta se abriu. Um jovem, despenteado, a camisa desabotoada, olhou furioso para ela.

– Que diabo você quer? – perguntou ele. Então, esforçou-se visivelmente para se acalmar. – Desculpe. É amiga da tia Ethel?

– Sou, e preciso falar com ela.

Ruth deu um passo à frente, obrigando o jovem a barrar seu caminho ou deixá-la entrar. Ele recuou e ela entrou na sala de estar. Olhou em volta rapidamente. Seamus sempre falava sobre a desordem em que Ethel vivia, mas aquela sala estava imaculada. Havia muito papel, mas todo empilhado em grande ordem. Móveis antigos de boa qualidade. Seamus tinha falado sobre os móveis que comprara para Ethel. E eu vivo com aqueles horrores, pensou Ruth.

– Sou Douglas Brown. – Doug suava de apreensão. Havia algo naquela mulher, algo no modo como olhava para a sala que o deixava nervoso. – Sou sobrinho de Ethel – continuou. – Tem um encontro marcado?

– Não. Mas insisto em falar com ela imediatamente. – Ruth apresentou-se. – Sou a mulher de Seamus Lambston e vim apanhar o último cheque que ele mandou para sua tia. De hoje em diante, acabou a pensão.

Havia uma pilha de cartas sobre a mesa. Quase no topo ela viu o envelope branco com tarja marrom, o papel de carta que as filhas haviam dado a Seamus no seu aniversário.

– Vou levar isto – disse ela.

Antes que Doug pudesse impedir, o envelope estava na mão dela. Ruth o abriu e tirou o que estava dentro. Rasgou o cheque e colocou o bilhete outra vez no envelope.

Atônito demais para fazer qualquer coisa, Doug a viu enfiar a mão na bolsa e tirar dois pedaços da nota de 100 dólares rasgada por Seamus.

— Suponho que ela não está em casa – disse Ruth.

— Você é um bocado atrevida – disse Doug. – Eu podia mandar prendê-la por isto.

— Se fosse você, não tentaria. Tome – enfiou os pedaços da nota na mão dele. – Diga àquela parasita para colar a nota e pagar seu último jantar às custas do meu marido. Diga que não vai receber nem mais um centavo de nós e que, se tentar, vai se arrepender pelo resto da vida.

Ruth não deu a Doug oportunidade de responder. Foi até o hall onde estavam as fotografias de Ethel e as examinou.

— Ela se faz passar por defensora de todo o tipo de causas vagas e indefinidas e anda por aí aceitando esses malditos prêmios, enquanto está levando para o túmulo a única pessoa que a tratou como mulher, como um ser humano – Ruth voltou-se para Doug. – Acho que ela é desprezível. Sei o que ela pensa de você. Você come nos restaurantes elegantes a comida que eu, meu marido e nossas filhas pagamos e, não satisfeito com isso, você ainda rouba dela. Ethel contou tudo sobre você para meu marido. Só posso dizer que vocês dois são dignos um do outro.

Ruth se foi. Com os lábios sem cor, Doug desmoronou no sofá. Para quem mais Ethel, com sua língua indiscreta, havia dito que ele tinha o hábito de roubar o dinheiro da sua pensão?

QUANDO SAIU DO APARTAMENTO, uma mulher acenou para ela dos degraus da frente do prédio. Devia ter uns 40 anos. Ruth observou que o cabelo dela estava sofisticadamente despenteado, o pulôver e a calça justa na última moda, e sua expressão só podia ser descrita como de incontida curiosidade.

— Desculpe se a incomodo – disse a mulher. – Sou Georgette Wells, vizinha de Ethel, e estou preocupada com ela.

Uma garota magra abriu a porta do prédio, desceu os degraus e parou ao lado da mulher. Os olhos atentos examinaram Ruth, notando que ela estava na frente do apartamento de Ethel.

— É amiga da Sra. Lambston?– perguntou a menina.

Ruth teve certeza de que era a menina que havia provocado Seamus.

Uma intensa antipatia, aliada a um temor repentino e gelado, apertou o estômago de Ruth. Por que aquela mulher estava preocupada com Ethel? Pensou na fúria assassina nos olhos de Seamus quando descreveu como Ethel enfiou a nota de 100 dólares no seu bolso. Pensou no apartamento limpo e arrumado de onde acabava de sair. Quantas vezes naqueles anos Seamus havia dito que bastava Ethel entrar numa sala para dar a impressão de que a casa fora atingida por uma bomba atômica? Ethel *não* tinha estado naquele apartamento recentemente.

— Sou – disse Ruth, procurando ser agradável. – Estou surpresa por não encontrar Ethel, mas tem algum motivo para estar preocupada?

— Dana, vá para a escola – disse a mãe. – Vai se atrasar outra vez.

— Eu quero ouvir – disse Dana com um muxoxo.

— Tudo bem, tudo bem – disse Georgette, impaciente, voltando-se outra vez para Ruth. – Algo estranho está acontecendo. Na semana passada o ex-marido de Ethel esteve aqui. Geralmente ele só vem no dia 5, quando não manda a pensão pelo correio. Por isso, quando eu o vi rondando por aqui na tarde da última quinta-feira, achei estranho. Quero dizer, estávamos ainda no dia 30, por que ele traria o cheque tão cedo? Bem, vou lhe contar, tiveram uma briga daquelas! Eu ouvia os gritos como se estivesse na sala com eles.

Ruth conseguiu dizer com voz calma:

— O que estavam dizendo?

— Bem, quero dizer, eu ouvia os gritos, não dava para entender o que diziam. Comecei a descer a escada, para o caso de Ethel precisar de ajuda...

Não, você queria ouvir melhor, pensou Ruth.

— Mas então meu telefone tocou e era minha mãe telefonando de Cleveland para falar do divórcio de minha irmã e só depois de uma hora ela parou para respirar. Então, a briga tinha acabado. Telefonei para Ethel. Ela é muito esquisita a respeito do ex-marido. Sabe imitá-lo com perfeição, sabia? Mas ela não atendeu, e então pensei que devia ter saído. Sabe como ela é... Sempre correndo para algum lugar. Mas geralmente me avisa quando vai se ausentar por mais de dois dias, e não me disse nada. Agora, o sobrinho está no apartamento e isso também é estranho.

Georgette Wells cruzou os braços.

— Um pouco frio, não acha? Tempo maluco. Todo esse aerossol na camada de ozônio, eu acho. Bem – continuou ela, sob o olhar fixo de Ruth e a atenção absorta da filha –, eu tenho *uma sensação esquisita* de que alguma coisa aconteceu a Ethel e que aquele cretino do ex-marido tem muito a ver com isso.

— Não se esqueça, mamãe – interrompeu Dana – que ele voltou na quarta-feira e parecia muito assustado.

— Eu ia chegar lá. Você o viu na quarta-feira. No dia 5, portanto devia estar entregando o cheque. Então eu o vi ontem. Pode me dizer por que ele voltou? Mas ninguém viu Ethel. O que eu acho é que ele deve ter feito alguma coisa com ela e deixou alguma pista que o está preocupando. – Georgette Wells sorriu triunfante, completando sua história. – Como uma boa amiga de Ethel – disse para Ruth –, ajude-me a decidir. Devo chamar a polícia e dizer que acho que minha vizinha foi assassinada?

NA SEXTA-FEIRA DE MANHÃ, telefonaram do hospital para Kitty Conway dizendo que uma das voluntárias estava doente e perguntando se podia substituí-la no transporte dos doentes.

Voltou para casa no fim da tarde, vestiu o conjunto de moletom, calçou o tênis e foi de carro para o Morrison State Park. As sombras alongavam-se e no caminho Kitty pensou em deixar para o dia seguinte, mas continuou e chegou ao parque. O sol dos últimos dias havia secado o cimento do estacionamento e dos vários caminhos, mas no bosque o solo ainda estava úmido.

Kitty caminhou até à área do estábulo, procurando seguir a trilha percorrida a cavalo naquela manhã. Mas logo percebeu que não tinha a menor ideia de qual era o caminho.

– Não tenho nenhum senso de direção – resmungou, afastando um galho que bateu no seu rosto. Mike costumava desenhar mapas detalhados com cruzamentos e pontos de referência cada vez que ela ia sozinha de carro a um lugar que não conhecia.

Depois de 40 infrutíferos minutos, seu tênis estava molhado e enlameado, suas pernas doloridas, e não tinha conseguido coisa alguma. Parou para descansar na clareira onde os alunos de equitação paravam e se reagrupavam. Ninguém estava por perto e Kitty não ouvia nenhum som de cavalos nas trilhas. O sol tinha quase desaparecido. Devo ser louca, pensou Kitty. Isto não é lugar para se ficar sozinha. Volto amanhã.

Levantou-se para voltar. Espere um pouco, pensou, foi perto daqui. Entramos na bifurcação à direita e subimos até aquela rampa. Mais ou menos por ali aquela maldita égua resolveu disparar.

Tinha certeza agora. Uma sensação de antecipação combinada com medo crescente fazia seu coração bater com força. Nas duas últimas noites insones, sua mente era um pêndulo descontrolado. *Tinha visto* a mão... *Devia* chamar a polícia... Ridículo. Tudo imaginação. Ia fazer papel de tola. O melhor era um telefonema anônimo e não se envolver em nada. Não. E se estivesse certa e conseguissem identificar o telefonema? Acabou voltando ao plano original. Vá verificar pessoalmente.

Levou 20 minutos para percorrer o caminho que fizera em 15 minutos a cavalo. Foi aqui que aquele animal estúpido começou a comer todo aquele mato, lembrou. Puxei as rédeas e ela deu meia-volta e disparou por aqui.

"Aqui" era uma rampa íngreme de pedra. Na sombra da quase noite, Kitty começou a descer. As pedras se soltavam sob seus pés. Perdeu o equilíbrio e caiu, esfolando a mão. Era só o que me faltava, pensou ela. Estava frio, mas gotas de suor formavam-se na sua testa. Enxugou-as com a mão suja de terra. Nem sinal de uma manga azul.

Na metade da descida sentou numa rocha para descansar. Eu estava maluca, pensou. Graças a Deus não fiz papel de boba chamando a polícia. Ia tomar fôlego e voltaria para casa e para um chuveiro quente.

— Não entendo como podem gostar de fazer caminhadas pelo mato – disse em voz alta. Quando sua respiração voltou ao normal, limpou as mãos na roupa verde-clara. Segurou a ponta da rocha para se levantar, e sentiu alguma coisa.

Kitty olhou para baixo. Quis gritar mas não saiu nenhum som, apenas um gemido surdo e incrédulo. Seus dedos tocavam outros dedos, as unhas feitas com um esmalte vermelho-vivo, a mão em posição vertical presa pelas pedras, emoldurada pelo punho azul que ficara no seu subconsciente, com um pedaço de plástico negro em volta do pulso inerte.

ÀS 7 HORAS da manhã de sexta-feira, Denny Adler, disfarçado de vagabundo bêbado, estava encostado na parede do prédio em frente à Schwab House. Ainda fazia frio e ventava, e era quase certo que Neeve Kearny não iria a pé para o trabalho. Mas há muito tempo, quando seguia alguém, Denny aprendera a ser paciente. Big Charley tinha dito que Neeve costumava sair muito cedo para o trabalho, entre as 7h30 e as 8 horas.

Mais ou menos às 7h45, começou o êxodo. Crianças entraram no ônibus de uma daquelas escolas grã-finas. Eu também estudei numa escola particular, pensou Denny. O Reformatório Brownsville, em Nova Jersey.

Os yuppies começaram a aparecer aos montes. Todos com capas de chuva iguais... não, *Burberry*, pensou Denny. Vamos ser exatos. Vieram depois os executivos grisalhos, homens e mulheres. Todos saudáveis e com aparência próspera. De onde estava, podia observá-los calmamente.

Às 8h40, Denny reconheceu que aquele não era o seu dia. Não podia arriscar o desagrado do gerente da lanchonete. Tinha certeza de que, com sua ficha, seria interrogado quando chegasse ao trabalho. Mas sabia também que até o controlador da sua condicional o defenderia.

— Um dos meus melhores homens — diria Toohey. — Nunca atrasado para o trabalho. Ele está limpo.

Relutando, Denny levantou-se, esfregou as mãos e examinou seu disfarce. Vestia um sobretudo imundo e largo que cheirava a vinho barato, um boné grande com protetores para as orelhas, que quase lhe cobria o rosto, e calçava tênis furados. O que ninguém sabia era que por baixo do sobretudo estava sua roupa de trabalho, uma jaqueta jeans desbotada com zíper e calça também jeans. Carregava uma sacola de compras com o par de tênis de trabalho, um esfregão e uma toalha. No bolso direito da capa levava uma faca dobrável.

Pretendia ir até a estação do metrô na esquina das ruas 72 com a Broadway, caminhar até o fim da plataforma, guardar o sobretudo e o boné na sacola, trocar o tênis sujo pelo limpo e lavar o rosto e as mãos.

Se ao menos Kearny não tivesse tomado um táxi na noite passada! Denny podia jurar que ela estava resolvida a voltar para casa a pé. Seria uma ótima oportunidade para matá-la no parque...

A paciência, nascida da certeza absoluta de que alcançaria seu objetivo, se não nessa manhã, talvez à noite, se não hoje, talvez amanhã, fez com que Denny seguisse seu caminho. Tinha o cuidado de cambalear um pouco, a sacola dependurada como se nem soubesse da existência dela. As poucas pessoas que olhavam para ele, desviavam-se rapidamente com nojo ou pena.

Na esquina da rua 72 com a avenida West End, deu um encontrão numa velha que caminhava de cabeça baixa, os braços em volta da bolsa, os lábios apertados numa expressão malévola. Seria divertido dar uma trombada e carregar a bolsa da mulher, pensou Denny, mas desistiu da ideia. Passou por ela rapidamente, entrou na rua 72 e caminhou para a estação.

Alguns minutos mais tarde apareceu com as mãos e o rosto limpos, o cabelo penteado, a jaqueta jeans fechada até o pescoço, o sobretudo, o boné, o esfregão e a toalha enrolados dentro da sacola.

Às 10h30, entregava café no escritório de Neeve.

— Oi, Denny – disse ela, quando ele entrou. – Dormi demais esta manhã e ainda não acordei direito. Não importa o que todos dizem por aqui, para mim seu café é muito melhor do que o que fazem na máquina.

— Todo mundo dorme demais uma vez ou outra, Srta. Kearny – disse Denny, tirando o café do saco de papel, e solicitamente abrindo a tampa do copo de plástico para ela.

NA SEXTA-FEIRA, NEEVE acordou às 8h45. Meu Deus, pensou, empurrando as cobertas e saindo da cama, nada como ficar acordada até tarde com os garotos do Bronx. Vestiu o roupão e correu para a cozinha. O café estava quase pronto, o suco de laranja no copo e os pãezinhos prontos para a torradeira.

— Devia ter me chamado, comissário – disse ela.

— A indústria da moda não vai ser prejudicada se esperar meia hora por você. – Myles estava absorto no *Daily News*.

Neeve se debruçou sobre o ombro dele.

— Alguma coisa interessante?

— Uma reportagem de primeira página sobre a vida e a época de Nicky Sepetti. Vai ser enterrado amanhã, escoltado para a eternidade por uma missa solene em Santa Camila e depois um túmulo no Calvário.

— Esperava que o jogassem de um lado para o outro até acabar com ele?

— Não, esperava que fosse cremado e queria ter o prazer de empurrar o caixão para a fornalha.

— Ora, Myles, fique quieto – Neeve tentou mudar de assunto. – Foi divertido ontem, não foi?

— *Foi* divertido. Como estará a mão de Sal? Aposto que não fez amor com a atual noiva a noite passada. Ouviu quando disse que está pensando em se casar outra vez?

Neeve tomou o comprimido de complexo vitamínico com o suco de laranja.

— Está brincando! Quem é a felizarda?

— Não tenho certeza de que felizarda seja a palavra certa. Sem dúvida Sal já teve uma variedade delas. Só se casou quando estava feito na vida e então percorreu toda a gama, de modelos de lingerie a bailarinas, de uma dama da sociedade a uma doida rica. Ele se movimenta de Westchester para Nova Jersey, para Connecticut, para Sneden's Landing, e deixa todas para trás, numa casa luxuosa. Só Deus sabe o quanto isso deve ter custado a ele em todos esses anos.

— Será que ele vai sossegar algum dia? – perguntou Neeve.

— Quem sabe? Não importa quanto dinheiro ganhe, Sal Esposito será sempre um garoto inseguro tentando provar alguma coisa a si mesmo.

Neeve pôs um pãozinho na torradeira.

— O que mais eu perdi enquanto estava ocupada com o forno?

— Dev foi chamado ao Vaticano. Isto é só entre nós. Ele me contou quando estavam de saída e Sal foi urinar... desculpe-me, sua mãe me proibia de dizer isso. Quando Sal foi lavar as mãos.

— Ouvi-o dizer alguma coisa sobre Baltimore. A arquidiocese de lá?

— Ele acha que sim.

— Isso pode significar o chapéu de cardeal?

— É possível.

— Tenho de admitir que vocês, garotos do Bronx, sabem se fazer na vida. Deve ser alguma coisa no ar.

A torradeira desligou com um estalo. Neeve passou manteiga e geléia no pão quente e deu uma mordida. O dia estava nublado, mas mesmo assim a cozinha era alegre com os armários de carvalho embranquecido, o chão de cerâmica em tons de azul, branco e verde. O jogo americano de café sobre o tampo da mesa tipo cepo de açougueiro era de linho verde com guardanapos combinando. As xícaras, pires, pratos, jarra e leiteira eram heranças da infância de Myles, com o desenho inglês de salgueiros azuis. Neeve não podia imaginar o começo do dia em casa sem aquele jogo de louça fina.

Observou atentamente o pai. Parecia realmente recuperado. Não se tratava apenas de Nicky Sepetti. Era a perspectiva de trabalhar outra vez, de fazer alguma coisa útil. Neeve sabia o quanto Myles era contra o tráfico de drogas e a carnificina que provocava. E quem sabe? Talvez encontrasse alguém especial em Washington. Myles devia se casar outra vez. Era um homem de boa aparência. Neeve disse isso a ele.

— Você mencionou a mesma coisa ontem à noite – disse Myles. – Estou pensando em me oferecer para uma pose na página central da *Playgirl*. Acha que vão aceitar?

— Se aceitarem, vai ter uma fila de mulheres na sua porta.

Neeve levantou-se e com a xícara de café na mão foi para o quarto. Estava mais do que na hora de ir trabalhar.

QUANDO TERMINOU DE fazer a barba e saiu do banheiro Seamus viu que Ruth não estava em casa. Por um momento hesitou, depois foi para o quarto, desamarrou o cinto do roupão marrom, presente de Natal das filhas, e sentou pesadamente na cama. A sensação de cansaço era tão profunda que mal podia manter os olhos abertos. Tudo que desejava era voltar para a cama, cobrir a cabeça e dormir, dormir.

Em todos aqueles anos, com todos os problemas, Ruth jamais *deixara* de dormir com ele. Às vezes passavam semanas, até meses, sem se tocarem, tensos demais com os problemas econômicos, mas mesmo assim, por consentimento tácito mútuo, dormiam na mesma cama, respeitando a tradição de que a mulher deve sempre dormir ao lado do marido.

Seamus examinou o quarto, tentando vê-lo com os olhos de Ruth. Os móveis comprados por sua mãe quando Seamus tinha 10 anos. Não antigos, apenas velhos – mogno envernizado, o espelho num ângulo absurdo entre os suportes sobre a penteadeira. Seamus lembrou-se da mãe lustrando aqueles móveis, cuidando deles com prazer. Para ela, o conjunto de cama, penteadeira e cômoda representava uma conquista, a realização do que considerava uma "casa bonita".

Ruth costumava recortar da revista *House Beautiful* fotografias dos quartos que gostaria de ter. Móveis modernos. Cores pastel. Ambiente arejado e aberto. A preocupação com dinheiro eliminara toda a esperança e a alegria dos seus olhos, e a fazia severa demais com as filhas. Seamus lembrou-se de quando gritou para Marcy:

— O que está dizendo? Rasgou o vestido? Eu *economizei* para comprar esse vestido.

Tudo por causa de Ethel.

Seamus apoiou a cabeça nas mãos. O telefonema que havia feito pesava na sua consciência. Sem saída. Era o título de um filme de alguns anos atrás. *Sem saída.*

Na noite passada chegara quase a bater em Ruth. A lembrança daqueles últimos momentos com Ethel, o momento exato em que perdeu o controle quando...

Deitou a cabeça no travesseiro. De que adiantava ir ao bar, procurar manter as aparências? Dera um passo que nunca acreditou ser capaz de dar. Tarde demais para cancelar. Sabia disso. E não adiantaria nada. Sabia disso também.

Seamus fechou os olhos.

Cochilou algum tempo quase sem perceber e de repente ali estava Ruth, sentada na beirada da cama. Toda a zanga parecia ter desaparecido do seu rosto, dando lugar ao pânico e ao medo, a expressão de alguém enfrentando um pelotão de fuzilamento.

– Seamus – disse Ruth –, tem de me contar tudo. O que você fez a ela?

GORDON STEUBER CHEGOU ao escritório na rua 37 oeste às 10 horas da manhã de sexta-feira. Subiu no elevador com três homens com ternos discretos, auditores do governo que voltavam para examinar seus livros. Seus funcionários, vendo a expressão carrancuda, o passo furioso, passavam o aviso. "Cuidado!"

Atravessou o salão de exposições ignorando clientes e funcionários, passou pela mesa da secretária sem responder ao tímido "Bom dia, senhor" de May, entrou no escritório e bateu a porta.

Recostado na cadeira de marroquino que sempre provocava comentários de admiração, a carranca desapareceu, dando lugar a um preocupado franzir de sobrancelhas.

Olhou para o escritório, absorvendo a atmosfera que havia criado, os sofás e as cadeiras de couro filetado, os quadros que haviam custado o resgate de um rei, as esculturas que seu departamento de arte garantia serem dignas de um museu... Graças a Neeve Kearny, provavelmente ia passar mais tempo nos tribunais do que naquele escritório. Ou na prisão, pensou, se não fosse cauteloso...

Steuber levantou-se e foi até a janela. Rua 37. A atmosfera frenética dos vendedores ambulantes. Tinha ainda essa característica. Quando garoto, ia direto da escola para trabalhar na peleteria do pai. Peles baratas. Do tipo que fazia com que as criações de I. J. Fox parecessem vison legítimo.

Seu pai ia à falência regularmente de dois em dois anos. Aos 15 anos, Gordon tinha certeza de que não ia passar o resto da vida espirrando no meio de pelos de coelho, convencendo os otários que ficavam muito bem com as peles de animais sarnentos.

Forros. A ideia nasceu muito antes de Steuber ter idade para dirigir um carro. Eram uma constante. Podia vender um paletó, um casaco longo, uma estola ou uma capa. Todos tinham de ser forrados.

A ideia simples mais o empréstimo cedido com relutância pelo pai foram o começo das Empresas Steuber. Os garotos que empregava, recém-saídos da FIT* ou da Escola de Desenho de Rhode Island, tinham imaginação e talento. Seus forros com desenhos originais faziam sucesso.

Mas forros apenas não eram a senha para entrar em um mundo de negócios que exigia fama. Foi quando começou a procurar garotos que sabiam desenhar roupas. Steuber resolveu ser um novo Chanel.

Mais uma vez, teve sucesso. Seus conjuntos estavam nas melhores lojas. Mas ele era um entre uma dezena, duas dezenas, todos competindo pela mesma clientela de alto nível. Não havia dinheiro suficiente para todos.

Steuber procurou por um cigarro. Seu isqueiro com as iniciais em rubis estava sobre a mesa. Por um instante, depois de acender o cigarro, manteve o isqueiro nas mãos, revirando-o de vez em quando. Se os homens do governo calculassem quanto havia custado tudo que estava naquela sala, mais o isqueiro, continuariam investigando até conseguir provas suficientes para acusá-lo de sonegação de impostos.

---

*Fashion Institute of Technology. (*N. do E.*)

Eram os malditos sindicatos que o impediam de ganhar mais dinheiro, reconheceu. Todo mundo sabia disso. Sempre que via o comercial do ILGWU, o Sindicato Internacional dos Operários das Indústrias de Roupas, Steuber tinha vontade de atirar algum objeto pesado na televisão. Tudo que eles queriam era mais dinheiro. Parar toda a importação. Conseguir emprego para seus membros.

Há três anos Steuber começara a fazer o que todos os outros faziam: empregar imigrantes clandestinos que não tinham visto de permanência. Por que não? As mexicanas eram boas costureiras.

E então descobriu onde estava o dinheiro. Estava para fechar suas oficinas clandestinas quando Neeve Kearny o denunciou publicamente. Então, aquela doida da Ethel Lambston começou a se intrometer. Ainda podia ver aquela cadela entrando no seu escritório, na semana passada, na noite de quarta-feira. May ainda estava na sua sala. Se não fosse por isso, naquele momento mesmo ele...

Steuber literalmente a jogou porta afora, empurrando-a pelos ombros por toda a sala de exposição, atirando-a contra o elevador. Nem isso conseguiu abalar Ethel. Quando Steuber bateu a porta do escritório, ela gritou:

— Para o caso de não saber ainda, vão pegá-lo por sonegação de imposto, além das oficinas clandestinas. E isto é só o começo. Eu sei como você vem enchendo os bolsos.

Steuber compreendeu que não podia deixar que ela continuasse investigando seus negócios. Tinha de impedi-la.

O telefone tocou, um som suave, ronronante. Steuber atendeu, mal-humorado.

— O que é, May?

A secretária desculpou-se.

— Sei que não quer ser incomodado, senhor, mas os agentes do escritório do promotor público insistem em vê-lo.

— Mande-os entrar.

Steuber alisou com a mão o paletó de seda italiana, cinza-claro, limpou com o lenço uma pequena mancha na abotoadura quadrada de brilhante e sentou-se na cadeira de marroquino.

Quando os três agentes entraram, com sua atitude profissional e formal, Gordon lembrou, pela décima vez naquela última hora, que tudo tinha começado com a denúncia de Neeve Kearny sobre suas oficinas clandestinas.

ÀS 11 HORAS DA MANHÃ de sexta-feira, Jack Campbell voltou de uma reunião de equipe na editora e apanhou o manuscrito que não conseguira ler na noite anterior. Procurou se concentrar nas aventuras picantes de uma psiquiatra famosa de 33 anos que se apaixona por um cliente, um ídolo do cinema que começa a perder seu prestígio. Viajam juntos para St. Martin clandestinamente. O ídolo do cinema, com sua longa experiência com mulheres, derruba as barreiras que a psiquiatra havia erguido para proteger sua feminilidade. Depois de três semanas de sexo constante sob o céu estrelado, ela o faz recuperar a autoconfiança que havia perdido. Ele volta para Los Angeles e aceita o papel de avô em uma comédia de costumes. Ela volta à sua clientela, certa de que algum dia vai encontrar o homem certo. O livro termina quando a psiquiatra recebe um novo cliente, um belo corretor da bolsa, de 38 anos, que diz:

— Sou rico demais, assustado demais, perdido demais.

Oh, meu Deus, pensou Jack, lendo rapidamente as últimas páginas. Ginny entrou no escritório com a correspondência no momento em que ele atirava o manuscrito sobre a mesa.

— Que tal? — perguntou ela, com um aceno na direção do manuscrito.

— Horrível, mas vai vender bem. Engraçado, em todas aquelas cenas de sexo no jardim, eu só pensava nas picadas de mosquitos. Será sinal de que estou ficando velho?

Ginny disse com um largo sorriso:

— Duvido. Sabe que tem um compromisso para o almoço?

— Eu anotei. – Jack levantou-se e se espreguiçou.

Ginny olhou para ele com aprovação.

— Sabe que todas as jovens editoras estão malucas por você? Estão sempre perguntando se tenho certeza de que não tem nenhuma namorada firme.

— Diga que você e eu somos uma coisa só.

— Bem que eu gostaria, se eu tivesse vinte anos menos.

Jack ficou sério e franziu as sobrancelhas.

— Ginny. Acabo de lembrar de uma coisa. Em que pé está a produção do próximo número da *Contemporary Woman?*

— Não tenho certeza. Por quê?

— Estava pensando se podia conseguir uma cópia do artigo de Ethel Lambston sobre moda. Sei que Toni geralmente não mostra nada antes da revista ir para impressão, mas veja o que pode fazer, está bem?

— Certo.

Uma hora mais tarde, quando Jack saiu para almoçar, Ginny disse:

— O artigo vai sair no número da próxima semana. Toni disse que vai deixar você ler, como favor especial. Também vai mandar cópias das notas de Ethel.

— Muita gentileza dela.

— Ela ofereceu – disse Ginny. – Disse que as coisas que os advogados retiram dos artigos de Ethel sempre são melhores do que o que é publicado. Toni também está preocupada com Ethel. Disse que, uma vez que vamos publicar o livro dela, isto não é uma quebra de sigilo.

No elevador e a caminho para o almoço, Jack percebeu que estava extremamente ansioso para ler tudo o que os advogados haviam cortado dos originais de Ethel por considerarem quente demais para ser publicado.

NA SEXTA-FEIRA, SEAMUS e Ruth não foram trabalhar. Ficaram no apartamento, olhando um para o outro como duas pessoas presas na areia movediça, afundando, incapazes de impedir o inevitável. Ao meio-dia, Ruth fez café forte e sanduíches de queijo quente. Insistiu com Seamus para sair da cama e se vestir.

– Coma – disse ela – e conte-me outra vez exatamente o que aconteceu.

Enquanto ouvia, Ruth imaginava o quanto isso podia prejudicar as filhas. Todas as suas esperanças em relação a elas. Os estudos pagos com tanto sacrifício. As aulas de dança e canto, as roupas cuidadosamente escolhidas nas liquidações. De que adiantava tudo isso se o pai fosse para a prisão?

Mais uma vez Seamus contou a história. Com o rosto redondo molhado de suor, as mãos pesadas e inúteis no colo, contou como tinha implorado a Ethel para libertá-lo do compromisso, como ela começou a se divertir à sua custa.

– Talvez eu o liberte, talvez não – dissera ela. Então, enfiou a mão debaixo da almofada do sofá. – Deixe ver se encontro algum dinheiro que meu sobrinho esqueceu de roubar –, disse, e riu.

Encontrou a nota de 100 dólares e a enfiou no bolso dele observando que não tivera muito tempo para comer fora naquele mês.

– Eu a esmurrei – disse Seamus com voz inexpressiva. – Nunca pensei que pudesse fazer isso. A cabeça dela virou para o lado. Ela caiu para trás. Não sabia se estava morta.

Então ela se levantou assustada. Eu disse que se ela exigisse mais um centavo de mim eu a mataria. Ela sabia que eu estava falando sério. Então disse: "Tudo bem, não quero mais a pensão."

Seamus tomou de um gole o que restava do café. Estavam na sala. O dia tinha começado frio e cinzento e já era quase noite. Fria e cinzenta. Como naquela quinta-feira, no apartamento de Ethel. No dia seguinte chegou a tempestade de neve. A tempestade ia chegar outra vez. Seamus tinha certeza.

– E então você foi embora? – perguntou Ruth.
Seamus hesitou.
– E então eu fui embora.

Ficou a sensação de algo inacabado. Ruth olhou para os móveis pesados que há vinte anos ela desprezava, para o desbotado tapete oriental feito a máquina que fora obrigada a aceitar, certa de que Seamus não havia contado toda a verdade. Olhou para as próprias mãos. Muito pequenas. Quadradas. Dedos grossos. As três meninas tinham dedos longos e afilados. Herdados de quem? De Seamus? Talvez. Os retratos dos seus parentes mostravam figuras atarracadas, pequenas. Mas eram fortes. E Seamus era fraco. Um homem fraco e assustado em desespero. *Até onde* ia esse desespero?

– Você não me contou tudo – disse ela. – Quero saber, preciso saber. Só assim posso ajudá-lo.

Com a cabeça escondida no colo dela, ele contou o resto.
– Oh, meu Deus! – exclamou Ruth. – Oh, meu Deus.

ÀS 13 HORAS, Denny voltou à Neeve's Place com dois sanduíches de atum e café. Mais uma vez, a recepcionista o mandou entrar no escritório onde Neeve conversava com sua assistente, a bela moça negra. Denny não lhes deu tempo para mandá-lo embora. Abriu a sacola, tirou os sanduíches e disse:

— Vão comer aqui?

— Denny, você está nos acostumando mal. Está começando a virar serviço de quarto de hotel – disse Neeve.

Denny ficou imóvel, percebendo o erro. Estava se tornando visível demais, mas queria saber os planos de Neeve.

Como em resposta a seu desejo silencioso, Neeve disse para Eugênia:

— Na segunda-feira tenho de ir mais tarde à Sétima Avenida. A Sra. Poth quer que a ajude a escolher uns vestidos de noite.

— Só isso vai dar para pagar três meses de aluguel – ponderou Eugênia.

Denny dobrou os guardanapos. *Segunda-feira, no fim da tarde.* Uma informação perfeita. Olhou em volta. Escritório pequeno. Sem janelas. Uma pena. Se tivesse uma janela atrás da cadeira, podia acertá-la com um tiro pelas costas. Mas Charley não queria que parecesse assassinato. Olhou para Neeve. Bonita mesmo. Muita classe. Com tanta mulher feia por aí, tinha de liquidar logo esta. Despediu-se em voz baixa e saiu com os agradecimentos das duas mulheres ressoando nos ouvidos. A recepcionista pagou os sanduíches com a habitual gorjeta generosa. Mas a dois paus por entrega levaria muito tempo para ganhar 20 mil, pensou Denny, abrindo a pesada porta de vidro e saindo para a rua.

ENQUANTO MORDISCAVA o sanduíche, Neeve ligou para Toni Medell na redação da *Contemporary Woman*. Ouvindo o pedido de Neeve, Mendell exclamou:

— Nossa, o que está acontecendo? A secretária de Jack Campbell telefonou pedindo a mesma coisa. Disse-lhe que também estou preocupada com Ethel. Para ser franca, permiti que Jack visse as anotações de Ethel porque vai publicar o livro dela. Não posso fazer o mesmo com você, mas posso mandar a cópia do artigo – interrompeu os agradecimentos de Neeve –, mas, por favor, não mostre a ninguém. Muita gente no mundo da moda vai ficar furiosa quando for publicado.

Uma hora mais tarde, Neeve e Eugênia estavam lendo a cópia do artigo de Ethel. O título era "Os mestres e os magistrais farsantes do mundo da moda" que, até mesmo para Ethel, era extremamente contundente. Começava descrevendo os três estilos mais importantes dos últimos cinquenta anos. O *New Look*, de Christian Dior, em 1947, a minissaia, de Mary Quant, no começo da década de 1960, e o Atol do Pacífico, de Anthony della Salva, em 1972.

Sobre Dior, Ethel escrevia:

> Em 1947, a moda estava em depressão, ainda sob o peso da moda militar do tempo de guerra. Material de segunda classe, ombros quadrados, botões de latão. Dior, um estilista jovem e tímido, resolveu que devíamos esquecer a guerra. Para ele, as saias curtas eram um símbolo de restrição. Como um verdadeiro gênio, teve coragem de dizer ao mundo descrente que o vestido do futuro, para uso diário, ficaria a 30 centímetros do chão.
>
> Não foi fácil para ele. Uma idiota na Califórnia tropeçou na saia comprida quando descia do ônibus, provocando uma onda de revolta contra o *New Look*. Mas Dior não abandonou suas armas, ou suas tesouras, e, temporada após temporada, apresentava suas roupas belas e graciosas – babados sob o decote generoso, vestidos cinturados com pregas soltas que terminavam em saias estreitas. E sua antiga previsão foi comprovada no

recente desastre da minissaia. Talvez algum dia todos os estilistas venham a aprender que a mística é uma diretriz importante na moda.

No começo da década de 1960, as coisas estavam mudando. Não podemos atribuir toda a culpa ao Vietnã nem ao Vaticano II, mas a onda da mudança estava no ar e uma estilista inglesa, jovem e cheia de vida, entrou em cena. Mary Quant, a garotinha que não queria crescer nem usar roupas de adultos. Entra a minissaia, o vestido sem cintura, meias coloridas, botas de canos altos. Entra a premissa de que o jovem *jamais* deve parecer velho. Quando pediram a Mary Quant para explicar o ponto central da moda, para onde estava caminhando, ela respondeu: "Para o sexo."

Em 1972 acabou a minissaia. As mulheres, cansadas da confusão do jogo da bainha, desistiram da luta e se voltaram para a moda masculina.

Entram Anthony della Salva e o estilo Atol do Pacífico. Della Salva não começou a vida em uma das sete colinas de Roma, como seus agentes de publicidade querem que todos acreditem, mas como Sal Esposito, numa fazenda na Williamsbridge, no Bronx. Seu senso de cores deve ter nascido quando ajudava o pai a arrumar no caminhão as frutas e vegetais que vendiam nas vizinhanças. Sua mãe, Angelina, e não *condessa* Angelina, era famosa por sua saudação em um misto de gíria e sotaque: "Deus abençoe sua *momma*. Deus abençoe seu *papa*. Que tal umas bonitas *grapefruits*?"

Sal foi um aluno medíocre do Ginásio Cristóvão Colombo (isso fica no Bronx, não na Itália) e um aluno de pouco talento no FIT. Apenas um membro da multidão, mas quis o destino que viesse a ser um dos abençoados. Apareceu com a coleção que o levou ao topo: o estilo Atol do Pacífico, sua primeira e única ideia original.

Mas que ideia! Della Salva, com uma única e magnífica jogada, fez a moda voltar à trilha certa. Poucas pessoas que assistiram àquele primeiro desfile de moda em 1972 não sentem ainda o impacto daquelas roupas graciosas que pareciam flutuar nas modelos. A túnica com a linha suave nos ombros, os vestidos de tarde de lã que moldavam e desenhavam o corpo, o uso das mangas pregueadas em tons que cintilavam e mudavam de acordo com a luz. E suas cores. Tiradas da vida marinha do Pacífico, as árvores de coral, as plantas e os animais submarinos emprestados da natureza para criar desenhos exóticos, alguns ousadamente vivos, outros suaves como os azuis sobre prata. O criador do estilo Atol do Pacífico merece todas as honras que lhe confere a indústria da moda.

Neeve deu uma risada um tanto contrafeita.

— Sal vai adorar o que Ethel escreveu sobre o estilo Atol do Pacífico, mas não vai gostar do restante. Ele mentiu tanto que acabou se convencendo de que nasceu em Roma e que sua mãe era uma condessa do Vaticano. Por outro lado, a julgar pelo que disse ontem à noite, Sal já esperava isso. Todo mundo está fazendo questão de contar a vida dura que seus pais levaram naquela época. Provavelmente vai descobrir o nome do navio que trouxe seus pais para Ellis Island e mandar fazer uma réplica.

Depois de falar sobre os grandes estilos da moda, Ethel continuava o artigo citando os estilistas sociais que não eram capazes de distinguir entre "um botão e uma botoeira" e que empregavam jovens talentosos para planejar e executar suas linhas. Falava da constante conspiração entre os estilistas para seguir o caminho mais fácil, tentando modificar completamente a moda de poucos em poucos anos, mesmo quando isso significava vestir velhas senhoras respeitáveis como dançarinas de cancã. Falava dos seguidores cegos da moda que pagavam 3 ou 4 mil dólares por um terno com menos de 2 metros de gabardine.

Então Ethel assestava os canhões contra Gordon Steuber:

> O incêndio da fábrica de blusas, em 1911, alertou o público para as horríveis condições de trabalho dos funcionários da indústria de roupas. Graças ao Sindicato Internacional das Operárias da Indústria de Roupas Femininas, a indústria da moda transformou-se em um campo onde as pessoas de talento podem conseguir uma renda decente. Porém, alguns fabricantes descobriram um meio de aumentar seus lucros à custa dos desamparados. As novas oficinas de trabalho escravo ficam no sul do Bronx e em Long Island. Imigrantes ilegais, muitos deles verdadeiras crianças, trabalham por um pagamento ínfimo porque não têm visto de permanência e têm medo de protestar. O rei desses fabricantes desonestos é Gordon Steuber. Mais, muito mais sobre Gordon Steuber num futuro artigo, mas lembrem-se, cada vez que vestirem uma criação de Steuber, pensem na criança que a fez. Ela provavelmente não tem o que comer.

O artigo terminava com um canto de louvor a Neeve Kearny do Neeve's Place, iniciadora da investigação nos negócios de Gordon Steuber e que havia banido as criações de Steuber de sua loja.

Neeve leu rapidamente o restante do texto a seu respeito e disse:

— Ela não deixou escapar nenhum dos grandes estilistas. Talvez tenha ficado com medo e resolveu desaparecer até as coisas se acalmarem. Começo a ter dúvidas.

– Steuber não pode processar Ethel e a revista? – perguntou Eugênia.

– A verdade é a melhor defesa. Obviamente elas têm todas as provas necessárias. O que *realmente* me intriga é o fato de Ethel ter comprado um conjunto de Steuber na última vez que esteve aqui, aquele que esquecemos de devolver.

O telefone tocou. Logo depois a recepcionista chamou no interfone.

– O Sr. Campbell para você, Neeve.

Eugênia ergueu os olhos.

– Devia ver sua cara, Neeve. – Apanhou os restos dos sanduíches e os copos de café de cima da mesa e jogou-os na cesta de papel.

Neeve esperou que Eugênia saísse e fechasse a porta para atender ao telefone. Procurou parecer casual.

– Neeve Kearny. – Percebeu que estava ofegante.

Jack foi direto ao assunto.

– Neeve, pode jantar comigo esta noite? – Não esperou a resposta. – Eu pretendia dizer que estou com alguns dos originais de Ethel Lambston e que talvez fosse interessante examinarmos juntos, mas a verdade é que quero vê-la.

Embaraçada, Neeve sentiu o coração disparar. Combinaram se encontrar no Carlyle às 19 horas.

O resto da tarde foi inesperadamente agitado na loja. Às 16 horas, Neeve começou a atender as clientes, todas novas. Uma jovem que não podia ter mais de 19 anos comprou um vestido de noite de 1.400 dólares e um vestido de coquetel de 900 dólares. Insistiu para que Neeve a ajudasse a escolher.

– Sabe – disse ela –, uma de minhas amigas trabalha na *Contemporary Woman* e viu o artigo que vai sair na próxima semana. Diz que você tem mais moda no dedo mínimo do que a maioria dos estilistas da Sétima Avenida e que você nunca se engana. Contei para minha mãe e ela me mandou comprar aqui.

Duas outras contaram a mesma história. Alguém conhecia alguém que tinha falado sobre o artigo. Às 18h30, Neeve finalmente pendurou a tabuleta "fechado" na porta.

— Começo a pensar que é melhor não criticarmos tanto a pobre Ethel — sorriu Neeve —, o que ela conseguiu fazer pela loja foi mais do que se eu anunciasse em todas as páginas do *WWD*.

SAINDO DO TRABALHO, Douglas Brown passou pelo supermercado local a caminho do apartamento de Ethel. Às 18h30, quando abria a fechadura, ouviu o toque persistente do telefone.

A princípio resolveu não atender, como fizera durante toda a semana. Mas o telefone continuou a tocar e ele pensou. Na verdade, Ethel não gostava que ninguém atendesse ao telefone do seu apartamento. Mas depois de uma semana, quem sabe se era ela, tentando falar com ele?

Deixou a sacola com as compras na cozinha. O telefone continuou a tocar. Finalmente atendeu.

— Alô.

A voz que ouviu era arrastada e rouca.

— Preciso falar com Ethel Lambston.

— Ela não está. Sou seu sobrinho. Quer deixar algum recado?

— Pode apostar que sim. Diga a Ethel que seu ex-marido deve muito dinheiro para certas pessoas e não pode pagar por causa da pensão. Se ela não tirar Seamus do buraco, vão lhe dar uma lição. Diga-lhe que vai achar muito difícil digitar qualquer coisa com os dedos quebrados.

Um estalido e a ligação foi cortada.

Doug desligou o telefone e deixou-se cair no sofá. Sentia o suor brotando na testa e nas axilas. Cruzou as mãos para evitar que tremessem.

O que devia fazer? Seria uma ameaça real ou um truque? Não podia ignorar o telefonema. Não queria chamar a polícia. Iam começar a fazer perguntas.

Neeve Kearny.

Estava preocupada com Ethel. Contaria a ela sobre o telefonema. Faria o papel do parente assustado e preocupado pedindo conselho. Desse modo, fosse um truque ou fosse verdade, estaria protegido.

EUGÊNIA TRANCAVA as vitrines com as bijuterias finas quando o telefone tocou. Ela atendeu.

— É para você, Neeve. Alguém que parece muito perturbado.

Myles. Outro enfarte? Neeve correu para o telefone.

— Sim?

Mas era Douglas Brown, o sobrinho de Ethel Lambston. Sem a sarcástica insolência habitual, ele disse:

— Srta. Kearny, tem *alguma* ideia de onde posso encontrar minha tia? Acabo de chegar ao apartamento e o telefone estava tocando. Um cara mandou avisá-la que Seamus, seu ex-marido, deve muito dinheiro e não pode pagar enquanto estiver pagando a pensão. Se ela não desistir da pensão, vão lhe dar uma lição. *Ela vai achar difícil digitar qualquer coisa com os dedos quebrados*, foi o que o cara disse.

Douglas Brown parecia a ponto de chorar.

— Srta. Kearny, precisamos avisar Ethel.

161

Doug desligou, convencido de ter tomado a decisão certa. Seguindo o conselho da filha do ex-comissário, agora iria telefonar para a polícia e falar sobre a ameaça. Os tiras o veriam como um amigo dos Kearny.

Quando estendeu a mão, o telefone tocou outra vez. Atendeu sem nenhuma hesitação.

Era a polícia, telefonando *para ele.*

Myles Kearny, às sextas-feiras, procurava, sempre que possível, não ficar no caminho de Lupe, a faxineira antiga, que passava o dia todo lavando, limpando, passando o aspirador e esfregando.

Quando Lupe chegou com a correspondência, Myles refugiou-se na sala de trabalho. Outra carta de Washington, insistindo para que aceitasse a direção da Agência de Repressão às Drogas.

A velha adrenalina circulou outra vez em suas veias. Sessenta e oito anos. Não era muito. E fazer um trabalho que precisava ser feito. Neeve. Sempre falei demais sobre amor à primeira vista, pensou. Para a maioria das pessoas não acontece assim. Quando eu não estiver por aqui o tempo todo ela vai se juntar ao mundo real...

Recostou na cadeira de couro velha e confortável que estivera no seu escritório nos 16 anos em que havia ocupado o posto de comissário de polícia. Amolda-se ao meu traseiro, pensou. Se eu for para Washington, levo a cadeira comigo.

Lupe passava o aspirador no hall. Não vou ficar ouvindo isso o dia todo, resolveu Myles. Ligou para seu antigo telefone, o escritório do comissário de polícia, identificou-se para a secretária de Herb Schwartz e logo estava falando com o amigo.

— Myles, o que está tramando?

— Eu faço a primeira pergunta – respondeu Myles. – Como vai Tony Vitale?

Myles podia ver Herb, baixo, miúdo, olhos perspicazes e penetrantes, um tremendo intelecto, uma capacidade incrível para ver todo o quadro. E o melhor de tudo, um amigo leal.

— Ainda não temos certeza. Pensaram que estava morto e, acredite, tinham todo direito de pensar isso. Mas o garoto é espantoso. Contra todas as previsões, acreditam que irá sobreviver. Vou visitá-lo mais tarde. Quer ir comigo?

Combinaram de se encontrar para o almoço.

COMENDO SANDUÍCHES DE PERU em um bar perto do Hospital São Vicente, Herb informou Myles sobre o enterro de Sepetti.

— Nós estaremos lá. O FBI também. E o escritório do promotor público. Mas não sei, Myles. Para mim, com ou sem o chamado celestial, Nicky não é mais notícia. Dezessete anos é muito tempo para se ficar fora de circulação. O mundo todo mudou. Nos velhos tempos, a Máfia não queria nem tocar em droga. Agora estão nadando nela. O mundo de Nicky não existe mais. Se vivesse, eles o matariam.

Depois do almoço, foram à UTI do São Vicente. O detetive e agente secreto Anthony Vitale estava todo enfaixado, com medicação endovenosa constante. Mas o respirador fora retirado. Seus pais estavam na sala de espera.

— Eles nos deixam vê-lo por alguns minutos, de hora em hora – informou o pai. – Ele vai conseguir. – Havia uma tranquila confiança em sua voz.

— Não se pode matar um tira durão – confirmou Myles, apertando a mão do homem.

— Comissário — disse a mãe de Tony, dirigindo-se a Myles.

Myles voltou-se para indicar Herb mas este balançou a cabeça negativamente.

— Comissário, acho que Tony está tentando dizer alguma coisa.

— Ele nos disse o que queríamos ouvir. Que Nicky Sepetti não pôs um contrato em minha filha.

Rosa Vitale balançou a cabeça.

— Comissário, tenho estado com Tony de hora em hora nos últimos dois dias. O que disse não é suficiente. Quer dizer mais alguma coisa.

Tony estava sendo guardado pela polícia dia e noite. Herb Schwartz chamou com um gesto o jovem detetive sentado na cabine das enfermeiras da UTI.

— Escute, fique atento — alertou Herb.

Myles e Herb desceram juntos no elevador.

— O que você acha? perguntou Herb.

Myles deu de ombros.

— Uma coisa que aprendi foi confiar no instinto materno — lembrou-se de quando a mãe o aconselhou a procurar a família que o havia socorrido durante a guerra. — Tony deve ter descoberto muita coisa naquela noite. Eles devem ter falado de tudo para que Nicky pudesse se atualizar. — Então lembrou. — Oh, Herb, a propósito, Neeve está me atormentando por causa de uma escritora sua conhecida que desapareceu. Diga aos rapazes para ficarem atentos, certo? Uns 60 anos. Um metro e sessenta e sete ou setenta. Veste-se bem. Cabelo tingido de louro prateado. Uns 65 quilos. Nome, Ethel Lambston. Provavelmente está atormentando alguém com uma entrevista para sua coluna, mas...

O elevador chegou ao térreo. Saíram e Schwartz tirou do bolso um caderninho de notas.

– Conheci Lambston em Gracie Mansion. Ela deu algumas informações ao prefeito e agora está sempre aparecendo por lá. Um pouco amalucada, não é?

– Exatamente.

Os dois riram.

– Por que Neeve está preocupada?

– Porque ela jura que Lambston saiu de casa na última quinta-feira ou na sexta sem levar um casaco de inverno. Ela compra toda sua roupa com Neeve.

– Talvez fosse para a Flórida ou para o Caribe e não quis carregar agasalhos – sugeriu Herb.

– Essa foi uma das muitas possibilidades que sugeri, mas Neeve garante que toda a roupa que falta no *closet* de Lambston é para inverno, e Neeve entende disso.

Herb franziu a testa.

– Talvez Neeve tenha razão. Repita aquela descrição.

MYLES VOLTOU PARA A PAZ e a quietude do apartamento imaculadamente limpo. O telefonema de Neeve às 18h30 o deixou satisfeito e ao mesmo tempo preocupado.

– Vai jantar fora. Ótimo. Espero que ele seja interessante.

Então ela contou o telefonema recebido pelo sobrinho de Ethel.

– Você mandou que ele informasse a polícia. Fez a coisa certa. Talvez ela tenha ficado nervosa e resolveu desaparecer. Falei com Herb a respeito, hoje. Vou informá-lo sobre o telefonema.

Myles jantou frutas, biscoitos de água e sal e um copo de Perrier. Enquanto comia e tentava se concentrar na revista *Time*, começou a pensar que não devia ter ignorado o instinto de Neeve sobre o fato de que talvez Ethel Lambston estivesse realmente em perigo.

Serviu-se de outro copo de Perrier e descobriu a principal razão de sua dúvida. O telefonema ameaçador, contado pelo sobrinho, *não* parecia autêntico.

NEEVE E JACK CAMPBELL encontraram-se para jantar no Carlyle. Cedendo a um impulso, ela havia trocado o vestido de malha por outro, estampado com cores suaves. Jack pediu os drinques, um martíni seco de vodca com azeitonas para ele, um copo de champanhe para Neeve.

– Você me faz lembrar a canção, *A Pretty Girl Is Like a Melody* (Uma mulher bonita é como uma melodia) – disse ele. – Será que hoje em dia ainda se pode chamar uma mulher de bonita, ou preferem ser chamadas de uma pessoa de boa aparência?

– Eu fico com a canção.

– Esse não é um dos vestidos que seus manequins estão usando na vitrine?

– É muito observador. Quando viu os vestidos?

– Ontem à noite. E não foi por acaso. Eu estava extremamente curioso. – Jack Campbell não parecia constrangido com a confissão.

Neeve observou o terno azul-escuro com uma fina risca de giz e aprovou o efeito geral, a gravata Hermès que combinava com o azul, a camisa sob medida, as abotoaduras lisas de ouro.

– Passo no teste? – perguntou ele.

Neeve respondeu com um largo sorriso.

– Poucos homens conseguem usar uma gravata que combine com o terno. Há anos escolho as gravatas do meu pai.

O garçom chegou com os drinques. Quando afastou-se, Jack perguntou:

– Gostaria que me desse alguma informação. Começando por seu nome, "Neeve"?

– É celta. Na realidade escreve-se N-I-A-M-H e pronuncia-se "Neeve". Há muito tempo desisti de explicá-lo, assim, quando abri a loja usei a grafia fonética. Não imagina o tempo que ganhei não precisando explicar, além de não correr o risco de ser chamada de Nim-ah.

– E quem era a Neeve original?

– Uma deusa. Alguns dizem que a tradução exata é "estrela da manhã". Minha lenda favorita diz que ela mergulhou na terra para apanhar o homem que amava. Foram felizes por um longo tempo, mas então ele quis visitar a terra outra vez. Sabiam que quando seus pés tocassem a terra ele ficaria com sua idade real. Pode adivinhar o resto. Ele caiu do cavalo e a pobre Niamh voltou para o céu, deixando na terra um saco de ossos.

– É isso que você faz com seus admiradores?

Neeve tinha a impressão de que, por consentimento mútuo, estavam adiando a conversa sobre Ethel. Naquela tarde, quando contou o telefonema recebido por Douglas, Eugênia achou que era um bom sinal.

– Se Ethel recebeu um telefonema igual, provavelmente resolveu desaparecer até as coisas esfriarem. Você disse ao sobrinho para informar a polícia. Seu pai está sabendo de tudo. Não pode fazer mais nada. Aposto que a boa Ethel está escondida em algum spa.

Neeve queria acreditar nisso. Afastou a lembrança de Ethel enquanto tomava champanhe e sorria para Jack Campbell.

Enquanto comiam *rémoulade* de aipo, falaram sobre suas infâncias. O pai de Jack era pediatra e ele fora criado num subúrbio de Omaha. Tinha uma irmã mais velha que morava perto dos pais.

167

— Tina tem cinco filhos. As noites são muito frias em Nebraska.

Nas férias de verão do ginásio, Jack trabalhava numa livraria e ficou fascinado com a publicação de livros.

— Assim, depois da Universidade Northwestern, fui trabalhar em Chicago, vendendo livros didáticos. É o bastante para provar a masculinidade de qualquer um. Uma parte do trabalho consiste em verificar se algum dos professores para quem vendemos está *escrevendo* um livro. Uma professora insistia em me oferecer sua autobiografia. Finalmente eu disse: "Madame, vamos ser francos. A senhora teve uma vida muito chata." Ela foi se queixar ao meu patrão.

— Perdeu o emprego?

— Não. Promoveram-me a editor.

Neeve olhou em volta. A elegância discreta, a louça delicada, talheres de prata e toalhas adamascadas, os arranjos de flores, o agradável murmúrio de vozes. Sentiu-se extrema e absurdamente feliz. Quando foi servido o carneiro, ela falou de sua infância.

— Meu pai lutou com unhas e dentes para me mandar para a universidade, mas sempre gostei de ficar em casa. Estudei no Monte São Vicente e passei um semestre em Oxford, na Inglaterra, depois um ano na Universidade de Milão. No verão e depois da escola, eu trabalhava em lojas de roupas. Sempre tive certeza do que queria fazer. Meu maior divertimento era assistir a um desfile de moda. Tio Sal foi maravilhoso. Desde a morte de minha mãe, ele mandava um carro me apanhar sempre que era lançada uma nova coleção.

— O que faz para se divertir?

A pergunta foi feita de modo muito casual. Neeve sorriu. Sabia por que ele estava perguntando.

– Durante quatro ou cinco verões tive sociedade no aluguel de uma casa, nos Hamptons – disse ela –, era maravilhoso. Não fui no último verão porque Myles estava muito doente. Durante o inverno vou esquiar no Vail pelo menos por duas semanas. Estive lá em fevereiro.

– Com quem você vai?

– Sempre com minha melhor amiga, Julie. As outras pessoas variam.

Ele perguntou diretamente.

– E quanto a homens?

Neeve riu.

– Você parece Myles. Juro que ele só vai se sentir realmente feliz quando fizer o papel de pai da noiva. Tive muitos namorados. Na faculdade saí praticamente todo o tempo com um só.

– O que aconteceu?

– Ele foi para Harvard para pós-graduação em Administração e eu abri minha loja. Cada um entrou para seu próprio mundo. Chamava-se Jeff. Depois foi Richard. Uma pessoa muito agradável. Mas arranjou um emprego em Wisconsin e eu senti que não podia deixar para sempre Nova York, portanto não era o verdadeiro amor – Neeve começou a rir. – O mais perto que cheguei de um noivado foi há dois anos. Com Gene. Terminamos na festa de caridade do *Intrepid*.

– O navio?

– Isso mesmo. Está ancorado no Hudson, na rua 56 oeste. A festa é sempre no fim de semana do Dia do Trabalho, traje a rigor, milhares de pessoas. Juro que conheço noventa por cento dos *habitués*. Gene e eu nos separamos no meio da multidão. Não me preocupei. Achei que acabaríamos nos reencontrando. Foi o que aconteceu, mas ele estava furioso. Disse que eu devia ter me esforçado mais para encontrá-lo. E eu vi o lado dele com o qual eu não queria viver. – Neeve deu de ombros. – A verdade é que ainda não encontrei a pessoa certa.

– Até agora – Jack sorriu. – Começo a pensar que você *é* a Neeve lendária que deixa para trás os admiradores e segue seu caminho. Não posso dizer que esteja me sujeitando a um interrogatório, mas vou responder assim mesmo. Também sou bom esquiador. Nos dois últimos feriados de Natal estive em Arosa. Pretendo encontrar um lugar para passar o verão onde possa ter um veleiro. Talvez seja interessante você me mostrar os Hamptons. Como você, quase me casei uma duas vezes. Na verdade, fiquei noivo há quatro anos mais ou menos.

– Minha vez de perguntar: "o que aconteceu?"

Jack deu de ombros.

– Assim que pôs o anel de brilhante no dedo, ela se transformou numa jovem muito possessiva. Logo eu senti que não tinha espaço nem para respirar. Acredito muito no conselho de Khalil Gibran sobre o casamento.

– "Os pilares do templo erguem-se separados um do outro" – citou Neeve.

Jack olhou para ela com uma expressão de divertido respeito.

– Exatamente.

Depois da sobremesa, quando começaram a tomar o expresso, falaram sobre Ethel. Neeve contou o telefonema do sobrinho de Ethel e sugeriu a possibilidade de ela estar se escondendo.

– Meu pai está em contato com seu antigo departamento. Vai providenciar para que descubram quem está fazendo as ameaças. E francamente, acho que Ethel deve libertar o pobre homem. É horrível receber esse dinheiro durante tantos anos. Ela não precisa de pensão.

Jack tirou do bolso a cópia do original de Ethel. Neeve disse que já havia lido.

— Você chamaria isto de escandaloso? — perguntou Jack.

— Não. Acho que é engraçado e maldoso, sarcástico e muito bem escrito e potencialmente passível de processo por calúnia. Não tem nada que todos no mundo da moda não saibam. Não sei como o tio Sal reagirá, mas conhecendo-o como o conheço, acho que transformará em virtude o fato de sua mãe vender frutas. Só me preocupo com Gordon Steuber. Tenho a impressão de que revidará com violência. Os outros estilistas que ela cita? O que posso dizer? Todo mundo sabe que, a não ser por um ou dois, os estilistas da sociedade não são capazes de traçar uma linha reta. Apenas gostam de brincar de trabalhar.

Jack fez um gesto afirmativo.

— Pergunta seguinte. Acha que alguma coisa neste artigo pode ser material para um livro explosivo?

— Não. Nem mesmo Ethel conseguiria isso.

— Tenho a cópia de tudo que foi retirado dos seus originais para que pudessem ser publicados. Ainda não tive tempo de ler. — Jack fez um sinal ao garçom, pedindo a conta.

NO OUTRO LADO da rua, na frente do Carlyle, Denny esperava. Era apenas uma tentativa, ele sabia. Seguiu Neeve pela avenida Madison até o hotel, mas as probabilidades de conseguir seu objetivo eram muito pequenas. Muita gente na rua. Muitos homens fortes voltando do trabalho. O risco seria muito grande. Sua única esperança era que Neeve saísse sozinha do hotel, que fosse até o ponto do ônibus ou talvez voltasse a pé para casa. Mas ela saiu acompanhada e os dois tomaram um táxi.

O rosto de Denny, sob a camada de sujeira do seu disfarce, contraiu-se, frustrado. Se o tempo continuasse frio ela só ia andar de táxi. Denny ia trabalhar no fim de semana. De modo nenhum queria chamar atenção para sua pessoa no trabalho. Isso significava que só poderia vigiar o apartamento de Neeve na parte da manhã, esperando que ela saísse cedo para o trabalho ou para correr, ou então depois das 18 horas.

Teria então a segunda-feira e o distrito dos fabricantes de roupas. Denny tinha a intuição de que esse era o lugar ideal. Encostado numa porta, tirou o sobretudo, limpou o rosto e as mãos com a toalha encardida, guardou o sobretudo e a toalha na sacola e foi para um bar na Terceira Avenida. Precisava de uma bebida para se aquecer.

ÀS 22 HORAS O TÁXI parou na frente da Schwab House.

— Meu pai deve estar tomando seu último drinque da noite – disse Neeve. – Está interessado?

Dez minutos depois estavam na sala tomando *brandy*. Neeve sentiu que havia alguma coisa errada. Myles parecia preocupado, enquanto conversava com Jack. Alguma coisa que precisava contar a ela mas não queria discutir naquele momento.

Jack contava seu encontro com Neeve no avião.

— Ela saiu tão apressada que nem tive tempo de pedir seu telefone. E fiquei sabendo hoje que naquele dia ela perdeu o avião que ia tomar.

— É verdade – disse Myles –, esperei horas no aeroporto.

— É claro que fiquei encantado quando, no coquetel, Neeve me procurou para saber notícias de Ethel Lambston. Pelo que sei, Ethel não é uma das suas pessoas favoritas, Sr. Kearny.

Neeve conteve uma exclamação vendo a alteração no rosto do pai.

— Jack – disse Myles –, algum dia vou aprender a escutar as intuições de Neeve. – Voltou-se para a filha: – Herb telefonou há umas duas horas. Encontraram um corpo no Morrison State Park, no condado de Rockland. Confere com a descrição de Ethel. Chamaram o sobrinho para identificação.

— O que aconteceu com ela? – murmurou Neeve.

— Cortaram sua garganta.

Neeve fechou os olhos.

— Eu *sabia* que alguma coisa estava errada. Eu *sabia!*

— E estava certa. A polícia já tem um suspeito, ao que parece. Além disso, a vizinhança de Ethel, quando viu o carro da polícia desceu correndo e contou que na tarde de quinta-feira Ethel teve uma discussão tremenda com o ex-marido. Aparentemente ninguém a viu desde então. Na sexta-feira ela não apareceu na loja como tinha combinado, nem encontrou com o sobrinho no apartamento.

Myles levantou-se para servir-se de outra dose de *brandy*.

— Geralmente não tomo dois antes de me deitar, mas os homens da Homicídios querem falar com você amanhã. E o escritório do promotor perguntou se você estaria disposta a verificar a roupa que Ethel estava usando. O caso é que eles têm certeza de que o corpo foi removido depois da sua morte. Contei a Herb que você encontrou todos os casacos de inverno de Ethel no *closet* e que ela comprava todas as roupas na sua loja. Foram arrancadas as etiquetas das roupas que ela vestia. Querem ver se você consegue identificá-las. Que diabo, Neeve – exclamou Myles –, não gosto da ideia de você ser testemunha em um caso de assassinato.

Jack Campbell estendeu o copo para outra dose.
— Nem eu – concordou, em voz baixa.

9

Durante a noite o vento mudou e levou para o Atlântico as nuvens baixas e escuras. O sábado amanheceu dourado de sol. Mas o ar continuava frio e a previsão do tempo na CBS era a volta das nuvens e talvez rajadas de neve à tarde. Neeve levantou-se rapidamente. Havia combinado de correr com Jack às 7h30.

Vestiu o conjunto de moletom, o tênis e prendeu o cabelo num rabo de cavalo. Myles já estava na cozinha e franziu a testa.

— Não gosto que saia para correr sozinha a esta hora.
— Não vou sozinha.

Ele ergueu os olhos.

— Compreendo. Bastante rápidos, certo? Gosto dele, Neeve.

Neeve serviu-se de suco de laranja.

— Não fique muito esperançoso. Você gostava do corretor da bolsa também.

— Eu não disse que gostava. Disse que parecia respeitável. É diferente.

Myles deixou de brincar, ficando sério.

— Neeve, estive pensando e acho melhor você ir ao condado de Rockland para falar com aqueles detetives antes de conversar com nossos homens. Se estiver certa, Ethel estava usando roupas compradas na sua loja. Portanto, é a primeira coisa que deve ficar estabelecida. Na minha opinião, depois disso você deve examinar minuciosamente o *closet* dela para ver o que está faltando. Sabemos que o Departamento de Homicídios cairá em cima do ex-marido, mas não podemos nos basear só em suposições.

O interfone tocou e Neeve atendeu. Era Jack.

— Já vou descer – disse Neeve.

— A que horas você quer ir ao condado de Rockland? – perguntou ao pai. – Hoje preciso trabalhar pelo menos por algum tempo.

— No meio da tarde está bem. – Vendo a surpresa de Neeve, Myles explicou: – O Canal 11 fará a cobertura do enterro de Sepetti. Quero assistir de camarote.

DENNY CHEGOU AO SEU POSTO de espera às 7 horas. Às 7h29 viu um homem alto, com roupa de moletom entrar em Schwab House. Alguns minutos mais tarde, Neeve Kearny apareceu com ele. Começaram a correr na direção do parque. Denny praguejou em voz baixa. Se ao menos estivesse sozinha. Ele podia cortar caminho e liquidar Neeve em qualquer parte do parque quase vazio àquela hora. Apalpou o revólver que tinha no bolso. Na noite anterior, quando voltou para o quarto, Big Charley estava à sua espera no carro, no outro lado da rua. Abaixou o vidro e entregou um saco de papel pardo e Denny sentiu o volume da arma.

— Kearny começa a criar problemas muito sérios – informou Big Charley –, não precisa mais parecer acidente. Faça como puder fazer.

Denny pensou em segui-los ao parque e liquidar os dois. Mas Big Charley podia não gostar disso.

Denny começou a andar na direção oposta. Usava um suéter largo que chegava até os joelhos, calça de brim, sandália de couro, um gorro de lã que já fora amarelo-vivo. Sob o gorro usava uma peruca grisalha com finas mechas grudadas na testa. Parecia um viciado em drogas. Com o outro disfarce parecia um bêbado. Mas desse modo ninguém ia se lembrar de ter visto mais de uma vez o mesmo homem rondando o prédio de Neeve Kearny.

Colocando a ficha na borboleta da estação do metrô na rua 72, Denny pensava que Big Charley devia pagar-lhe a despesa com roupas.

NEEVE E JACK ENTRARAM no parque pela rua 79 e começaram a correr para o leste, depois seguiram para o norte. Quando se aproximaram do Metropolitan Museu, Neeve, instintivamente, virou para oeste. Não queria passar pelo lugar em que sua mãe fora morta. Mas percebeu o olhar intrigado de Jack e pediu:

– Desculpe, vá na frente.

Neeve tentou passar direto mas não pôde evitar um olhar rápido para o espaço que ficava depois das árvores nuas. *O dia em que a mãe não foi apanhá-la na escola. A diretora, irmã Maria, levou-a para seu escritório e sugeriu que começasse a fazer o dever de casa. Eram quase 17 horas quando Myles chegou. A essa altura Neeve já sabia que alguma coisa devia ter acontecido. Mamãe nunca se atrasava.*

No momento em que ergueu os olhos e viu Myles ali de pé com os olhos vermelhos, com um misto de angústia e pena, Neeve adivinhou. Estendeu os braços para ele. Minha mãe está morta? "Minha pobre menina", *balbuciou Myles, erguendo-a do chão e apertando-a contra o peito.* "Minha pobre menina."

OS OLHOS DE NEEVE encheram-se de lágrimas. Acelerando o ritmo da corrida, passou pela trilha silenciosa, pela parte do museu que continha a coleção egípcia. Só quando estava quase chegando ao reservatório diminuiu o passo outra vez.

Jack a acompanhou na corrida. Então, segurou-a pelo braço.

– Neeve – era uma pergunta.

Viraram para oeste, depois para o sul e, reduzindo o ímpeto da corrida para um passo apressado, ela falou sobre Renata.

Saíram do parque na rua 79, e em passo normal, lado a lado, dedos entrelaçados, percorreram os poucos quarteirões até Schwab House.

RUTH LIGOU O RÁDIO às 7 horas da manhã de sábado e ouviu a notícia da morte de Ethel. O comprimido tomado à meia-noite proporcionara um sono pesado cheio de pesadelos vagamente lembrados. Seamus preso. Seamus no tribunal. Aquela mulher infernal, Ethel, testemunhando contra ele. Anos antes Ruth havia trabalhado num escritório de advocacia e sabia muito bem quais as acusações que podiam ser feitas a Seamus.

Mas, quando ouviu o noticiário e com dedos trêmulos pôs a xícara de chá na mesa, compreendeu que podia acrescentar mais uma: *assassinato*.

Empurrou a cadeira e correu para o quarto. Seamus acabava de acordar. Balançando a cabeça, ele passou a mão pelo rosto, um gesto característico que sempre a irritava.

– Você a *matou*! – gritou ela. – Como posso ajudá-lo se não me conta a verdade?

– Do que você está falando?

Ela ligou o rádio. O locutor descrevia como e onde o corpo de Ethel fora encontrado.

– Durante anos você levou as meninas para caminhadas no Morrison State Park – exclamou ela –, você conhece aquele lugar como a palma da sua mão. *Agora, conte a verdade! Você a apunhalou?*

Uma hora mais tarde, paralisado de medo, Seamus saiu para o bar. Tinham encontrado o corpo de Ethel. Sabia que a polícia ia procurá-lo.

Na véspera, Brian, o *bartender*, tinha trabalhado nos dois turnos. Para demonstrar seu desagrado, deixara o bar imundo. O garoto vietnamita que cuidava da cozinha já estava trabalhando. Pelo menos *ele* era um bom empregado.

— Tem certeza de que pode trabalhar hoje, Sr. Lambston? Não parece nada bem.

Seamus tentou lembrar as palavras de Ruth. "Diga que está com um começo de gripe. Você nunca falta ao trabalho. Eles têm de acreditar que esteve doente ontem e no fim de semana. Têm de acreditar que não saiu do apartamento. Você falou com alguém? Alguém o viu? Aquela vizinha na certa vai contar que você esteve no apartamento de Ethel duas vezes, na semana passada."

— Esses malditos vírus não me deixam em paz — resmungou Seamus. — Ontem não passei bem, mas durante o fim de semana estive muito *doente*.

Ruth telefonou às 10 horas. Como uma criança ele ouviu e repetiu cada palavra.

Seamus abriu o bar às 11 horas. Ao meio-dia, os clientes habituais, que ainda moravam por perto, começaram a chegar.

— Seamus — disse um deles, com voz forte e um largo sorriso —, triste notícia sobre a pobre Ethel, mas boa para você que fica livre da pensão. Bebidas por conta da casa?

Às 14 horas, logo depois do movimento razoável da hora do almoço, quando a freguesia começava a diminuir, dois homens entraram no bar. Um devia ter cinquenta e poucos anos, era gordo e vermelho, e não precisava dizer a ninguém que era tira. O outro era um hispânico magro, com menos de 30 anos. Identificaram-se como detetives O'Brien e Gómez, do 20º Distrito.

– Sr. Lambston – disse O'Brien em voz baixa –, sabe que sua ex-esposa, Ethel Lambston, foi encontrada no Morrison State Park e que foi vítima de homicídio?

Seamus segurou com força a beirada do balcão e fez um gesto afirmativo com a cabeça, incapaz de dizer uma palavra.

– Se importaria de ir até a central de polícia? – perguntou o detetive O'Brien. – Gostaríamos de conversar com o senhor.

QUANDO SEAMUS SAIU para o bar, Ruth ligou para o apartamento de Ethel Lambston. O fone foi tirado do gancho mas ninguém disse nada. Finalmente, ela disse:

– Quero falar com o sobrinho de Ethel Lambston, Douglas Brown. Quem está falando é Ruth Lambston.

– O que você quer? – Ruth reconheceu a voz de Doug.

– Preciso falar com você. Estou indo para aí.

Dez minutos mais tarde ela descia do táxi na frente do apartamento de Ethel. Enquanto pagava o motorista, Ruth ergueu os olhos e viu o movimento de cortina na janela do quarto andar. A vizinha que não perdia nada.

Douglas Brown estava à espera dela. Abriu a porta e recuou dando passagem. O apartamento continuava na mais perfeita ordem, mas Ruth notou uma fina camada de poeira na mesa. Os apartamentos em Nova York precisavam ser limpos todos os dias.

Admirada de que tal pensamento pudesse cruzar sua mente naquele momento, parou na frente de Douglas, notando o roupão caro que ele vestia. Os olhos de Douglas diziam que estivera bebendo. Ele seria bonito se tivesse traços mais fortes. Ruth pensou nas esculturas que as crianças faziam na areia, gastas pelo vento e desfeitas pela maré...

— O que você quer? – perguntou ele.

— Não vou desperdiçar seu tempo e nem o meu dizendo que sinto a morte de Ethel. Quero a carta que Seamus mandou para ela, e quero que você a substitua por isto – estendeu a mão com um envelope não selado.

Douglas o abriu. Continha o cheque da pensão com data de 5 de abril.

— O que você está tramando?

— Não estou tramando nada. Estou apenas fazendo uma troca. Devolva-me a carta que Seamus escreveu para Ethel e entenda bem o que vou dizer. Seamus esteve aqui na quarta-feira para entregar o cheque da pensão. Ethel não estava em casa e ele voltou na quinta, porque não tinha conseguido enfiar o envelope na caixa de correspondência. Ele sabia que Ethel o levaria aos tribunais se atrasasse o pagamento.

— E por que vou fazer isso?

— Porque no ano passado Seamus perguntou a Ethel para quem deixaria todo seu dinheiro, é por isso. Ela disse que não tinha escolha – que você era seu único parente. Mas na semana passada, Ethel disse a Seamus que você estava roubando dinheiro e que ia modificar o testamento.

Douglas ficou branco como cera.

— Está mentindo!

— Estou mesmo? Estou *lhe* dando uma chance. Você dá a Seamus uma chance. Não dizemos nada sobre seu roubo e você não diz nada sobre a carta.

Embora relutante, Douglas sentiu admiração por aquela mulher decidida, de pé na sua frente, com a bolsa sob o braço, casaco para todas as estações, sapatos práticos, óculos sem aros que aumentavam os olhos de um azul muito claro, a boca fina e rígida. Sabia que ela não estava blefando.

Douglas ergueu os olhos para o teto.

— Está esquecendo que aquela tagarela lá de cima vive dizendo para todo mundo que ouviu Seamus e Ethel brigando violentamente na véspera do desaparecimento dela.

— Falei com aquela mulher. Ela não pode repetir uma palavra. Afirma apenas ter ouvido alguém falando alto. Seamus sempre fala alto. Ethel gritava cada vez que abria a boca.

— Ao que parece, você pensou em tudo – disse Doug. – Vou apanhar a carta. – Entrou no quarto.

Ruth aproximou-se silenciosamente da mesa de trabalho de Ethel. Ao lado da pilha de correspondência viu a adaga antiga com cabo vermelho e dourado descrita por Seamus. Em um segundo estava na sua bolsa. Seria imaginação, ou a adaga estava pegajosa?

Douglas entregou a carta de Seamus, Ruth a examinou rapidamente e guardou-a na bolsinha externa da sua bolsa. Antes de sair, estendeu-lhe a mão.

— Sinto muito a morte de sua tia, Sr. Brown – disse ela. – Seamus me pediu para transmitir seus sentimentos. Não importa os problemas que tiveram depois, mas houve um tempo em que eles realmente se amaram. É esse tempo que Seamus quer lembrar.

— Em outras palavras – disse Douglas secamente –, quando a polícia perguntar, esta é a razão oficial da sua visita.

— Isso mesmo – afirmou Ruth. – A razão não oficial é que se você cumprir sua parte no acordo, nem Seamus nem eu diremos que sua tia pretendia deserdá-lo.

Ruth voltou para casa e, com, um fervor quase religioso começou a fazer faxina no apartamento. Paredes foram esfregadas, cortinas retiradas e postas de molho na banheira. O aspirador de vinte anos gemeu inutilmente pelo carpete puído.

Enquanto trabalhava, Ruth pensava em um modo de se livrar da adaga.

Eliminou todos os lugares óbvios. O incinerador? E se a polícia examinasse o lixo do prédio? Não queria jogá-la em uma lata de lixo na rua. Podia estar sendo seguida e algum tira a encontraria.

Às 10 horas telefonou para Seamus e ensaiaram o que ele devia dizer se fosse interrogado.

Não podia esperar mais. Tinha de decidir o que ia fazer com a adaga. Tirou-a da bolsa, lavou com água fervente e esfregou com palha de aço. Mesmo depois disso, a lâmina parecia pegajosa – o sangue pegajoso de Ethel...

Ruth não sentia nenhuma pena de Ethel. O que importava era não prejudicar o futuro de suas filhas.

Olhou com ódio para a arma. Agora parecia nova em folha. Uma daquelas malucas coisas indianas, lâmina afiada como navalha, cabo trabalhado num desenho caprichoso em azul e dourado. Provavelmente um objeto caro.

Nova em folha.

Mas é claro. Tão simples. Tão fácil. Sabia exatamente onde ia escondê-la.

Ao meio-dia, Ruth caminhou até o Prahm e Singh, uma loja de artigos indianos na Sexta Avenida. Andou pela loja, parando nos balcões de vidro e examinando os cestos com quinquilharias. Finalmente encontrou o que procurava, um cesto grande cheio de facas para cortar papel. Os cabos eram cópias baratas do desenho da peça antiga de Ethel. Tranquilamente, Ruth apanhou uma das facas. Achou que parecia vagamente com a de Ethel.

Tirou a adaga da bolsa e a colocou no cesto, depois remexeu todo o conteúdo até deixá-la bem no fundo.

– Posso ajudá-la? – perguntou um vendedor.

Sobressaltada, Ruth ergueu os olhos.

– Oh... sim. Eu estava só... quero dizer, gostaria de ver suporte para copos.

– Estão nesta seção. Eu lhe mostro.

À uma hora, Ruth estava no apartamento fazendo uma xícara de chá para acalmar as batidas aceleradas do seu coração. Ninguém vai encontrá-la naquele lugar, garantiu para si mesma. Nunca, nunca...

Quando Neeve saiu para o trabalho, Myles tomou uma segunda xícara de café, pensando no oferecimento de Jack de levá-los de carro até o condado de Rockland. Gostava de Jack e lembrou com ironia que durante anos estivera aconselhando Neeve a não acreditar no mito do amor à primeira vista. Meu Deus, pensou, é possível um raio cair no mesmo lugar duas vezes, afinal?

Às 9h45, instalou-se na sua cadeira de couro e assistiu na televisão à pompa do funeral de Nicky Sepetti. Carros cheios de flores, três deles abarrotados de arranjos caríssimos, seguiram na frente do carro funerário até a igreja de Santa Camila. Uma frota de limusines alugadas conduzia os que lamentavam e os que fingiam lamentar. Myles sabia que o FBI, o escritório do promotor público e a equipe da polícia estavam presentes, anotando os números dos carros particulares, fotografando os rostos das pessoas que entravam na igreja.

A viúva de Nicky estava entre um homem atarracado de 40 anos mais ou menos e uma mulher mais jovem, com uma capa de capuz negro que escondia quase todo seu rosto. Os três estavam de óculos escuros. O filho e a filha não queriam ser reconhecidos, pensou Myles. Sabia que ambos nada tinham a ver com os negócios de Nicky. Meninos espertos.

A televisão continuou a transmitir do interior da igreja. Myles diminuiu o volume e, sem tirar os olhos da tela, apanhou o telefone. Herb estava no escritório.

– Viu o *News* e o *Post*? – perguntou Herb. – Estão dando uma larga cobertura ao assassinato de Ethel Lambston.

– Sim, eu vi.

– Continuamos concentrando nossa atenção no ex-marido. Vamos ver o resultado da busca no apartamento. A briga que a vizinha ouviu na quinta-feira pode ter terminado em morte. Por outro lado, ele pode tê-la assustado o bastante para fazer com que saísse da cidade, e depois a seguiu. Myles, você me ensinou que todo assassino deixa um cartão de visita. Vamos encontrar o cartão deste.

Combinaram que Neeve se encontraria com os detetives da Homicídios no apartamento de Ethel, domingo de manhã.

– Telefone se ouvir alguma coisa interessante no condado de Rockland – pediu Herb. – O prefeito quer anunciar logo a solução deste caso.

– Tem mais alguma novidade sobre o prefeito? – perguntou Myles secamente. – Falo com você, Herb.

Aumentou outra vez o volume da televisão e viu o padre abençoar os restos mortais de Nicky Sepetti. O carrinho com o caixão foi levado para fora da igreja enquanto o coro cantava "Nada temei". Myles ouviu as palavras: "Nada temei. Estarei para sempre convosco." *Você esteve* comigo dia e noite durante 17 anos, seu filho da mãe, pensou Myles quando os quatro homens colocaram o caixão nos ombros depois de retirar e dobrar o pano que o cobria. Talvez quando tiver certeza de que você está debaixo da terra eu me livre da sua presença.

A viúva de Nicky chegou ao último degrau da igreja e então bruscamente afastou-se dos filhos e caminhou para o comentador de televisão mais próximo. Seu rosto apareceu em close na tela, cansado e resignado:

— Quero fazer uma declaração. Muita gente não aprovava os negócios do meu marido, que descanse em paz. Por causa desses negócios ele foi *mandado* para a prisão. Mas foi *mantido* na prisão durante muitos anos por um crime que *não* cometeu. No seu leito de morte, Nicky jurou que não teve nada a ver com o assassinato da esposa do comissário de polícia Kearny. Pensem dele o que quiserem, mas não como a pessoa responsável por aquela morte.

Voltou para onde estavam os filhos sob uma barreira de perguntas. Myles desligou a televisão. Mentiroso até o fim, pensou. Mas, colocando a gravata e começando a dar o nó, pela primeira vez em sua vida sentiu que a dúvida brotava em sua mente.

QUANDO SOUBE QUE HAVIAM encontrado o corpo de Ethel Lambston, Gordon Steuber entregou-se a uma atividade frenética. Mandou fechar a última oficina ilegal, em Long Island, e avisar os funcionários sobre as consequências de contar alguma coisa para a polícia. Telefonou então para a Coreia, cancelando o embarque de material de uma de suas fábricas. Informado de que o material já estava a caminho do aeroporto, atirou o telefone contra a parede num gesto selvagem de frustração. Então, esforçando-se para pensar racionalmente, tentou avaliar os prejuízos. Quais as provas que Lambston tinha realmente e quanto da sua ameaça era apenas um blefe? E como podia se livrar do artigo?

Embora fosse sábado, May, a secretária de vários anos, estava trabalhando para atualizar o arquivo. May era casada com um bêbado e tinha um filho adolescente que sempre criava problemas. Pelo menos uma meia dúzia de vezes

Gordon o havia livrado da prisão. Podia contar com a discrição de May. Chamou-a ao seu escritório.

Calmo agora, olhou-a atentamente, notando a pele ressequida que começava a enrugar, os olhos ansiosos e tímidos, a atitude nervosa de quem procura sempre agradar.

– May – disse ele –, provavelmente ouviu falar da morte trágica de Ethel Lambston.

Ela fez um gesto afirmativo.

– May, Ethel esteve aqui uma noite, mais ou menos há dez dias?

May olhou-o esperando a deixa.

– Uma noite trabalhei até mais tarde. Todos tinham saído, menos o senhor. Acho que vi Ethel entrar e o senhor a fez sair. Estou errada?

Gordon sorriu.

– Ethel não entrou, May.

Ela assentiu com um gesto.

– Compreendo. O senhor atendeu o telefonema dela na semana passada? Quero dizer, acho que passei a ligação para o senhor, e o senhor ficou muito zangado e desligou o telefone na cara dela.

– Eu não atendi nenhum telefonema – Gordon segurou a mão de veias azuis de May e a apertou levemente –, minha lembrança é de não ter falado com ela, de ter me recusado a vê-la e de não ter a mínima ideia sobre o que ela podia ter escrito no seu próximo artigo.

May retirou a mão da dele e recuou, afastando-se da mesa, com o rosto emoldurado pelo cabelo castanho crespo e sem brilho.

– Compreendo, senhor – disse em voz baixa.

– Ótimo. Feche a porta quando sair.

Como Myles, Anthony della Salva assistiu aos funerais de Nicky Sepetti na televisão. Sal morava numa cobertura em Central Park Sul, no Trump Parc, um dos luxuosos prédios de apartamentos reformados por Donald Trump para os muito ricos. Seu dúplex, decorado pelo mais prestigiado decorador de interiores de Nova York com motivos do Atol do Pacífico, tinha uma vista deslumbrante do Central Park. Desde o divórcio da última esposa Sal decidira permanecer em Manhattam. Chegava de casas tediosas em Westchester, Connecticut, na Ilha ou nas Palisades. Gostava da liberdade para sair a qualquer hora da noite e encontrar um bom restaurante aberto. Gostava das noites de estreias dos teatros e de ser reconhecido pelas pessoas importantes. "Deixe o subúrbio para os caipiras", era seu lema agora.

Vestia uma das suas últimas criações, calça esporte de tropical cinzento com paletó Eisenhower combinando. Punhos e gola verde-escuros completavam o estilo moderno. A crítica não fora generosa com suas duas últimas coleções, mas relutantemente elogiou suas roupas masculinas. É claro que o papel principal no mundo da moda era reservado aos costureiros que revolucionavam a moda feminina. E, não importa o que diziam ou deixavam de dizer das suas coleções, continuavam a se referir a ele como um dos maiores criadores de estilos do século XX, o criador do Atol do Pacífico.

Sal lembrou-se da visita de Ethel Lambston ao seu escritório, há alguns meses. Aquela boca nervosa em constante movimento, o hábito de falar muito depressa. Ouvi-la era como tentar acompanhar os números numa fita de teleimpressor. Ethel apontou para o mural do Atol do Pacífico e exclamou:

– Isto é genial!

— Até uma jornalista abelhuda como você reconhece a verdade, Ethel — grunhiu ele e os dois riram.

— Ora, vamos — disse ela —, esqueça aquela besteira da *villa* em Roma. O que vocês não compreendem é que a nobreza está fora de moda. Este é o mundo dos reis do hambúrguer. O homem do momento é de origem modesta. Estou lhe fazendo um favor contando a todos que você é do Bronx.

— Muita gente na Sétima Avenida tem muito mais a varrer para debaixo do tapete do que o fato de ter nascido no Hospital Geral do Bronx, Ethel. Não me envergonho disso.

Sal viu o caixão de Nicky Sepetti ser carregado, descendo os degraus de Santa Camila. Para mim chega, pensou, e ia desligar a televisão quando a viúva de Sepetti agarrou um microfone e jurou que Nicky não tinha nada a ver com a morte de Renata.

Sal ficou sentado por alguns momentos com as mãos cruzadas. Tinha certeza de que Myles estava assistindo também. Sabia o que ele devia estar sentindo e resolveu telefonar. Aliviado, constatou que Myles estava calmo. Sim, vira o espetáculo improvisado.

— Acho que ele esperava que os filhos acreditassem nisso — sugeriu Sal. — Os dois estão bem casados e não vão querer contar aos filhos que o retrato de Nicky consta do fichário da polícia com um número.

— Essa é a resposta óbvia — disse Myles —, porém, para ser franco, meu instinto diz que uma confissão no leito de morte para salvar a alma é mais o estilo de Nicky. Preciso sair agora. Neeve logo estará aqui. Tem a tarefa desagradável de verificar se a roupa que Ethel usava é da sua loja.

— Para o bem dela, espero que não seja — disse Sal. — Neeve não precisa desse tipo de publicidade. Diga a ela que, se não tiver cuidado, as mulheres vão começar a dizer que não querem ser encontradas mortas com suas roupas. Isso na certa destruiria a mística de Neeve's Place.

JACK CAMPBELL CHEGOU ao apartamento 16B de Schwab House às 15 horas. Quando chegou da loja, Neeve trocou o tailleur azul-marinho Adele Simpson por um suéter vermelho e preto comprido, nervurado, e calça esporte. O efeito arlequim era acentuado pelos brincos desenhados por ela para o conjunto, as máscaras da comédia e da tragédia em ônix e granada.

— Sua Excelência, o tabuleiro de damas — disse Myles secamente, apertando a mão de Jack.

Neeve deu de ombros.

— Myles, quer saber de uma coisa? Não gosto do que vou fazer. Mas acho que Ethel gostaria que eu usasse um conjunto novo para falar do que ela usava quando morreu. Você nem imagina o quanto Ethel gostava de tudo que se relaciona com a moda.

Os últimos raios brilhantes de sol iluminavam a sala. A previsão da meteorologia acertara em cheio. Nuvens começavam a se acumular sobre o rio Hudson. Jack olhou a sala, apreciando alguns detalhes que não havia notado na véspera. O belo quadro das colinas da Toscana à esquerda da lareira. A fotografia em sépia, emoldurada, da garotinha no colo de uma mulher jovem e muito bela, de cabelos negros. A mãe de Neeve. Imaginou o que devia ser perder a mulher amada para um assassino. Terrível.

Notou que Neeve e o pai se entreolhavam com expressões furiosas idênticas. Jack teve vontade de rir daquela semelhança. Percebeu que o debate sobre moda era uma constante entre eles e não pretendia ser apanhado no meio. Foi até a janela onde um livro manchado estava exposto ao sol.

Myles serviu café fresco nas belas xícaras de porcelana da Tiffany.

– Neeve, deixe-me dizer uma coisa. Sua amiga Ethel não pode mais gastar o resgate de um rei em roupas extravagantes. Neste momento ela está vestida como nasceu, numa gaveta do necrotério com uma etiqueta de identidade no dedão do pé.

– Foi esse o fim de minha mãe? – perguntou Neeve com voz baixa e furiosa. Então, com uma exclamação abafada, correu para o pai e pôs as mãos nos ombros dele. – Oh, Myles, desculpe. Não devia ter dito isso.

Myles estava imóvel como estátua, com a xícara de café na mão. Vinte longos segundos se passaram.

– Sim – disse ele – foi exatamente assim que sua mãe acabou. E nós dois não devíamos ter dito o que dissemos.

Voltou-se para Jack.

– Perdoe a pequena discussão doméstica. Minha filha é abençoada, ou amaldiçoada, com um misto de temperamento latino e agressividade irlandesa. Nunca consegui entender a importância que as mulheres dão às roupas. Minha mãe, que Deus a tenha, só comprava na Alexander's ou em Fordham Road, usava vestidos caseiros todos os dias e estampados com flores, também da Alexander's, para a missa aos domingos e aos banquetes do Clube dos Policiais. Neeve e eu, como a mãe antes dela, temos sempre interessantes discussões sobre o assunto.

– Foi o que percebi. – Jack apanhou a xícara de café da bandeja. – Ainda bem que vocês também tomam bastante café – observou.

– Um uísque, ou um copo de vinho provavelmente iriam bem, mas vamos deixar para mais tarde – disse Myles. – Tenho uma garrafa de um ótimo Borgonha que vai servir para nos aquecer na hora certa, apesar da proibição dos meus médicos.

Foi até a prateleira de vinhos e tirou uma garrafa.

– Nos velhos tempos, eu não distinguia um do outro – disse Myles. – O pai de minha mulher tinha uma boa adega, portanto Renata cresceu na casa de um conhecedor de vinhos. Ela me ensinou. Renata me ensinou muita coisa que eu não sabia – apontou para o livro no peitoril da janela. – Aquele livro era dela. Foi molhado com café quente. Será que pode ser restaurado?

Jack apanhou o livro.

– É uma pena – disse ele –, estes desenhos deviam ser encantadores. Tem uma lente de aumento?

– Devo ter uma em algum lugar.

Neeve encontrou a lente na mesa de Myles. Jack examinou as páginas enrugadas.

– Os desenhos não se apagaram – disse ele. – Vou fazer uma coisa. Meu pessoal na editora deve conhecer um bom restaurador – entregou a lente para Myles. – A propósito, não acho que seja uma boa ideia expor o livro ao sol.

Myles pôs o livro e a lente sobre a mesa.

– Agradeço se puder fazer qualquer coisa. É melhor irmos agora.

OS TRÊS SENTARAM no banco da frente do Lincoln, de seis anos, de Myles, com ele na direção. Jack Campbell apoiou o braço no encosto do banco. Neeve tentou ignorar a proximidade dele, tentou não encostar nele quando fizeram a volta na rampa da rodovia Henry Hudson para entrar na ponte George Washington. Jack tocou o ombro dela.

– Relaxe – disse ele –, eu não mordo.

O ESCRITÓRIO DO PROMOTOR público no condado de Rockland era igual a todos os outros. Apinhado de coisas. Móveis velhos e pouco confortáveis. Pastas empilhadas nas mesas e nos arquivos de aço. Salas superaquecidas, a não ser as que estavam com as janelas abertas, onde as correntes geladas de vento eram a outra alternativa.

Dois detetives da seção de homicídios os esperavam. Neeve notou a mudança de Myles no momento em que entrou no prédio. As linhas do queixo ficaram mais firmes, o andar mais seguro, os olhos azuis adquiriram um brilho de aço.

— Ele está no seu elemento — murmurou para Jack. — Não sei como conseguiu ficar inativo neste último ano.

— A promotora vai recebê-lo, senhor — evidentemente o detetive sabia que estava na presença de um dos mais respeitados comissários de polícia de Nova York.

A promotora, Myra Bradley, era uma mulher jovem e atraente que não devia ter mais de 36 ou 37 anos. Neeve adorou a expressão atônita de Myles. Meu Deus, você é um chauvinista, pensou. Certamente sabia que Myra Bradley fora eleita no ano passado, mas preferiu bloquear a informação em sua mente.

Ela e Jack foram apresentados. Myra Bradley fez sinal para que sentassem e foi direto ao assunto.

— Como sabem — disse ela —, há uma questão de jurisdição. Sabemos que o corpo foi removido, mas não sabemos de onde. Ela pode ter sido assassinada no parque, a um ou dois metros de onde foi encontrada. Se for assim, o caso é da nossa alçada.

Bradley indicou a pasta na sua mesa.

— Segundo o médico-legista, a morte foi provocada por um violento golpe de instrumento cortante que seccionou a jugular e a traqueia. Talvez tenha lutado para se defender. Tinha um corte e uma grande equimose no queixo. Devo acrescentar que foi um milagre o corpo não ter sido encontrado pelos animais. Provavelmente por estar bem coberto pelas rochas. Não queriam que fosse descoberto. Foi tudo muito bem planejado.

– O que significa que estão procurando alguém que conheça aquela parte do parque – disse Myles.

– Exatamente. É impossível determinar a hora exata da morte, mas pelo que nos contou o sobrinho, ela não compareceu ao encontro marcado com ele na última sexta-feira, há oito dias. O corpo estava bem conservado e, verificando o tempo, vemos que a onda de frio começou há nove dias, na quinta-feira. Assim, se Ethel Lambston foi morta na quinta ou na sexta e enterrada sob as pedras logo depois, isso explicaria a conservação do corpo.

Neeve, sentada à direita da mesa da promotora, estremeceu e Jack, ao seu lado, apoiou o braço nas costas da sua cadeira. *Se ao menos eu tivesse me lembrado do aniversário dela.* Procurou afastar esse pensamento e concentrar-se no que a promotora dizia.

– ...Ethel Lambston podia ficar meses sem ser descoberta, até ser impossível a identificação. Não devia ser encontrada. Não devia ser identificada. Não estava usando joias de nenhum tipo. Não foi encontrada nenhuma bolsa, nenhuma carteira. – Bradley voltou-se para Neeve. – Todas as roupas que você vende têm etiquetas?

– É claro.

– Todas as etiquetas da roupa da Sra. Lambston foram arrancadas. – A promotora levantou-se. – Se não se importa, Srta. Kearny, quer examinar as roupas agora?

Passaram para outra sala. Um dos detetives começou a tirar dos sacos de plástico as roupas amarrotadas e manchadas. Um deles continha peças de lingerie, um conjunto de sutiã e calcinha com barras de renda, o sutiã manchado de sangue. Meia-calça com um longo desfiado na perna direita. Sapatos fechados de salto médio de couro azul-pervinca presos com um elástico. Neeve pensou nas prateleiras com formas de sapatos das quais Ethel tanto se orgulhava, no *closet* funcional e moderno.

A segunda sacola continha um conjunto de três peças. Lã branca com punhos e gola azul-pervinca, saia branca e blusa listrada azul e branco, manchadas de sangue e cheias de terra. Neeve sentiu a mão de Myles no seu ombro. Examinou as roupas. Alguma coisa estava errada, alguma coisa além do trágico fim da mulher que as havia usado.

– Este é um dos conjuntos que faltavam no *closet* de Ethel Lambston? – perguntou a promotora.

– Sim, é.

– Vendeu-lhe estas roupas?

– Sim, acho que na época do Natal. – Neeve ergueu os olhos para Myles. – Ela as usou na nossa festa, lembra-se?

– Não.

Neeve falou devagar. Era como se o tempo não existisse. Estava no apartamento decorado para sua festa anual de Natal. Ethel parecia muito atraente naquela noite. O conjunto branco e azul combinava com o azul vivo dos seus olhos e com os cabelos louros, e foi muito elogiado. Então, Ethel concentrou-se em Myles, falando sem parar e ele passou o resto do tempo procurando evitá-la...

Havia alguma coisa estranha. O que era?

– Ela comprou esse conjunto com outras peças no começo de dezembro. É um Renardo original. Renardo é um subsidiário das Indústrias Têxteis Gordon Steuber. – Do que não conseguia se lembrar? Não sabia. – Estava usando casaco? – Não. – A promotora fez um sinal para os detetives que começaram a recolocar as roupas nas sacolas de plástico.

– O comissário Schwartz disse que a senhorita começou a se preocupar com Ethel porque todos os seus casacos de inverno estavam no *closet*. Mas ela não poderia ter comprado um casaco em outra loja?

Neeve levantou-se. A sala cheirava vagamente a antisséptico. Não ia fazer papel de tola insistindo em afirmar que Ethel só comprava na sua loja.

– Posso fazer um inventário do *closet* de Ethel – disse Neeve. – Tenho todos os recibos de suas compras no arquivo. Posso dizer exatamente o que está faltando.

– Eu gostaria de uma descrição completa. Ela usava joias com este conjunto?

– Sim, um broche de ouro e brilhantes. Brincos combinando. Pulseira larga de ouro. Sempre usava vários anéis de brilhante.

– Não estava com nenhuma joia. Portanto, talvez seja um simples caso de roubo.

Jack segurou o braço de Neeve quando saíam da sala.

– Você está bem?

– Estou me esquecendo de alguma coisa – disse ela.

Um dos detetives ouviu e entregou a Neeve seu cartão.

– Telefone a qualquer hora.

Dirigiram-se para a porta do prédio, Myles na frente, conversando com a promotora, com seus cabelos prateados, bem mais alto do que a jovem de cabelos castanho-escuros cortados curtos. No ano anterior, o sobretudo de *cashmere* azul-escuro pendia largo dos ombros. Depois da operação, estava pálido e magro. Agora, os ombros enchiam o sobretudo outra vez. Seu passo era firme e seguro. E estava no seu elemento. O trabalho policial era o que fazia sentido para ele, era sua vida. Neeve pediu a Deus que nada interferisse naquele emprego em Washington.

– Enquanto estiver trabalhando pode viver cem anos, pensou. Lembrou-se de um ditado maluco: "Se quiser ser feliz por um ano, ganhe na loteria. Se quiser ser feliz por toda a vida, ame o que faz".

O amor ao que fazia fez com que Myles continuasse vivo depois da morte da mulher.

E agora, Ethel Lambston estava morta.

Os detetives ficaram na sala, guardando as roupas que haviam servido de mortalha para Ethel, roupas que, Neeve sabia, seriam mostradas outra vez no tribunal. Quando foi vista pela última vez estava usando...

Myles tinha razão. Fora tolice ir àquele lugar vestida como um tabuleiro de damas, com aqueles brincos idiotas balançando nas salas escuras. Felizmente não tinha tirado a capa escura com capuz que cobria sua roupa. Uma mulher estava morta. Não uma mulher da rua. Não uma mulher popular. Mas uma mulher extremamente inteligente que destemidamente revelava a verdade, que queria ter boa aparência mas não tinha o tempo nem o instinto necessário para escolher as próprias roupas.

Moda. Era isso. Havia alguma coisa sobre o conjunto que Ethel estava usando...

Um tremor percorreu seu corpo. Como se o tivesse sentido também, Jack deu-lhe o braço amparando-a.

– Você gostava muito dela, não é? – perguntou ele.

– Muito mais do que imaginava.

Seus passos ecoavam no longo corredor de mármore. O mármore era velho e muito usado, com rachaduras que pareciam veias sob a carne.

A jugular de Ethel. O pescoço de Ethel era tão fino. Mas sem rugas. Perto dos 60 anos, a maioria das mulheres começava a mostrar as marcas da idade. "O pescoço é o primeiro", disse certa vez Renata, quando um vendedor procurou convencê-la a comprar vestidos decotados para mulheres maduras.

Chegaram à entrada do prédio do tribunal. A promotora e Myles concordavam que Manhattan e o condado de Rockland deviam cooperar na investigação. Myles disse:

— Eu devo ficar de boca fechada. Sempre esqueço que não estou mais dando as ordens na Police Plaza Um.

Neeve sabia o que devia dizer e esperou não parecer ridícula.

— Estava pensando... – A promotora, Myles e Jack esperaram. Neeve repetiu: – Estava pensando se seria possível falar com a mulher que encontrou o corpo. Não sei por quê, mas acho que devia falar com ela. – Engoliu em seco.

Três pares de olhos estavam fixos nela.

— A Sra. Conway fez um depoimento completo – disse Myra Bradley lentamente. – Pode examiná-lo, se quiser.

— Eu gostaria de falar com ela. – Não deixe que perguntem por quê, pensou Neeve. – Só sei que preciso.

— Ethel Lambston foi identificada graças à minha filha – disse Myles. – Se ela quer falar com essa testemunha, acho que deve falar.

Myles abriu a porta e Myra Bradley estremeceu no vento frio de abril.

— Mais parece março – observou ela. – Escutem, não faço nenhuma objeção. Podemos telefonar para a Sra. Conway para ver se está em casa. Achamos que contou tudo o que sabe, mas pode aparecer mais alguma coisa. Esperem um minuto.

Alguns momentos depois, voltou e disse:

— A Sra. Conway está em casa e perfeitamente disposta a falar com você. Aqui está o endereço – trocou um sorriso com Myles, o sorriso de dois tiras profissionais. – Se por acaso ela se lembrar que viu muito bem o cara que matou Lambston, ligue para mim. Certo?

A LAREIRA ESTAVA ACESA na sala de Kitty Conway, as chamas formando pirâmides de pontas azuladas sobre as achas de lenha vermelhas.

— Avise-me se estiver muito quente para vocês – disse ela, desculpando-se. – Mas, desde o momento em que toquei a mão daquela pobre mulher, não consigo me aquecer. – Parou de falar, embaraçada, mas as três pessoas que a observavam pareciam compreender.

Kitty gostou da aparência deles. Neeve Kearny, mais do que bonita. Um rosto interessante e atraente com maçãs salientes, a pele muito branca acentuando o marrom intenso dos olhos. Mas parecia tensa, com as pupilas enormes. O jovem, Jack Campbell, estava evidentemente preocupado com ela. Quando ajudou-a a tirar a capa, constatou.

— Neeve, você ainda está tremendo.

Uma onda de saudade invadiu Kitty. Seu filho tinha o mesmo tipo de Campbell. Um pouco mais de um metro e oitenta e cinco, ombros largos, corpo musculoso, forte, expressão inteligente. Era uma pena que Mike Jr. estivesse a meio mundo de distância.

Myles Kearny. Quando a promotora telefonou, Kitty o identificou imediatamente. Durante anos, o nome de Myles esteve sempre na mídia. Às vezes ela o via quando jantava com Mike no Neary's Pub, na rua 57 leste. Sabia do seu enfarte e que estava aposentado. Mas parecia muito bem agora. Um belo irlandês.

Kitty ficou satisfeita por ter trocado a calça jeans e o suéter antigo e muito largo pela blusa de seda e calça esporte. Como não quiseram um drinque, Kitty insistiu em fazer chá.

— Você precisa de alguma coisa para se aquecer — disse para Neeve e, recusando ajuda, desapareceu na cozinha.

Myles sentou-se numa poltrona de espaldar alto, listrada de vermelho e laranja-escuro. Neeve e Jack estavam no módulo curvo de veludo na frente da lareira. Myles observou a sala com agrado. Confortável. Poucas pessoas pensavam em comprar poltronas e sofás nos quais um homem alto podia encostar a cabeça. Levantou-se e começou a examinar os retratos de família. A costumeira história de uma vida. O jovem casal. Kitty Conway não tinha perdido nada da sua beleza. Ela e o marido com o filho. Uma colagem das diversas idades do menino. A última fotografia mostrava Kitty e o filho, a nora japonesa e a neta. Myra Bradley dissera que era viúva.

Ouviu os passos de Kitty no corredor e rapidamente voltou-se para as estantes de livros. Sua atenção foi atraída para os livros de antropologia, bastante manuseados.

Kitty pôs a bandeja com o aparelho de chá sobre a mesa redonda perto de Neeve e Jack, serviu chá para os dois e ofereceu biscoitos.

— Fiz uma porção esta manhã, para acalmar meus nervos, eu acho. — Foi até onde Myles estava.

— Quem é o antropólogo? — ele perguntou.

Kitty sorriu.

— Estritamente amadora. Fiquei entusiasmada na universidade quando o professor disse que para conhecer o futuro devemos estudar o passado.

— Uma coisa que eu sempre dizia para meus detetives — observou Myles.

— Ele está ligando todo seu charme — murmurou Neeve para Jack. — Uma coisa pouco comum.

Enquanto tomavam chá, Kitty falou sobre o cavalo disparado na trilha, sobre o pedaço de plástico que bateu no seu rosto, sobre a impressão vaga de ter visto a mão com a manga azul. Explicou como a manga do seu blusão, aparecendo no cesto de roupa, a fez voltar ao parque para investigar.

Neeve ouvia atentamente, a cabeça inclinada para o lado como que procurando não perder nem uma palavra. Continuava com a sensação de estar esquecendo alguma coisa, alguma coisa que estava ali, na frente dos seus olhos. E então descobriu.

— Sra. Conway, quer descrever exatamente o que viu quando encontrou o corpo?

— Neeve! — Myles balançou a cabeça. Ele estava fazendo perguntas cuidadosamente e não queria ser interrompido.

— Myles, desculpe, mas isto é muito importante. *Fale-me da mão de Ethel. Diga-me o que viu.*

Kitty fechou os olhos.

— Parecia a mão de um manequim, muito branca com as unhas de um vermelho arroxeado. O punho do casaco era azul. Chegava até o pulso e um pedaço de plástico negro estava grudado nele. A blusa era azul e branca mas quase não aparecia sob o punho. Estava meio enrolada. Parece loucura, mas eu quase tentei arrumá-la.

Neeve respirou fundo. Inclinada para a frente, passou as mãos nas têmporas.

— Era isso que eu não estava entendendo. A blusa.

— O que tem a blusa? — perguntou Myles.

— É que... — Neeve mordeu o lábio. Myles ia achá-la tola outra vez. A blusa que Ethel estava usando fazia parte do conjunto original. Mas quando o comprou, Neeve havia dito que ficava melhor uma blusa completamente branca, sem as listras azuis. Vira Ethel com o conjunto duas vezes e sempre com a blusa branca.

Por que estava usando a azul e branca?

— O que é, Neeve? – insistiu Myles.

— Provavelmente nada. Só que estou surpresa por Ethel estar usando aquela blusa. Não combina com a saia e o casaco.

— Neeve, você não disse à polícia que reconhecia o conjunto e deu até o nome do estilista?

— Sim, Gordon Steuber. Era um conjunto das suas... oficinas.

— Desculpe, mas não estou entendendo – Myles tentou disfarçar a irritação.

— Acho que eu entendo. - Kitty serviu mais chá para Neeve. – Beba isto – ordenou –, você parece a ponto de desmaiar. – Olhou diretamente para Myles. – Se não estou enganada, Neeve está dizendo que Ethel Lambston não teria se vestido do modo que foi encontrada.

— Eu *sei* que ela não usaria aquela blusa – disse Neeve. Olhou para o pai – Obviamente seu corpo foi removido. Existe algum modo de determinar se alguém a vestiu *depois* de morta?

DOUGLAS BROWN SABIA que a seção de homicídios ia obter um mandado de busca para o apartamento de Ethel. Mesmo assim, foi um choque quando quatro detetives entraram no apartamento. Douglas os viu espalhar pó nas superfícies, passar aspirador nos tapetes, no chão, nos móveis, fechando e marcando cuidadosamente os saquinhos de plásticos onde colocavam a poeira, fibras e partículas que recolhiam, examinar e cheirar o pequeno tapete oriental ao lado da mesa de Ethel.

Quando viu o corpo de Ethel no necrotério, Doug teve a sensação idêntica à experimentada na sua primeira e única viagem por mar, um enjoo violento. O lençol que a cobria emoldurava-lhe o rosto como um véu de freira. Desse modo, pelo menos, ele não precisou ver o corte no pescoço.

Para não pensar no pescoço, ele se concentrou na equimose amarela e azul do rosto dela. Então, fez um gesto afirmativo e correu para o banheiro.

Passou a noite em claro, na cama de Ethel, resolvendo o que devia fazer. Podia contar à polícia sobre Seamus, sobre seu desespero para que Ethel desistisse da pensão. Mas a mulher, Ruth, começaria a falar dele, Doug. Sua testa cobriu-se de suor frio lembrando-se da bobagem que havia feito retirando o dinheiro do banco em notas de 100 dólares. Se a polícia descobrisse...

Antes da chegada dos detetives, Douglas sofreu verdadeiras agonias, sem saber se deixava ou não as notas escondidas pelo apartamento. Se não as encontrassem, quem podia garantir que Ethel não havia gasto todo o dinheiro da pensão?

Alguém ia saber. Aquela garota maluca que fazia a limpeza devia ter percebido as notas que ele havia escondido.

Finalmente, resolveu não fazer coisa alguma. Deixaria que os policiais encontrassem o dinheiro. Se Seamus ou a mulher o acusassem, diria que estavam mentindo. Com o pequeno consolo dessa ideia, Douglas pensou no futuro. O apartamento era seu agora. O dinheiro de Ethel pertencia a ele. Ia se desfazer de todas aquelas roupas idiotas e acessórios, A com A, B com B. Talvez jogasse tudo no lixo exatamente como estava. Sorriu sombriamente. Mas era bobagem desperdiçar. Todo o dinheiro gasto por Ethel em roupas não devia ser desperdiçado. Venderia para uma loja de artigos usados.

No sábado de manhã escolheu deliberadamente uma calça esporte azul-escuro e uma camisa esporte cor de areia de mangas compridas. Queria dar a impressão de um luto discreto. As olheiras causadas pela insônia eram uma boa ajuda.

Os detetives examinaram a mesa de Ethel. Doug os viu abrir a pasta onde estava escrito *Papéis importantes*. O testamento. Douglas não havia decidido se admitia ou não ter conhecimento do testamento. Um dos detetives acabou de ler e olhou para ele.

— Já tinha visto isto? – perguntou em tom casual.

Douglas decidiu naquele momento.

— Não. Esses papéis são da minha tia.

— Ela nunca falou sobre seu testamento com você?

Douglas sorriu tristemente.

— Ela costumava fazer piada a respeito. Dizia que se pudesse me deixar ao menos o que recebia de pensão eu estaria arrumado para o resto da vida.

— Então não sabia que, ao que parece, ela lhe deixou uma considerável soma em dinheiro?

Douglas, com um gesto vago, indicou o apartamento.

— Nunca pensei que tia Ethel tivesse muito dinheiro. Ela comprou este apartamento quando foi feito o condomínio. Deve ter custado bem caro. Ganhava bem escrevendo, mas nada de excepcional.

— Então deve ter economizado muito nestes anos. – O detetive segurava o testamento pelas pontas com as mãos enluvadas. Para consternação de Douglas, chamou o especialista em impressões digitais: – Passe o pó aqui.

Cinco minutos mais tarde, contorcendo nervosamente as mãos, Douglas confirmou e depois negou que soubesse da existência das notas de 100 dólares escondidas no apartamento. Para desviar a atenção dos homens, disse que até o dia anterior não tinha atendido o telefone.

— Por quê? – perguntou o detetive O'Brien.

A pergunta cortou o ar como uma navalha.

— Ethel era esquisita. Uma vez em que atendi o telefone ela só faltou me bater. Disse que não era da minha conta com quem ela falava. Mas então, ontem, pensei que ela podia estar tentando falar comigo. Então comecei a atender.

— Ela podia ter telefonado para seu trabalho?

— Nunca pensei nisso.

— E o primeiro telefonema foi uma ameaça. Que coincidência você receber o telefonema quase na hora em que o corpo foi encontrado. — O'Brien interrompeu bruscamente o interrogatório. — Sr. Brown, pretende continuar neste apartamento?

— Sim, pretendo.

— Amanhã voltaremos com a Srta. Neeve Kearny, que irá verificar o *closet* da Sra. Lambston para ver o que está faltando. Podemos querer falar com o senhor outra vez. Vai estar aqui. — Não era uma pergunta. Era uma afirmação.

Por algum motivo, Douglas não ficou aliviado com o fim do interrogatório. E então, viu justificado seu temor. O'Brien disse:

— Podemos lhe pedir para ir até a central de polícia. Nós o avisaremos.

Saíram, levando as sacolas de plásticos, o testamento e a agenda de Ethel e mais o pequeno tapete oriental. Antes da porta se fechar, Douglas ouviu um deles dizer:

— Por mais que tentem, nunca conseguem tirar todo o sangue dos tapetes.

NO HOSPITAL SÃO VICENTE, Tony Vitale continuava no centro de tratamento intensivo, em estado ainda crítico. Mas o cirurgião tranquilizava os pais extremamente preocupados.

— Ele é jovem. E forte. Acreditamos que vai se recuperar.

Com a cabeça, o ombro, o peito e as pernas enfaixadas, os tubos destilando medicamento em suas veias, monitores eletrônicos registrando as mínimas alterações do seu corpo, um respirador no rosto, Tony intercalava períodos de coma profundo com fragmentos de consciência. Os últimos momentos começavam a voltar à sua lembrança. *Os olhos de Nicky Sepetti que pareciam atravessar seu corpo. Tony sabia que Nicky suspeitava que ele era um agente infiltrado. Devia ter ido para a central de polícia diretamente, em vez de parar para telefonar. Devia saber que fora descoberto.*

Tony mergulhou na inconsciência.

Quando voltou lentamente, ouviu a voz do médico.

— Está melhorando um pouco a cada dia.

Cada dia! Há quanto tempo estava ali? Tentou falar mas não conseguiu.

Nicky tinha batido com os punhos fechados na mesa gritando as ordens para que o contrato fosse cancelado.

Joey disse que era impossível.

Então, Nicky quis saber de quem era o contrato.

— ...Alguém o denunciou – disse Joey. – Arruinou sua operação. Agora os federais estão atrás dele... – Então, Joey disse um nome.

Mergulhando lentamente para a inconsciência, Tony lembrou-se.

— *Gordon Steuber.*

No 20º Distrito, na rua 82 oeste, Seamus esperava com o rosto redondo e pálido molhado de suor. Tentava lembrar todas as recomendações de Ruth.

Tudo parecia confuso.

A sala tinha apenas a mesa de conferência, com marcas de queimaduras de cigarros e cadeiras de madeira. Uma janela encardida dava para a rua lateral. Mesmo naquela parte da cidade, o tráfego era intenso e barulhento, táxis, ônibus e carros buzinavam sem parar. O prédio estava cercado por carros-patrulha.

Quanto tempo iam deixá-lo ali?

Depois de mais meia hora, dois detetives entraram na sala, acompanhados pela estenógrafa do tribunal, que se sentou ao lado de Seamus. Ele voltou-se e a viu ajeitar a máquina no colo.

O detetive mais velho chamava-se O'Brien. Ele e seu parceiro, Steve Gomez, haviam se apresentado no bar.

Seamus esperava que lessem seus direitos. Mesmo assim foi um choque quando O'Brien começou a ler, entregando-lhe uma cópia. Seamus respondeu afirmativamente com um gesto quando O'Brien perguntou se tinha entendido. Sim. Queria a presença do seu advogado? Não. Compreendia que podia não responder a qualquer pergunta? Sim. Compreendia que tudo que dissesse podia ser usado contra ele?

Seamus murmurou.

— Sim.

A atitude de O'Brien mudou. Parecia levemente mais amigável. Disse em tom de conversa:

— Sr. Lambston, é meu dever informar que o senhor é considerado um possível suspeito da morte da sua ex-esposa, Ethel Lambston.

Ethel morta. Acabaram os cheques da pensão. Acabada a opressão sobre Ruth e as filhas. Ou estaria apenas começando? Seamus via as mãos de Ethel como garras, a expressão dos seus olhos quando caiu para trás, o esforço para se erguer e apanhar a adaga. Sentia o sangue em suas mãos.

O que o detetive estava dizendo com aquela voz tranquila?

— Sr. Lambston, o senhor teve uma discussão com sua ex-esposa. Ela o estava deixando louco. A pensão o estava arruinando. Às vezes as coisas são demais para nós e explodimos. Foi isso que aconteceu?

Teria enlouquecido? Sentia o ódio daquele momento, a bile subindo na sua garganta, o punho fechado chocando-se contra aquela boca maldosa e sarcástica.

Seamus deitou a cabeça na mesa e começou a chorar. Os soluços sacudiam seu corpo.

– Quero um advogado – disse ele.

Duas horas mais tarde, Robert Lane, o advogado cinquentão que Ruth freneticamente conseguira localizar, apareceu.

– Estão preparados para acusar formalmente meu cliente? – perguntou.

O detetive O'Brien olhou para ele, carrancudo.

– Não, não estamos. Não agora.

– Então o Sr. Lambston pode sair?

O'Brien suspirou.

– Sim, pode.

Seamus estava certo de que ia ser preso. Mal acreditando no que ouvia, apoiou as palmas das mãos na mesa e levantou-se. Robert Lane, com a mão sob seu braço, o conduziu para fora da sala e disse:

– Quero uma transcrição do depoimento do meu cliente.

– Vai ter. – O detetive Gomez esperou que a porta se fechasse e então disse para seu parceiro: – Eu gostaria de pôr esse cara em cana.

– Paciência – disse O'Brien com um sorriso cansado –, temos de esperar o relatório do laboratório. Verificar os movimentos de Lambston na quinta e na sexta-feira. Mas aposto com certeza que teremos um indiciamento do grande júri antes que Seamus Lambston tenha tempo de aproveitar o fim dos pagamentos da pensão.

207

Neeve, Myles e Jack chegaram ao apartamento e encontraram um recado na secretária eletrônica. Myles podia, por favor, telefonar para o comissário de polícia Schwartz?

Herb Schwartz morava em Forest Hills, "onde noventa por cento dos comissários de polícia sempre haviam morado", explicou Myles para Jack Campbell, apanhando o telefone.

— Se Herb não está fazendo consertos em casa, numa tarde de sábado, alguma coisa importante aconteceu.

A conversa foi breve. Myles desligou e disse:

— Parece que está terminado. Assim que começaram a interrogar o ex-marido de Ethel, ele teve uma crise de choro e pediu a presença do seu advogado. É só uma questão de tempo até conseguirem as provas para que seja indiciado.

— Está dizendo que ele não confessou — perguntou Neeve —, não é isso?

Enquanto falava, Neeve acendia, uma a uma, as lâmpadas de mesa até a sala ficar mergulhada numa luz suave e quente. Luz e calor. Era isso que nossa alma exigia depois de testemunhar a realidade da morte? Neeve não conseguia se libertar da sensação de que algo a ameaçava. Desde o momento em que vira as roupas de Ethel naquela mesa, a palavra *mortalha* não saía de sua mente. Na verdade, naquele momento havia imaginado o que ela estaria usando no momento da sua morte. Intuição? Superstição de irlandesa? A sensação de que alguém estava caminhando sobre seu túmulo?

Jack Campbell a observava. Ele sabe, pensou Neeve. Sabe que há mais além das roupas. Myles dissera que, se por acaso, a blusa branca estivesse no tinturaria, Ethel automaticamente escolheria a que fazia parte do conjunto.

Todas as soluções de Myles eram lógicas. Agora ele estava na frente dela, com as mãos nos seus ombros.

— Neeve, você não ouviu uma palavra do que eu disse. Você fez uma pergunta e eu respondi. O que há com você?

— Não sei — Neeve tentou sorrir —, olhe, foi uma tarde terrível. Acho que precisamos de um drinque.

Myles olhou atentamente para ela.

— Acho que devemos tomar um drinque *bem forte* e depois Jack e eu a levaremos para jantar — olhou para Jack —, a não ser que tenha outros planos.

— Nenhum plano a não ser, talvez, preparar os drinques.

O *scotch*, como o chá na casa de Kitty Conway, conseguiu eliminar temporariamente a sensação de ter sido apanhada por uma correnteza escura. Myles repetiu o que o comissário havia dito. Os detetives da homicídios achavam que Seamus Lambston estava prestes a confessar o crime.

— Eles ainda querem que eu examine o *closet* de Ethel, amanhã? — Neeve não tinha certeza se queria ou não ficar livre daquela tarefa.

— Querem. Acho que não vai fazer muita diferença sabermos se Ethel resolveu viajar e fez as malas ou se ele a matou e procurou dar a impressão de que ela estava viajando, mas nunca deixamos pontas soltas.

— Mas, se pensassem que ela estava viajando, ele não teria de continuar a pagar a pensão? Ethel me disse certa vez que, se ele atrasasse o pagamento, mandaria seu contador ameaçá-lo de um processo. Se o corpo de Ethel não fosse descoberto, o contador exigiria que ele continuasse pagando até ela ser declarada legalmente morta.

Myles deu de ombros.

— Neeve, é impressionante a porcentagem de homicídios provocados por violência doméstica. E não dê a todo mundo o crédito de grande inteligência. Agem impulsivamente. Ultrapassam os limites. Então tentam cobrir as pistas. Já me ouviu dizer muitas vezes que "todo assassino deixa seu cartão de visita".

— Se isso é verdade, comissário, eu gostaria de saber que cartão o assassino de Ethel deixou.

— Vou dizer o que eu acho que é o cartão de visita. Aquela equimose no queixo de Ethel. Você não viu o relatório da autópsia, mas eu vi. Quando era garoto, Seamus Lambston era um ótimo Luvas de Ouro. Aquele golpe quase quebrou o maxilar de Ethel. Com ou sem a confissão, eu começaria a procurar alguém que tivesse lutado boxe.

— Falou a Lenda. E eu estou completamente errada.

Jack Campbell, sentado no sofá de couro, tomando seu Chivas Regal, pela segunda vez naquele dia resolveu ficar fora da discussão dos dois. Era como se assistisse a uma partida de tênis muito bem equilibrada. Quase sorriu, mas, olhando para Neeve, ficou outra vez preocupado. Estava muito pálida e o cabelo negro acentuava a palidez do rosto. Jack vira aqueles olhos imensos brilhando de alegria, mas agora havia neles uma tristeza que não era devida apenas à morte de Ethel Lambston. O que aconteceu com Ethel não terminou ainda, pensou Jack, e tem algo a ver com Neeve.

Balançou a cabeça com impaciência. Seus antepassados escoceses, com a tradição de segunda visão, estavam tomando conta dele. Pedira para acompanhar Neeve e o pai ao condado de Rockland porque queria passar o dia com ela. Naquela manhã, depois de deixá-la em casa e de um banho de chuveiro em seu apartamento, Jack vestiu-se e foi para a Biblioteca Midtown. Leu nos microfilmes dos jornais de 17 anos atrás a manchete: *"Mulher do comissário de polícia assassinada no Central Park"*. Absorveu cada detalhe, estudou as fotografias do funeral desde a catedral de São Patrício. Neeve, aos 10 anos, com um casaco azul-marinho e luvas brancas, a mãozinha perdida na mão de

Myles, os olhos marejados de lágrimas. O rosto de Myles esculpido em granito. As filas e filas de policiais que pareciam se estender por toda a Quinta Avenida. Os artigos ligando o mafioso Nicky Sepetti à execução da mulher do comissário de polícia.

Nicky Sepetti fora sepultado naquela manhã. Isso devia ter reavivado a lembrança da morte de Renata Kearny. Os microfilmes dos antigos jornais mostravam os artigos nos quais se especulavam se Nicky Sepetti, da sua cela na prisão, não havia também ordenado a morte de Neeve. Nessa manhã Neeve dissera que o pai temia a libertação de Nicky Sepetti por causa dela, e acreditava que a morte do homem da Máfia o libertara daquela preocupação obsessiva.

Então, por que estou preocupado com você, Neeve?, perguntava-se Jack.

A resposta chegou tão simples como se ele tivesse perguntado em voz alta. Porque eu a amo. Porque estive procurando por ela desde que a conheci no avião.

Jack viu que todos os copos estavam vazios. Levantou-se e apanhou o de Neeve.

— Esta noite acho que você não deve voar com uma asa só.

TOMANDO O SEGUNDO drinque, assistiram no noticiário da noite a trechos do enterro de Nicky Sepetti, incluindo a declaração da viúva.

— O que você acha? — Neeve perguntou ao pai.

Myles desligou a televisão.

— O que eu penso é impublicável.

Jantaram no Neary's Pub, na rua 57 oeste. Jimmy Neary, um irlandês de olhos maliciosos e sorriso de duende, os recebeu.

— Comissário, é bom vê-lo.

Foram conduzidos à melhor mesa, que Jimmy reservava para seus clientes especiais. Jimmy foi apresentado a Jack e apontou para as fotografias que decoravam as paredes.

— Ali está ele — a fotografia do ex-governador Carey estava no centro, bem visível. — Só a nata de Nova York — disse Jimmy. — Veja onde está o comissário.

As fotografias de Myles estavam de frente para as do governador Carey.

Foi uma boa noite. O Neary's era o ponto de encontro de políticos e do clero. Várias pessoas paravam na mesa para cumprimentar Myles. É bom vê-lo outra vez, comissário. Está com ótima aparência.

— Ele adora isto — murmurou Neeve para Jack. — Detestava parecer doente e praticamente desapareceu no último ano. Acho que está pronto para voltar ao mundo real.

O senador Moynihan aproximou-se da mesa.

— Myles, espero que aceite a direção da Agência de Repressão às Drogas — disse ele. — *Precisamos* de você. Temos de acabar com esse lixo e você é o homem que pode fazer isso.

Quando o senador se afastou, Neeve ergueu os olhos.

— Você falou em sondar o assunto. Mas já está nesse ponto?

Myles estudava o cardápio. Margaret, sua garçonete predileta de muitos anos, chegou perto da mesa.

— Como está o camarão *créole*, Margaret?

— Brilhante.

Myles suspirou.

— Eu sabia. Em honra da minha dieta, traga linguado grelhado, por favor.

Fizeram os pedidos e, enquanto tomavam vinho, Myles comentou:

— Vou ter de passar muito tempo em Washington. Alugar um apartamento. Acho que não poderia deixar você sozinha aqui, Neeve, se Nicky Sepetti estivesse solto nas ruas. Mas agora estou tranquilo. A Máfia odiou Nicky por mandar matar sua mãe. Ficamos em cima deles até conseguir mandar toda a velha guarda para a prisão.

– Então você não acredita naquela declaração no leito de morte? – perguntou Jack.

– Para nós, criados na crença de que o arrependimento no leito de morte pode nos fazer entrar no céu, é difícil ver um homem deixar a vida com um juramento falso. Mas no caso de Nicky, fico com minha primeira reação. Foi um gesto de despedida para a família e eles provavelmente acreditaram. Bem, este foi um dia bastante sombrio. Vamos falar de outra coisa. Jack, já está em Nova York há tempo suficiente para dizer se o prefeito vai ou não ser reeleito?

Quando estavam terminando, Jimmy Neary aproximou-se outra vez da mesa.

– Comissário, sabia que o corpo daquela mulher Lambston foi encontrado por uma das minhas clientes, Kitty Conway? Ela vinha sempre aqui com o marido. Uma grande dama.

– Nós a conhecemos hoje – disse Myles.

– Se estiver com ela outra vez, dê lembranças minhas e diga para aparecer.

– Talvez eu faça melhor – disse Myles casualmente. – Talvez eu a traga para jantar.

O táxi parou primeiro no apartamento de Jack. Despedindo-se, ele perguntou:

– Escute, pode parecer uma intromissão, mas se importam se eu for com vocês amanhã ao apartamento de Ethel?

Myles ergueu as sobrancelhas.

– Não, se prometer ficar praticamente invisível e com a boca fechada.

– Myles!

Jack disse, com um largo sorriso:

– Seu pai está certo, Neeve. Aceito as condições.

O TÁXI PAROU NA frente de Schwab House e o porteiro abriu a porta do carro. Neeve desceu, enquanto Myles esperava o troco. O porteiro voltou para o hall do prédio. A noite estava clara, o céu repleto de estrelas. Neeve afastou-se do táxi. Ergueu a cabeça para admirar as estrelas.

No outro lado da rua, Denny Adler estava sentado na calçada, encostado na parede, a garrafa de vinho ao seu lado, o queixo encostado no peito. Com olhos semicerrados, viu Neeve descer do táxi. Respirou fundo. Um alvo perfeito, e podia fugir antes que o vissem. Denny pôs a mão no bolso da jaqueta de malha rasgada.

Agora.

Seus dedos tocaram o gatilho. Ia tirar a arma do bolso quando uma porta se abriu à sua direita. Uma mulher idosa saiu do prédio com um pequeno *poodle*. O cachorro, esticando a guia, foi direto na direção de Denny.

– Não tenha medo de Honey Bee – disse a mulher –, ela é muito mansinha.

A fúria fluiu como lava fervente dentro de Denny quando viu Myles Kearny sair do táxi e entrar no prédio atrás de Neeve. Ergueu as mãos para estrangular o *poodle*, mas conteve-se a tempo.

– Honey Bee gosta de um agrado – disse a mulher –, mesmo de estranhos. – Deixou cair um quarto de dólar no colo de Denny. – Espero que isto ajude.

10

No domingo de manhã o detetive O'Brien ligou para falar com Neeve.

– O que quer com ela? – perguntou Myles secamente.

– Gostaríamos de falar com a faxineira que esteve no apartamento de Lambston na semana passada, senhor. Sua filha tem o telefone dela?

– Oh! – Myles sentiu um grande alívio. – Isso é fácil. Vou perguntar a ela.

Tse-Tse telefonou cinco minutos depois.

– Neeve, eu sou testemunha – parecia entusiasmada com a ideia. – Posso pedir para que me encontrem no seu apartamento às 13h30? Nunca fui interrogada pela polícia. Gostaria que você e seu pai estivessem por perto. – Abaixou a voz. – Neeve, eles não pensam que eu a matei, pensam?

Neeve sorriu.

– É claro que não, Tse-Tse. Vou com meu pai à igreja de São Paulo ao meio-dia. Uma e meia está bem.

– Devo contar que aquele sobrinho arrepiante tirou o dinheiro e depois devolveu e sobre a ameaça de Ethel de deserdá-lo?

Neeve ficou surpresa.

– Tse-Tse, você disse que Ethel estava furiosa com ele. Não disse que ameaçou deserdá-lo. É claro que deve contar para a polícia.

Neeve desligou. Myles ergueu as sobrancelhas.

– O que foi?

Neeve contou. Myles assobiou baixinho.

Tse-Tse chegou com o cabelo preso num coque discreto, a maquilagem mais suave, a não ser pelas longas pestanas falsas. Usava um vestido de matrona e sapatos sem salto.

— Usei esta roupa para o papel da governanta acusada de envenenar a patroa — explicou ela.

Os detetives O'Brien e Gomez chegaram logo depois. Myles os recebeu e Neeve pensou: Ninguém diria que ele não é mais o chefe do Police Plaza Um. Os dois estão praticamente de joelhos.

Mas quando apresentaram Tse-Tse, O'Brien ficou atônito.

— Douglas Brown disse que a faxineira era sueca.

Arregalou os olhos quando Tse-Tse começou a explicar que usava diferentes *personas*, dependendo do papel que estava fazendo off-off-Broadway.

— Estou fazendo o papel de uma empregada sueca agora e mandei um convite especial para Joseph Papp para o espetáculo da noite passada. Era nossa última apresentação. Meu astrólogo disse que Saturno estava no vértice de Capricórnio e por isso os aspectos da minha carreira estavam muito fortalecidos. Estava certa de que ele ia aparecer. — Balançou a cabeça tristemente. — Não apareceu. Na verdade, ninguém apareceu.

Gomez tossiu vigorosamente. O'Brien conteve um sorriso.

— Sinto muito. Agora, Tse-Tse, posso chamá-la assim?

E começou o interrogatório, que se transformou numa conversa, com Neeve explicando por que fora com Tse-Tse ao apartamento, por que voltou para verificar os casacos no closet e a agenda de Ethel. Tse-Tse contou o telefonema furioso de Ethel para o sobrinho há um mês e falou do dinheiro recolocado nos esconderijos, na última semana.

Às 14h30, O'Brien fechou seu caderninho de notas.

— As duas ajudaram muito. Tse-Tse poderia acompanhar a Srta. Kearny ao apartamento de Lambston? Você conhece bem a casa. Gostaria que verificasse se falta alguma coisa. Procurem chegar daqui a uma hora. Quero ter outra conversa com Douglas Brown.

Myles, na sua cadeira confortável de couro, franziu a testa.

— Então agora entra em cena o sobrinho ambicioso.

Neeve sorriu ironicamente.

— Qual acha que pode ser seu cartão de visita, comissário?

Às 15H30, Myles, Neeve, Jack Campbell e Tse-Tse chegaram ao apartamento de Ethel. Douglas Brown estava sentado no sofá, retorcendo as mãos. Ergueu os olhos com expressão hostil, o rosto bonito coberto de suor. Os detetives O'Brien e Gomez estavam sentados na frente dele com os caderninhos abertos. Uma camada de poeira cobria as superfícies das mesas.

— Deixei esta sala completamente limpa — Tse-Tse murmurou para Neeve.

Em voz baixa, Neeve explicou que aquele pó fora espalhado para levantar impressões digitais e depois voltou-se para Douglas Brown.

— Sinto muito pelo que aconteceu à sua tia. Eu gostava muito dela.

— Então você era uma das poucas — respondeu Doug, agressivo. Levantou-se. — Olhe, quem conhecia Ethel pode jurar como era irritante e exigente. Muito bem, ela me pagou muitos bons jantares. Muitas noites eu deixava de sair com meus amigos porque ela não queria ficar sozinha. Certo, ela me deu muitas notas de 100 dólares que viviam espalhadas pelo apartamento... Depois, esquecia onde as havia escondido e me acusava de roubá-las. Depois, encontrava o dinheiro e pedia desculpas. Essa é toda a história. – Olhou fixamente para Tse-Tse. – Que diabo está fazendo com essa roupa? Pagando uma aposta? Se quer fazer alguma coisa, por que não passa o aspirador nesta casa?

– Eu trabalhava para a Sra. Lambston – disse Tse-Tse com dignidade – e a Sra. Lambston está morta. – Olhou para o detetive O'Brien. – O que quer que eu faça?

– Gostaria que a Srta. Kearny verificasse o que está faltando no *closet* e que você examinasse o apartamento para ver se falta alguma coisa.

Myles murmurou para Jack:

– Por que não acompanha Neeve? Pode tomar notas para ela.

Myles estava sentado numa cadeira perto da mesa de trabalho de Ethel, de onde podia ver a galeria de fotos na parede. Depois de alguns momentos, levantou-se para examinar de perto as fotografias e com surpresa viu uma montagem que mostrava Ethel na última convenção do Partido Republicano, no palanque, ao lado da família do presidente; Ethel abraçando o prefeito na Gracie Mansion; Ethel recebendo o prêmio anual do melhor artigo em revista conferido pela Sociedade Americana de Jornalistas e Escritores. Evidentemente havia muito mais em Ethel do que ele imaginava, pensou Myles. Achei que não passava de uma desmiolada.

O livro que Ethel ia escrever. Muito dinheiro da Máfia era lavado na indústria da moda. Teria descoberto isso? Perguntaria a Herb Schwartz se havia alguma investigação secreta ligada ao comércio de roupas.

A cama estava impecavelmente arrumada e tudo em ordem, mas o quarto parecia sujo, como o restante do apartamento. Até o *closet* parecia diferente. Era evidente que cada peça fora retirada, examinada e recolocada ao acaso.

— Formidável – disse Neeve. – Isso vai dificultar as coisas.

Jack estava com um suéter irlandês feito a mão e calça esporte de veludo azul-escuro. Quando chegou a Schwab House naquela tarde, Myles abriu-lhe a porta e, erguendo as sobrancelhas, disse:

— Vocês dois vão parecer gêmeos.

Jack entrou e viu Neeve também com um suéter irlandês feito a mão e calça de veludo azul-escuro. Todos riram e Neeve trocou o suéter por um cardigã azul e branco.

Essa coincidência contribuiu para aliviar o temor de Neeve de manusear as roupas de Ethel. Agora o temor desapareceu, substituído pelo desagrado de ver a desordem no *closet* tão precioso para ela.

— Mais difícil, mas não impossível – concluiu Jack com calma. – Diga-me: qual o melhor modo para fazer a verificação?

Neeve entregou a ele a pasta com as cópias das contas de Ethel.

— Vamos começar pelas últimas compras.

Neeve tirou do closet as peças novas não usadas, colocou-as sobre a cama, depois foi recuando no tempo, empurrando na direção de Jack os cabides com vestidos e tailleurs que ainda estavam no *closet*. Logo verificou com certeza que as peças que faltavam eram todas roupas de inverno.

— Isso elimina a possibilidade de Ethel estar pensando em viajar para o Caribe, ou outro lugar de clima quente e por isso não levar nenhum casaco – murmurou Neeve. – Mas Myles pode estar certo. A blusa branca que ela usava com o tailleur que vestia não está aqui. Talvez *esteja* na tinturaria... espere um pouco!

Parou de falar bruscamente e, estendendo o braço, apanhou um cabide que estava preso entre dois suéteres. Nele estava a blusa branca com jabô e mangas com renda nos punhos.

— Era isso que eu estava procurando — disse Neeve, triunfante. — Por que Ethel não a vestiu? E se *ela* resolveu usar a blusa que fazia parte do conjunto, por que não pôs esta na mala?

Sentados na espreguiçadeira do quarto, Neeve copiou as anotações de Jack até conseguir uma lista precisa das roupas que faltavam no *closet* de Ethel. Enquanto esperava, Jack examinou o quarto. Parecia sujo, talvez devido à busca da polícia. Móveis de boa qualidade. Colcha cara e travesseiros decorativos. Mas faltava identidade. Nenhum toque pessoal, nenhuma foto num porta-retratos, nenhum objeto especial. Os poucos quadros nas paredes eram completamente sem imaginação, escolhidos para encher o espaço. Um quarto deprimente, vazio, nada íntimo. Jack sentiu uma pena imensa de Ethel. Era tão diferente a imagem que fazia dela antes. Sempre a vira como uma bola de tênis com impulso próprio, saltando de um lado para o outro da quadra em um movimento frenético e contínuo. Aquele quarto sugeria uma mulher pateticamente solitária.

Voltaram à sala quando Tse-Tse examinava as pilhas de correspondência sobre a mesa de Ethel.

— Não está aqui — disse ela.

— O quê? — perguntou O'Brien rapidamente.

— Ethel usava uma adaga antiga para abrir cartas, uma daquelas peças indianas com cabo enfeitado em vermelho e ouro.

Neeve olhou para O'Brien. Parecia um perdigueiro farejando a caça.

— Lembra-se da última vez que viu a adaga, Tse-Tse? — perguntou ele.

— Sim. Estava aqui nos dois dias da semana passada que vim limpar o apartamento. Terça e quinta.

O'Brien olhou para Douglas Brown.

– A adaga usada para abrir cartas não estava aqui quando revistamos o apartamento ontem. Tem alguma ideia de onde possa estar?

Douglas engoliu em seco. Fingiu pensar profundamente. A adaga estava na mesa na sexta-feira de manhã. Ninguém tinha entrado, a não ser Ruth Lambston.

Ruth Lambston. Ela ameaçara contar à polícia que Ethel ia deserdá-lo. Mas ele já havia contado aos policiais que Ethel sempre encontrava o dinheiro depois de acusá-lo de roubo. Uma ideia brilhante. Mas agora devia falar de Ruth ou simplesmente dizer que não sabia?

O'Brien repetiu a pergunta, dessa vez com insistência. Douglas achou que estava na hora de desviar a atenção dos tiras.

– Ruth Lambston esteve aqui na tarde de sexta-feira para apanhar uma carta que Seamus havia deixado para Ethel. Ameaçou dizer para a polícia que Ethel estava zangada comigo, se eu dissesse uma palavra sobre Seamus. – Douglas fez uma pausa, depois acrescentou com convicção: – A adaga estava aqui quando ela chegou. Ruth ficou perto da mesa quando fui até o quarto. Não vejo o abridor de cartas desde esse dia. Acho melhor perguntar a *ela* por que o roubou.

QUANDO RUTH RECEBEU o telefonema apavorado de Seamus na tarde de sábado, ligou para a casa da diretora da companhia em que trabalhava. Foi ela quem enviou o advogado Robert Lane à central de polícia.

Seamus chegou em casa com Lane e Ruth pensou que o marido ia ter um ataque cardíaco. Insistiu em levá-lo ao hospital. Seamus recusou veementemente, mas concordou em se deitar. Com os olhos vermelhos, cheios de lágrimas, arrastando os pés, a imagem de um homem vencido, Seamus foi para o quarto.

Lane esperou na sala para falar com Ruth.

— Não sou advogado criminal — explicou logo — e seu marido vai precisar de um. E muito bom.

Ruth fez um gesto afirmativo.

— Pelo que me contou no táxi, há uma chance de ser absolvido ou ter a pena reduzida se a defesa adotar a tese de insanidade temporária.

— Ele admitiu que a matou? — Ruth estava gelada.

— Não. Disse que a esmurrou, que ela apanhou o abridor de cartas, ele tentou tirar a arma da mão dela e na luta o rosto de Ethel foi cortado. Disse também que pagou a um cara que está sempre na frente do bar para ameaçá-la por telefone.

Ruth apertou os lábios.

— Fiquei sabendo disso a noite passada.

Lane deu de ombros.

— Seu marido não vai aguentar um interrogatório intenso. Meu conselho é que ele deve contar toda a verdade para tentar uma negociação da pena. A senhora acha que ele a matou, não é?

— Sim, eu acho.

Lane levantou-se.

— Como já disse, não sou advogado criminal mas vou ver quem posso arranjar para a senhora. Sinto muito.

Durante horas Ruth ficou sentada imóvel, a imobilidade do desespero total. O noticiário das 22 horas anunciou que o ex-marido de Ethel Lambston estava sendo interrogado sobre sua morte. Ruth desligou rapidamente a televisão.

Os acontecimentos da última semana passavam por sua mente como uma fita sempre em replay. Há dez dias, o telefonema choroso de Jeannie.

"Mamãe, eu fui humilhada. O cheque não tem fundos. O tesoureiro mandou me chamar" foi o começo de tudo. Ruth lembrava-se de ter gritado e esbravejado com Seamus. Eu o levei à loucura, pensou.

Negociação da pena. O que significava isso? Homicídio culposo? Quantos anos? Quinze? Vinte? Mas ele tinha enterrado o corpo. Fizera tudo para encobrir o crime. Como conseguira se manter tão calmo?

Calmo? Seamus? Com aquela adaga na mão, olhando para a mulher cuja garganta ele havia cortado? Impossível.

Ruth lembrou-se então de outra coisa, uma piada da família quando ainda podiam rir. Seamus estava na sala de parto quando Marcy nasceu. Ele desmaiou. Quando viu o sangue, caiu duro. "Ficaram mais preocupados com seu pai do que com você e comigo", Ruth costumava contar à filha. "Foi a primeira e última vez que deixei seu pai entrar na sala de parto. Ele ficava muito melhor servindo drinques no bar do que atrapalhando o médico."

Seamus vendo o sangue que jorrava do pescoço de Ethel, colocando o corpo no saco plástico, saindo sorrateiramente do apartamento. Ruth lembrou de ter ouvido no noticiário que as etiquetas foram arrancadas das roupas de Ethel. Seamus com a coragem fria para fazer isso, depois enterrando o corpo naquela caverna no parque? Simplesmente não era possível, concluiu.

Mas, se não matou Ethel, se a deixou como havia dito, então, roubando a adaga e se desfazendo dela, tinha destruído uma prova que podia levar a outra pessoa...

Tudo aquilo era demais para ela. Cansada, Ruth levantou-se e foi para o quarto. Ouviu a respiração ritmada de Seamus e ele mexendo-se na cama.

– Ruth, fique comigo.

Quando ela se deitou, Seamus abraçou a mulher e dormiu com a cabeça no ombro dela.

Às 3 horas, Ruth pensava ainda no que devia fazer. Então, como em resposta a uma prece silenciosa, lembrou-se das várias vezes que vira o ex-comissário de polícia Kearny no supermercado, depois que se aposentou. Ele sempre sorria amavelmente e dizia: "Bom dia." Certa vez a sacola de papel de Ruth rasgou e ele a ajudou. Gostava dele, embora pensasse, cada vez que o via, que uma parte da pensão que Seamus pagava ia para a loja elegante da sua filha.

Os Kearny moravam em Schwab House, na rua 74. *No dia seguinte ela e Seamus iam tentar falar com o comissário. Ele sabia o que deviam fazer. Podiam confiar nele.* Finalmente Ruth adormeceu, pensando: tenho de confiar em alguém.

PELA PRIMEIRA VEZ em muitos anos ela dormiu até tarde no domingo. Quando, ainda na cama, olhou para o relógio, viu que faltavam quinze para o meio-dia. O sol brilhante inundava o quarto passando pelas persianas ordinárias. Ruth olhou para Seamus. Adormecido, não tinha aquela expressão ansiosa e cheia de medo que a irritava. Em repouso, o rosto conservava os traços do homem bonito que fora. As meninas herdaram os traços do pai, pensou, e seu humor. No passado, Seamus era espirituoso e confiante. Então começou a queda em espiral. O aluguel do bar aumentou astronomicamente, o bairro ficou fino e os antigos clientes desapareceram aos poucos. E havia o cheque da pensão todos os meses.

Ruth levantou-se e foi até a escrivaninha cujos arranhões e marcas o sol revelava impiedosamente. Tentou abrir a gaveta sem fazer barulho mas a madeira prendeu e o rangido acordou Seamus.

– Ruth – ele não estava completamente acordado.

— Fique na cama – disse ela suavemente. – Chamo você quando o café estiver pronto.

O telefone tocou quando ela tirava o bacon da frigideira. Eram as meninas. Ouviram a notícia da morte de Ethel. Marcy, a mais velha, perguntou:

— Mamãe, sentimos por ela, mas isso quer dizer que papai está livre, não é mesmo?

Ruth tentou fingir despreocupação.

— Parece que sim, o que você acha? Ainda não nos acostumamos com a ideia.

Chamou Seamus e ele apanhou o fone.

Ruth sabia com que esforço ele atendeu.

— É horrível ficar contente com a morte de alguém, mas não é horrível ficar satisfeito por se ver livre de um peso. Agora, me diga, como vão as irmãs Bonequinhas? Nenhum garoto atrevido por aí, espero.

Ruth tinha preparado suco de laranja fresco, bacon, ovos mexidos, torrada e café. Quando Seamus acabou de comer, ela serviu uma segunda xícara de café. Então, sentada do outro lado da mesa pesada de carvalho da sala de jantar, um presente indesejado de uma tia solteirona, disse:

— Precisamos conversar.

Com os cotovelos apoiados na mesa e as mãos sob o queixo, Ruth olhou para o espelho manchado do *étager* e viu o quanto estava maltratada. O vestido de casa desbotado, o cabelo castanho-claro, sempre tão bonito, fino e sem brilho, os óculos redondos faziam o rosto parecer encovado. Afastou o pensamento irrelevante e continuou a falar.

— Quando você me contou que deu um soco em Ethel, que ela foi levemente ferida com o abridor de cartas, que você pagou um homem para dar telefonemas ameaçadores, achei que tinha feito mais do que isso. Pensei que você a tinha matado.

Seamus olhava para a xícara de café. Como se guardasse os segredos do universo, pensou Ruth. Então, Seamus levantou a cabeça e olhou-a nos olhos. Certamente, uma boa noite de sono, o telefonema das filhas, o café farto da manhã haviam lhe devolvido as forças.

— Não matei Ethel — disse ele —, eu a assustei. Que diabo, eu me assustei também. Nunca pensei que fosse capaz de bater nela mas talvez tenha sido um ato instintivo. Ela se cortou porque tentou pegar o abridor de cartas. Eu o arranquei da mão dela e o atirei na mesa. Mas ela ficou assustada. Foi quando disse: "Tudo bem, tudo bem. Pode ficar com sua maldita pensão."

— Isso foi na quinta-feira à tarde — disse Ruth.

— Quinta-feira, mais ou menos às 14 horas. Você sabe como o bar fica vazio nessa hora. Sabe como você ficou por causa daquele cheque sem fundos. Saí do bar às 18h30. Dan estava lá e pode confirmar.

— Você voltou para o bar?

Seamus acabou de tomar o café e pôs a xícara no pires.

— Vim para casa e me embebedei. E passei todo o fim de semana bêbado.

— Você viu alguém? Saiu para comprar jornal?

O sorriso de Seamus era triste e sem vida.

— Eu não estava em condições de ler — esperou a reação de Ruth e foi então ela viu a sombra da esperança nos olhos dele. — Você acredita em mim — disse Seamus, humilde e surpreso.

— Não acreditei ontem, nem na sexta-feira — disse Ruth — mas acredito agora. Muita coisa você é, e muita coisa *você não é*, mas eu *sei* que jamais poderia pegar uma faca ou um abridor de cartas e cortar a garganta de alguém.

— Você tem mesmo um marido que é uma preciosidade — concluiu Seamus em voz baixa.

Ruth falou com voz brusca.

— Podia ser pior. Agora, vamos ser práticos. Não gosto daquele advogado e ele admitiu que você precisa de outro. Quero tentar uma coisa. Pela última vez, jura por sua vida que não matou Ethel?

— Juro por minha vida. – Seamus hesitou. – Pela vida das minhas três filhas.

— Precisamos de ajuda. Vi o noticiário a noite passada. Falaram de você. Que você ia ser interrogado. Estão ansiosos para provar que você a matou. Precisamos contar a verdade para alguém que possa nos aconselhar ou que nos indique o advogado certo.

FOI PRECISO UMA TARDE inteira de discussão, argumentação, pedidos, explicações para que Seamus concordasse. Às 16h30 vestiram os suéteres e os casacos para todas as estações. Ruth atarracada e compacta, Seamus com o botão quase rasgando a casa na altura da barriga, e percorreram a pé os 11 quarteirões até Schwab House. No caminho, falaram muito pouco. Ainda fazia frio para abril, mas todos na rua deliciavam-se com o sol forte. Seamus sorriu vendo as crianças com bolas de gás, acompanhadas pelos pais exaustos.

— Lembra-se de quando levávamos as meninas ao zoológico aos domingos? É um belo lugar e está aberto outra vez.

O porteiro de Schwab House informou que o comissário e a Srta. Kearny não estavam em casa. Hesitante, Ruth perguntou se podiam esperar. Depois de meia hora sentados no sofá do hall, Ruth começou a duvidar da conveniência daquela visita. Ia sugerir que fossem embora, quando o porteiro abriu a porta para um grupo de pessoas. Os Kearny e dois estranhos.

Antes que perdesse a coragem, Ruth levantou-se e caminhou na direção do grupo.

— MYLES, GOSTARIA que você tivesse falado com eles.

Estavam na cozinha. Jack fazia uma salada. Neeve descongelava o que havia sobrado do macarrão do jantar de quinta-feira.

Myles preparava um martíni bem seco para ele e para Jack.

— Neeve, de modo nenhum eu podia deixar que me contassem alguma coisa. Você é testemunha deste caso. Se eu permitir que ele me conte que matou Ethel numa briga, tenho obrigação moral de informar a polícia.

— Tenho certeza de que não era isso que queriam contar.

— Seja como for, pode estar certa de que Seamus Lambston e a mulher serão sujeitos a um rigoroso interrogatório. Não esqueça. Se aquele sobrinho nojento disse a verdade, Ruth Lambston roubou a adaga e pode apostar que não foi para guardar de lembrança. Eu fiz o melhor possível. Falei com Pete Kennedy. É um ótimo advogado criminal e vai falar com eles amanhã cedo.

— Será que eles podem pagar um ótimo advogado criminal?

— Se as mãos de Seamus Lambston estiverem limpas, Pete provará aos nossos homens que estão na pista errada. Se for culpado, qualquer coisa que cobrar vale para passar a acusação de homicídio culposo para homicídio em segundo grau.

Durante o jantar, Neeve teve a impressão de que Jack tentava deliberadamente evitar o assunto do crime. Fez perguntas sobre alguns casos famosos resolvidos por Myles, um assunto do qual o ex-comissário jamais se cansava. Só quando estavam tirando a mesa, Neeve se deu conta de que

Jack sabia muita coisa sobre casos que jamais haviam sido publicados no Meio-Oeste.

— Você leu sobre Myles nos microfilmes — acusou ela.

Jack não se abalou.

— Sim, li. Ei, deixe essas panelas na pia. Eu lavo. Vai estragar as unhas.

Parece impossível, pensou Neeve, que tanta coisa tenha acontecido numa semana. Era como se sempre tivesse conhecido Jack. O que estava acontecendo?

Neeve sabia o que estava acontecendo. Então um frio dorido apossou-se dela. Moisés, vendo a Terra Prometida, sabendo que jamais a alcançaria. Por que se sentia assim? Como se, de algum modo, estivesse perdendo toda sua energia? Por que, naquela tarde, vira algo mais na fotografia de Ethel com aquela expressão tristonha, algo secreto, como se Ethel estivesse dizendo: "Espere para ver como é."

Como é o *quê?* pensou Neeve.

A morte.

O noticiário das 22h estava repleto de histórias sobre Ethel. Haviam pesquisado sua vida movimentada. A mídia não tinha outras manchetes e Ethel ajudava a encher a lacuna.

O programa estava quase no fim quando o telefone tocou. Era Kitty Conway. Sua voz clara e musical parecia apressada.

— Neeve, desculpe incomodar mas acabo de chegar em casa. Quando fui guardar meu casaco vi que seu pai esqueceu o chapéu no cabide do hall. Vou à cidade amanhã no fim da tarde e posso deixá-lo em algum lugar para ele.

Neeve ficou atônita.

— Espere um pouco, vou chamá-lo. — Entregou o fone para Myles e murmurou: — Você nunca esquece nada. O que está acontecendo?

— Oh, a bela Kitty Conway. — Myles estava encantado. — Eu estava imaginando se ela algum dia ia encontrar aquele maldito chapéu.

Quando desligou, olhou para a filha meio encabulado.

— Vai passar por aqui amanhã, às 18 horas. Depois vou levá-la para jantar. Quer ir também?

— É claro que não. A não ser que vocês precisem de *chaperone*. De qualquer modo, preciso ir à Sétima Avenida.

Na porta, Jack perguntou:

— Diga se a estou aborrecendo. Se não estou, que tal jantar amanhã?

— Sabe muito bem que não me aborrece. Jantar está ótimo se não se importa de esperar que eu telefone. Não sei a que horas estarei livre. Geralmente minha última parada é no escritório do tio Sal, assim, telefono de lá.

— Não me importo. Neeve, só uma coisa. Tenha cuidado. Você é uma testemunha importante no caso de Ethel Lambston e aqueles dois, Seamus e Ruth Lambston, me deixaram preocupado. Neeve, estão desesperados. Culpados ou inocentes, não querem que a investigação continue. A ideia de contar para seu pai pode ter sido uma coisa espontânea e pode ter sido calculada. O caso é que assassinos não hesitam em matar outra vez se alguém atravessa seu caminho.

11

Segunda-feira era o dia de folga de Denny na lanchonete, portanto não suspeitariam da sua ausência, mas ele queria estabelecer também o álibi de que havia passado o dia de cama.

— Acho que apanhei uma gripe – resmungou para o empregado desinteressado na casa de cômodos em que morava. Big Charley havia telefonado na véspera. – Acabe com ela agora, ou vamos arranjar alguém capaz de fazer o serviço.

Denny sabia o que significava. Não iam deixar que continuasse vivo, pois podia usar o que sabia para negociar sua sentença. Além disso, ele queria o resto do dinheiro.

Organizou cuidadosamente seus planos. Foi até a farmácia da esquina e, tossindo sem parar, pediu ao farmacêutico um remédio para gripe. De volta ao seu quarto, fez questão de falar com a velha idiota que morava no mesmo andar e sempre tentava puxar conversa. Cinco minutos depois, saiu do quarto dela com um chá fedido numa caneca lascada.

— Isso cura qualquer coisa – disse a velha. – Mais tarde vou ver como você está.

— Talvez possa fazer mais chá na hora do almoço – disse Denny com voz fanhosa.

Foi ao banheiro usado pelos moradores do segundo e terceiro andares e queixou-se de cólicas para o velho bêbado que esperava pacientemente sua vez. O homem se recusou a ceder seu lugar na fila.

No quarto, Denny juntou cuidadosamente todas as peças de roupas usadas para seguir Neeve. Algum porteiro mais atento podia descrever um homem que rondava Schwab House. Até mesmo aquela velha intrometida com o cachorro, que teve oportunidade de examiná-lo bem. Denny não tinha dúvida de que, quando a filha do ex-comissário fosse eliminada, todos os tiras da cidade sairiam à procura de pistas.

As roupas seriam jogadas na lata de lixo mais próxima. Isso era fácil. O mais difícil seria seguir Neeve Kearny da loja até a Sétima Avenida. Mas Denny teve uma ideia. Tinha uma roupa de moletom nova, que podia ser usada com uma peruca punk e óculos de aviador. Vestido assim ficaria igual a todos os mensageiros que percorriam a cidade em suas bicicletas, atropelando os pedestres. Arranjaria um grande envelope de papel pardo e esperaria Neeve sair da loja. Ela provavelmente tomaria um táxi para o distrito da indústria da moda. Denny a seguiria em outro táxi, dizendo ao motorista que sua moto fora roubada e que a moça no outro carro precisava urgentemente dos papéis.

Denny ouviu pessoalmente Kearny marcar o encontro às 13h30 com uma daquelas donas ricas que gastavam fortunas em roupas.

Conte sempre com uma margem de erro. Estaria na frente da loja antes de 13h30.

Não importava que o motorista do táxi ligasse os fatos, depois da eliminação de Neeve. Iam procurar um cara com cabelo punk.

Tudo planejado, Denny enfiou o embrulho de roupas debaixo da cama. Que chiqueiro, pensou, olhando o quarto. Cheio de baratas. Fedido. Uma mesa que parecia um engradado de laranjas. Mas quando o trabalho estivesse feito, com os outros 10 mil dólares na mão, era só esperar o fim da condicional e levantar voo. E que voo!

Durante o resto da manhã, Denny foi várias vezes ao banheiro, queixando-se de cólicas a quem estivesse por perto. Ao meio-dia, a bruxa bateu em sua porta com outra xícara de chá e uma rosquinha amanhecida. Mais viagens ao banheiro, sempre ficando algum tempo atrás da porta trancada, prendendo a respiração para não sentir o cheiro, até que alguém lá fora começasse a protestar.

Às 12h45, saiu do quarto e disse para o velho bêbado:

– Acho que estou melhor. Vou dormir. – Seu quarto, no segundo andar, dava para a passagem atrás do prédio. Uma saliência na parede ia desde o telhado até os primeiros andares. Com a roupa de moletom cinzenta, a peruca e os óculos, atirou o embrulho de roupas de mendigo na passagem e saltou pela janela.

Jogou o embrulho de roupas num depósito de lixo infestado de ratos, na rua 108, tomou o metrô para Lexington com a rua 86, comprou um envelope pardo e marcador, escreveu "Urgente" no envelope e começou sua vigília na calçada oposta à loja de Neeve.

ÀS 10 HORAS DE SEGUNDA-FEIRA, um avião coreano de carga, voo 771, recebeu ordem de pouso no aeroporto Kennedy. Os caminhões da Indústrias Têxteis Gordon Steuber esperavam para apanhar a carga de vestidos e roupas esporte que seria transportada para os armazéns de Long Island, armazéns que não constavam dos registros da firma.

Outros também esperavam aquela carga. Os homens da lei preparavam-se para o maior flagrante de tráfico de drogas dos últimos 10 anos.

– Uma grande ideia – disse um deles, vestido com um uniforme de mecânico do aeroporto. – Já vi droga escondida em móveis, em bonecas, coleiras de cachorro, fraldas, mas nunca em roupas finas.

O avião aterrissou e parou na frente do hangar. Em um instante, estava rodeado de agentes federais.

Dez minutos mais tarde, o primeiro caixote estava aberto e as bainhas do casaco de um conjunto muito elegante desfeitas. O chefe dos federais abriu uma sacola de plástico com heroína pura.

— Cristo — exclamou atônito —, só neste caixote deve ter uns 2 milhões de dólares. Mandem deter Steuber.

Às 9h45, os agentes federais invadiram o escritório de Steuber. A secretária tentou impedir sua entrada mas foi afastada com firmeza. Steuber ouviu impassível a leitura dos seus direitos. Sem demonstrar nenhuma emoção, viu as algemas fecharem-se nos seus pulsos. Intimamente a raiva o consumia, uma raiva furiosa e mortal contra Neeve.

Na saída parou para falar com a chorosa secretária.

— May, acho melhor cancelar todos os meus compromissos. Não esqueça...

May compreendeu. Não devia mencionar a entrada intempestiva de Ethel Lambston no escritório na noite de quarta-feira, dizendo que estava a par das atividades ilegais de Steuber.

DOUGLAS BROWN não dormiu bem na noite de domingo para segunda. Inquieto e agitado, entre os finos lençóis de percal de Ethel, sonhou com a tia, sonhos estranhos nos quais Ethel erguia uma taça de Don Perignon no San Domenico, dizendo: "A Seamus, o otário." Sonhos nos quais olhava-o friamente: "Quanto você roubou desta vez?" Sonhos nos quais a polícia o levava para a prisão.

Às 10 horas da manhã de segunda-feira, o médico-legista do condado de Rockland telefonou. Como parente mais próximo, Douglas devia tomar as providências para o enterro de Ethel. Tentou parecer solícito.

— Minha tia queria ser cremada. Pode sugerir o que devo fazer?

Na verdade, Ethel havia dito alguma coisa sobre seu desejo de ser enterrada ao lado dos seus pais, em Ohio, mas seria muito mais barato despachar uma urna do que um caixão.

O médico deu o nome de uma casa funerária. A mulher que atendeu, delicada e cordial, quis saber quem se responsabilizava pelo pagamento. Douglas disse que telefonava mais tarde e ligou para o contador de Ethel que estivera fora da cidade e acabava de saber da tragédia.

– Assinei o testamento da Sra. Lambston como testemunha – disse ele. – Tenho uma cópia do original. Ela gostava muito do senhor.

– E eu a amava ternamente. – Doug desligou.

Não estava ainda acostumado com a ideia de ser rico. Pelo menos por seus padrões, era agora um homem rico.

Se não houver nenhuma confusão, pensou.

De certa forma, esperava a visita dos tiras, mas a batida na porta, o convite para ir até a central de polícia, foi um choque.

No Police Plaza Um, assustou-se quando o policial leu seus direitos.

– Você deve estar brincando.

– Gostamos de agir com muita cautela – garantiu o detetive Gomez. – Lembre-se, Doug, não precisa responder a nenhuma pergunta. Pode chamar um advogado. Ou pode parar de responder quando quiser.

Doug pensou no dinheiro de Ethel, no apartamento, na garota recepcionista que gostava dele. Pensou em se despedir do emprego, livrar-se daquele miserável que era seu chefe imediato. Assumiu uma atitude solícita.

– Estou disposto a responder qualquer pergunta.

A primeira, feita pelo detetive O'Brien, o fez estremecer nas bases.

– Na última quinta-feira, você foi ao banco e retirou 400 dólares em notas de 100. Não adianta negar, Doug, nós verificamos. Foi esse o dinheiro que encontramos no apartamento, não foi? Agora, por que fez isso se, como nos disse, sua tia sempre encontrava o dinheiro que o acusava de ter roubado?

Myles dormiu da meia-noite até às 5h30 da manhã. Acordou certo de que não ia dormir mais. Detestava ficar na cama acordado, esperando a volta do sono. Levantou-se, vestiu um roupão e foi para a cozinha.

Enquanto tomava o café fresco, descafeinado, repassou os acontecimentos daquela semana. Não tinha mais aquela sensação inicial de liberdade com a morte de Nicky Sepetti. Por quê?

Olhou para a cozinha limpa e arrumada. Na noite anterior Jack havia demonstrado que entendia de trabalho doméstico. Myles gostava disso. Sorriu, lembrando do seu pai. Um grande cara. "O próprio", como dizia sua mãe. Mas Deus sabia que ele jamais levava um prato para a pia, nem tomava conta de criança, nem passava o aspirador. Os jovens maridos de hoje eram diferentes. E era uma coisa muito boa.

Que tipo de marido fora para Renata? Bom, pelos padrões gerais. "Eu a amava", disse Myles em voz muito baixa. "Eu me orgulhava dela. Até que ponto fui o filho do meu pai no nosso casamento? Alguma vez a levei a sério, fora do seu papel de esposa e mãe?"

Dissera a Jack Campbell que Renata tinha ensinado tudo que ele sabia sobre vinhos. Naquele tempo eu fazia questão de aparar minhas arestas, pensou, lembrando do programa auto-imposto de aperfeiçoamento, começado antes de conhecer Renata. Entradas para o Carnegie Hall, entradas para a ópera. Visitas obrigatórias ao museu de arte.

Renata transformou a obrigatoriedade daquelas visitas em maravilhosas expedições de descoberta. Renata que, quando voltavam da ópera, cantarolava a música com seu soprano claro e forte.

— Milo, *caro*, será que você é o único irlandês sem ouvido para música? – perguntava em tom de brincadeira.

Naqueles maravilhosos 11 anos, apenas começamos a moldar tudo o que seríamos um para o outro.

Myles serviu-se de mais café. Por que essa sensação estranha? O que estava deixando escapar de sua mente? Alguma coisa. Alguma coisa. Oh, Renata, pediu, não sei por quê, mas estou preocupado com Neeve. Fiz o melhor possível nestes 17 anos, mas ela é sua filha também. Ela corre perigo?

Animado pela segunda xícara de café, Myles começou a se sentir um tanto tolo. Quando Neeve entrou na cozinha bocejando, já estava mais tranquilo e disse:

— Seu editor é um bom dono de casa.

Neeve, com um largo sorriso, inclinou-se para beijar a cabeça de Myles.

— Assim como a *bela Kitty Conway*. Eu aprovo, comissário. Está mais do que em tempo de começar a olhar para as mulheres. Afinal, não está ficando mais jovem. – Abaixou a cabeça para evitar o golpe fingido do pai.

Neeve escolheu um tailleur Chanel rosa e cinza com botões dourados, sapatos de couro cinzento e bolsa combinando. Prendeu o cabelo num coque frouxo.

Myles balançou a cabeça, aprovando.

— Gosto dessa roupa. Melhor do que o tabuleiro de damas do sábado. Você tem o mesmo gosto que sua mãe para roupas.

— Aprovação de Sir Hubert é sem dúvida um grande elogio. – Na porta, Neeve hesitou. – Comissário, só para me fazer a vontade, quer perguntar ao médico-legista se há alguma possibilidade de Ethel ter sido vestida depois de morta?

— Não pensei nisso.

— Por favor, pense. E mesmo que não aprove, faça isso por mim. Mais uma coisa. Acha que Seamus Lambston e a mulher estavam tentando nos levar na conversa?

— Perfeitamente possível.

— Tudo bem. Mas, Myles, escute o que vou dizer sem me interromper, só esta vez. Seamus admitiu ter sido a última pessoa a ver Ethel viva. Sabemos que isso foi na tarde de quinta-feira. Será que alguém pode lhe perguntar como Ethel estava vestida? Aposto que era uma túnica de lã leve, de várias cores, que sempre usava em casa. A túnica não está no *closet*. Ethel nunca viajava sem ela. Myles, não olhe para mim desse jeito. Sei do que estou falando. O caso é que... suponha que Seamus ou outra pessoa... depois de assassinar Ethel, tirou a túnica e a vestiu com outra roupa?

Neeve abriu a porta. Myles percebeu que esperava uma observação irônica da parte dele. Porém, falou com voz inexpressiva.

— Quer dizer com isso que...

— Quero dizer que *se* trocaram a roupa de Ethel depois de matá-la, o ex-marido não pode ser responsável pelo crime. Você viu como a mulher dele estava vestida. Sabem tanto de moda quanto sei do funcionamento do ônibus espacial. Por outro lado, existe um nojento filho da mãe, chamado Gordon Steuber, que instintivamente escolheria alguma coisa de sua fabricação, vestindo Ethel com o conjunto original.

Antes de fechar a porta, Neeve acrescentou:

— Você está sempre falando sobre o cartão de visita dos assassinos, comissário.

PERGUNTAVAM SEMPRE a Peter Kennedy, advogado, se era parente dos Kennedy. Na verdade assemelhava-se muito ao falecido presidente. Com cinquenta e poucos anos, o cabelo mais avermelhado do que grisalho, tinha o rosto quadrado de traços fortes e corpo musculoso. Sua grande amizade com Myles Kearny datava do começo de sua carreira quando era assistente da promotoria. Depois do telefonema urgente de Myles, Pete cancelou seu compromisso das 11 horas e concordou em atender Seamus e Ruth Lambston no seu escritório da cidade.

Agora, ouvia a história incrível dos dois, observando os rostos tensos e exaustos. Uma vez ou outra ele intercalava uma pergunta.

— Sr. Lambston, está dizendo que esmurrou sua ex-esposa tão violentamente que ela caiu de costas no chão, que levantou-se de um salto e apanhou a adaga que ela usava para abrir cartas, que o senhor tentou tirar a arma da mão dela e na luta o rosto dela foi cortado.

Seamus fez um gesto afirmativo.

— Ethel percebeu que eu estava quase disposto a matá-la.

— Quase?

— Quase — disse Seamus constrangido, em voz baixa —, quero dizer, por um segundo, se aquele soco a tivesse matado ficaria satisfeito. Ela fez da minha vida um inferno por mais de vinte anos. Então, quando se levantou, compreendi o que podia ter acontecido. Mas ela estava assustada. Disse que eu podia esquecer o pagamento da pensão.

— E então...

— Eu saí. Fui para casa. Embriaguei-me e fiquei embriagado. Eu conhecia Ethel. Era bem capaz de dar queixa de assalto contra mim. Ela tentou fazer com que eu fosse para a cadeia três vezes, por atraso de pensão — deu uma risada tristonha —, uma dessas vezes foi no dia em que Jeannie nasceu.

Pete continuou o interrogatório e convenceu-se de que Seamus ficara com medo de que Ethel desse queixa. Sem dúvida, quando ela se acalmasse ia exigir o pagamento da pensão. Fora tolice dizer a Ruth que ela havia concordado com seu pedido e ficou apavorado quando a mulher exigiu que ele confirmasse por escrito esse acordo.

— Então você, distraidamente, deixou o cheque e a carta na caixa de correspondência e voltou, esperando reaver os dois?

Seamus contorceu as mãos. Parecia um perfeito idiota, pensou. Exatamente o que era. E tinha mais. As ameaças. Mas não tinha coragem de tocar nesse assunto, no momento.

— Lambston, você não viu mais sua ex-mulher, nem falou com ela depois daquela quinta-feira, 30 de março?

— Não.

Ele não me contou tudo, pensou Pete, mas é o bastante para começar. Seamus inclinou a cabeça para trás, recostando-se no sofá de couro. Começava a ficar mais relaxado. Logo estaria pronto para contar tudo. Insistir demais seria um erro. Pete voltou-se para Ruth Lambston, empertigada ao lado do marido, os olhos cheios de desconfiança. Pete compreendeu que ela começava a ficar assustada com as revelações do marido.

— É possível que alguém acuse Seamus de assalto, ou de qualquer outra coisa por ter esmurrado Ethel? – perguntou.

— Ethel Lambston não está viva para mover um processo – respondeu Pete. Tecnicamente, a polícia podia registrar a queixa. – Sra. Lambston, acho que sou um bom juiz de caráter. Foi a senhora quem convenceu seu marido a falar com o comissário... – corrigiu-se – com o ex-comissário Kearny. Acho que estava certa pensando que precisavam de ajuda. Mas só posso ajudá-los se me contarem a verdade. Está medindo e sopesando a conveniência de me contar alguma coisa e preciso saber do que se trata.

Então Ruth disse, sob o olhar do marido e do advogado:

— Acho que joguei fora a arma do crime.

Uma hora mais tarde, quando os dois saíram, depois de Seamus concordar em se submeter ao teste do detector de mentiras, Pete Kennedy não estava tão certo dos próprios instintos. No fim da conversa, Seamus admitiu que havia contratado um bêbado idiota que aparecia no seu bar para ameaçar Ethel. Ou o homem é só muito estúpido e assustado ou está sendo muito astuto, pensou Pete. Ia contar a Myles que os clientes que lhe mandava não eram exatamente os que ele escolheria.

A notícia da prisão de Gordon Steuber foi como um maremoto no mundo da moda. Os telefones não paravam de tocar.

— Não, não foram as oficinas ilegais. Isso todo mundo faz. O caso é tráfico de drogas. — E a pergunta lógica: — Por quê? Ele ganha milhões. Muito bem, foi advertido por causa das oficinas ilegais, investigado sobre sonegação de impostos. Uma boa equipe de advogados pode estender o caso por vários anos. Mas drogas! — Depois do primeiro momento, começou a aparecer o humor negro. — Não provoque Neeve Kearny. Vai trocar seu relógio de pulso por algemas.

Anthony della Salva, rodeado por seus alvoroçados assistentes, trabalhava nos últimos detalhes do desfile de moda que, na semana seguinte, apresentaria sua nova linha de outono. Era uma coleção extremamente satisfatória. O novo garoto, recém-saído do FIT, era um gênio.

— Você é outro Anthony della Salva — disse para Roget, com um largo sorriso. Seu maior elogio.

Roget, de rosto magro, cabelo liso, pequeno, pensou: "Ou um futuro Mainbocher." Mas retribuiu o sorriso beatífico de Sal. Dentro de dois anos teria o financiamento necessário para abrir sua própria loja. Lutou com unhas e dentes para convencer Sal a aceitar suas miniaturas do desenho do Atol do Pacífico para os acessórios da nova coleção, echarpes, lenços de bolso e cintos com as cores tropicais e desenhos caprichosos que refletiam o mistério do mundo submarino.

– Eu não quero – teimou Sal.

– Ainda é a melhor coisa que você já fez. É sua marca registrada.

Quando a coleção estava completa, Sal teve de concordar.

Às 15h30 Sal ouviu a notícia da prisão de Gordon Steuber. E as piadas. Imediatamente telefonou para Myles.

– Você sabia que isso ia acontecer?

– Não – disse Myles, com voz irritada. – Não sei de tudo o que acontece no Police Plaza Um.

O tom preocupado de Sal reavivou a sensação de perigo iminente que o atormentara durante todo o dia.

– Pois devia saber – respondeu Sal. – Escute, Myles, nós todos sabemos que Steuber tem ligação com a Máfia. Uma coisa é Neeve denunciá-lo por causa dos trabalhadores ilegais e outra muito mais grave a convicção de que, indiretamente, ela contribuiu para a apreensão de 100 milhões de dólares em drogas.

– Cem milhões. Não sabia que era tanto.

– Pois então ligue o rádio. Minha secretária acaba de ouvir. O caso é que talvez você deva pensar em arranjar um guarda-costas para Neeve. *Tome conta dela!* Sei que é sua filha, mas também tenho direitos adquiridos.

– Você tem direitos adquiridos. Vou falar com os homens da polícia e pensar no assunto. Telefonei para Neeve agora. Ela acabou de sair para a Sétima Avenida. Hoje é dia de compras. Ela vai passar por seu escritório?

– Geralmente é sua última parada. E ela sabe que eu quero que veja minha nova coleção. Neeve vai adorar.

– Diga-lhe para me telefonar. Estarei esperando.
– Certo.
Antes de se despedir, Myles lembrou-se de perguntar:
– Como vai sua mão, Sal?
– Não muito mal. Para eu aprender a não ser tão desajeitado. O que eu sinto mais é o estrago no livro.
– Não se preocupe. Está secando. Neeve tem um novo namorado, um editor. Vai levar o livro a um restaurador.
– Nada disso. É minha responsabilidade. Vou mandar alguém apanhar o livro.
Myles riu.
– Sal, você pode ser um bom estilista, mas acho que Jack Campbell é a pessoa certa para o trabalho.
– Myles, eu insisto.
– Até logo, Sal.

ÀS 14 HORAS, Seamus e Ruth Lambston voltaram ao escritório de Peter Kennedy para os testes com o polígrafo. Pete explicou:
– Se for estipulado que o polígrafo da polícia pode ser usado se você for a julgamento, acho que posso convencê-los a não acusá-los de assalto e nem de destruir provas.
Ruth e Seamus, quando deixaram pela primeira vez o escritório do advogado, aproveitaram o intervalo de duas horas para almoçar numa pequena lanchonete. Nenhum dos dois conseguiu comer os sanduíches. Pediram mais chá. Seamus quebrou o silêncio.
– O que acha daquele advogado?
Ruth não olhou para ele.
– Acho que não acredita em nós. – Então ergueu os olhos para o marido. – Mas se você está dizendo a verdade, fizemos a coisa certa.

O TESTE FEZ RUTH lembrar do seu último eletrocardiograma. Só que os fios mediam impulsos diferentes. O técnico do polígrafo era impessoal e amável. Perguntou a idade de Ruth, onde trabalhava, sobre sua família. Quando falou das filhas, sem perceber, Ruth começou a relaxar e uma nota de orgulho apareceu em sua voz.

— Marcy... Linda... Jeannie...

Então vieram as perguntas sobre sua visita ao apartamento de Ethel, quando rasgou o cheque, roubou a adaga, levou-a para casa, lavou-a e colocou-a no cesto de miudezas da loja indiana na Sexta Avenida.

Quando terminou, Pete Kennedy mandou-a esperar na outra sala enquanto aplicavam o teste em Seamus. Foram 45 minutos de apreensão. Perdemos o controle das nossas vidas, pensou. Outras pessoas vão resolver se vamos a julgamento, se vamos para a prisão.

A sala de espera era magnífica. O belo sofá de couro com tachas douradas devia ter custado no mínimo 7 mil dólares. O sofá de dois lugares, a mesa de centro redonda com os últimos números das revistas, excelentes quadros modernos. Ruth sentia os olhares curiosos da recepcionista. O que essa jovem elegantemente vestida está vendo, pensou. Uma mulher feia, com um feio vestido de lã verde, sapatos baratos, cabelos que começavam a escapar do coque. Provavelmente está pensando que não posso pagar este advogado, e está certa.

Peter Kennedy abriu a porta do seu escritório com um sorriso caloroso.

— Quer entrar, Sra. Lambston? Está tudo bem.

O técnico do polígrafo saiu e Kennedy pôs as cartas na mesa.

— Normalmente, eu agiria devagar. Mas sua preocupação é que, quanto mais este caso demorar, pior será para suas filhas. Pretendo entrar em contato com a equipe da Homicídios que está investigando o caso. Vou exigir imediatamente um teste com o polígrafo da polícia para acabar com essa atmosfera de dúvida. Devo avisá-los: para que concordem com o teste teremos de estipular que, se forem a julgamento, os resultados do polígrafo deverão ser aceitos no tribunal. Acho que concordarão com isso. Acho também que posso convencê-los a retirar quaisquer outras acusações.

Seamus engoliu em seco. Sua pele brilhava como se estivesse coberta de suor.

– Vamos tentar – disse ele.

Kennedy levantou-se.

– São 15 horas. Acho que podemos falar com eles ainda hoje. Importam-se de esperar lá fora enquanto vejo o que posso fazer?

Meia hora depois ele saiu do escritório.

– Fizemos o acordo. Vamos.

SEGUNDA-FEIRA não era um bom dia para vendas, mas, como Neeve disse para Eugênia:

– Ninguém diria isso da nossa loja.

Desde o momento em que abriu as portas, às 9h30, o movimento não parou. Myles tinha falado da preocupação de Sal sobre a publicidade negativa que podia advir da morte de Ethel, mas depois de trabalhar sem parar até quase o meio-dia, Neeve disse:

– Aparentemente, a maior parte das pessoas não se importa de ser apanhada morta com nossas roupas. – E acrescentou: – Peça um sanduíche e café, está bem?

Quando a encomenda chegou, Neeve levantou as sobrancelhas.

— Oh, pensei que fosse Denny. Ele ainda trabalha na lanchonete?

O entregador, um garoto magro de 19 anos, pôs o saco de papel na mesa.

— Segunda é a folga dele.

Quando a porta se fechou, Neeve murmurou:

— Nada de serviço de quarto com este — e tirou a tampa do copo de café.

Jack telefonou alguns minutos mais tarde.

— Você está bem?

— É claro que estou — respondeu Neeve com um sorriso. — Na verdade, não só estou bem, como próspera. Foi uma grande manhã.

— Talvez seja uma boa ideia pensar em me sustentar. Vou almoçar com um agente que não vai ficar muito feliz com minha oferta. — Jack abandonou o tom de brincadeira. — Neeve, anote este número. É do hotel Four Seasons. Se precisar de mim, estarei lá nas próximas duas horas.

— Agora vou atacar um sanduíche de atum. Você podia me trazer uma quentinha.

— Neeve, estou falando sério.

— Jack, estou bem. Guarde um pouco de apetite para o jantar. Provavelmente telefono às 18h30 ou 19 horas.

Eugênia disse, quando Neeve desligou:

— O editor, suponho?

Neeve abriu o papel do sanduíche.

— Hum...

Deu a primeira mordida e o telefone tocou outra vez. Era o detetive Gomez.

— Srta. Kearny, estive estudando as fotografias *post-mortem* de Ethel Lambston. A senhorita suspeita que ela foi vestida depois de morta, certo?

— Sim.

Neeve sentiu um aperto na garganta e empurrou o sanduíche para o lado. Eugênia a observava atentamente e Neeve sentiu que o sangue fugia do seu rosto.

— Sabendo disso, mandei ampliar ao máximo as fotografias. Os testes não estão completos e sabemos que o corpo foi removido, portanto é muito difícil dizer se a senhorita está certa ou não, mas diga-me uma coisa: Ethel Lambston teria saído de casa com a meia desfiada?

Neeve lembrou-se de ter notado a meia desfiada quando identificou a roupa de Ethel.

— Nunca.

— Foi o que pensei – disse Gomez. – O relatório da autópsia mostra fibras de náilon presas na unha do pé. A meia desfiou quando foi calçada. Isso significa que, se Ethel Lambston calçou aquela meia, ela saiu com um modelo exclusivo e um enorme desfiado na perna direita. Eu gostaria de falar sobre isso dentro de uns dois dias. Vai estar na cidade?

Neeve desligou, pensando no que dissera a Myles naquela manhã. Na sua opinião, Seamus Lambston, com sua completa falta de conhecimento de moda, não tinha vestido o corpo ensanguentado da sua ex-esposa. Lembrou-se do resto. Gordon Steuber, instintivamente, escolheria a blusa original do conjunto de sua criação. Depois de uma discreta batida na porta, a recepcionista entrou e murmurou:

— Neeve, a Sra. Poth está aqui. E, Neeve, sabia que Gordon Steuber foi preso?

Esforçando-se para manter o sorriso calmo e atento, Neeve ajudou a rica cliente a escolher três vestidos de noite, de Adolfo, que valiam de 4 a 6 mil dólares cada um, dois conjuntos Donna Karan, um de 1.500 dólares e o outro de 2.200, anáguas, sapatos e bolsas. A Sra. Poth, uma mulher extremamente elegante de sessenta e poucos anos, esclareceu que não se interessava por bijuterias finas.

— São bonitas, mas prefiro as minhas. – Porém, no fim, disse: – Estas são muito interessantes – e aceitou todas as sugestões de Neeve.

Neeve acompanhou a Sra. Poth até a limusine estacionada bem na frente da loja. A avenida Madison fervilhava de gente. Parecia que todos queriam aproveitar o sol, enfrentando a temperatura ainda fria. Quando voltava para a loja, Neeve viu um homem com roupa de moletom cinzenta encostado na parede do prédio, no outro lado da rua. Por um momento teve a impressão de que havia algo de familiar nele, mas não deu importância ao fato e entrou apressadamente na loja. No escritório, retocou o batom e apanhou a bolsa.

— Tome conta da loja – disse para Eugênia. – Não volto hoje, portanto pode fechar para mim, por favor.

Sorrindo, parando para trocar uma palavra ou outra com as clientes conhecidas, Neeve saiu da loja e tomou o táxi chamado pela recepcionista. Não notou que o homem com cabelos punk e roupa de moletom chamou um táxi no outro lado da rua.

Doug respondeu às mesmas perguntas vezes sem conta, repetidas de ângulos diferentes. A hora em que chegou ao apartamento de Ethel. Sua decisão de ficar no apartamento. O telefonema ameaçando Ethel se ela não desistisse da pensão. O fato de ter ficado no apartamento desde o dia 31 e só começar a atender o telefone depois de uma semana, justamente o telefonema ameaçador. Por quê?

Repetidamente diziam que ele poderia ir embora. Que poderia chamar um advogado, poderia parar de responder. Doug respondia sempre:

— Não preciso de advogado. Não tenho nada para esconder.

Explicou que não tinha atendido o telefone porque temia que Ethel telefonasse e o mandasse sair do apartamento.

— Ela podia ficar fora um mês e eu não tinha para onde ir.

Por que a retirada em notas de 100 dólares que escondeu no apartamento da tia?

— Tudo bem. Peguei emprestadas algumas notas que Ethel escondia pela casa e depois devolvi.

Disse que não sabia nada sobre o testamento de Ethel mas suas impressões digitais no testamento dizem o contrário.

Doug começou a entrar em pânico.

— Depois de algum tempo, comecei a achar que alguma coisa estava errada. Examinei a agenda de Ethel e vi que estavam cancelados todos os compromissos, depois da sexta-feira, quando tínhamos combinado de nos encontrar no apartamento. Fiquei mais tranquilo. Mas a vizinha disse-me que Ethel tivera uma briga com o idiota do ex-marido na tarde de quinta-feira e que ele tinha aparecido quando eu estava no trabalho. Então, a mulher dele praticamente invade o apartamento e rasga o cheque da pensão. Comecei a pensar que devia haver alguma coisa errada.

— E então – disse o detetive O'Brien com sarcasmo – resolveu atender o telefone e o primeiro telefonema foi uma ameaça à vida da sua tia? E o segundo foi do escritório do promotor do condado de Rockland, informando que tinham encontrado o corpo?

Doug sentiu o suor brotando nas axilas. Remexia-se inquieto na cadeira desconfortável. No outro lado da mesa, os dois detetives o observavam, O'Brien com seu rosto gordo de traços pesados, Gomez, com o cabelo negro e brilhante e queixo de esquilo. O irlandês e o hispânico.

— Estou ficando cheio disto – disse Doug.

O'Brien ficou carrancudo.

— Então, vá andar um pouco, Douglas. Mas, se estiver disposto, diga só mais uma coisa. O tapete na frente da mesa de sua tia ficou encharcado de sangue. Alguém fez um belo trabalho de limpeza. Doug, antes do seu emprego atual, não trabalhou na seção de limpeza de tapetes e de móveis na Sears?

O pânico provocou uma ação reflexa em Doug. Levantou de um salto, quase derrubando a cadeira.

— Vocês que se danem! – desabafou furioso, saindo da sala de interrogatório.

FOI UM RISCO CALCULADO esperar para chamar um táxi no momento em que Neeve entrou no seu. Mas sabia que os motoristas de táxi eram curiosos. Achou que seria mais lógico pegar o primeiro táxi e dizer com voz ofegante:

— Um miserável roubou minha bicicleta. Siga aquele táxi, está bem? Vão me matar se não entregar este envelope para aquela dona.

O motorista era vietnamita. Com um indiferente gesto afirmativo, fez a volta na frente de um ônibus e seguiu pela avenida Madison, depois entrou à esquerda, na rua 85. Denny escorregou o corpo para a frente e abaixou a cabeça. Não queria que o motorista tivesse tempo de ver seu rosto no espelho retrovisor. A única observação do homem foi:

— Ladrões. Se tivesse mercado para peidos eles roubavam.

Denny pensou sombriamente que o inglês do vietnamita era muito bom.

Na esquina da Sétima Avenida com a rua 36, o outro táxi alcançou o sinal verde e eles não.

— Desculpe – disse o motorista.

Denny sabia que Neeve desceria a um ou dois quarteirões de onde estava. O táxi dela provavelmente seguiria devagar por causa do tráfego intenso.

— Pois que me despeçam. Eu tentei.

Pagou a corrida e seguiu a pé. Com o canto dos olhos viu o táxi seguir pela Sétima Avenida. Rapidamente Denny deu meia-volta e entrou apressadamente na rua 36.

Como sempre, naquele ponto as transversais da Sétima Avenida ferviam com a superatividade do distrito da indústria de roupas. Caminhões enormes eram descarregados parados em fila dupla, engarrafando o tráfego. Mensageiros de patins deslizavam entre os pedestres. Entregadores, indiferentes aos pedestres e aos veículos, empurravam enormes araras cheias de roupa. Buzinas soavam estridentes. Homens e mulheres vestidos na última moda passavam rapidamente, falando com animação, indiferentes ao povo e ao tráfego.

O lugar perfeito para seu trabalho, pensou Denny, com satisfação. Na metade do quarteirão viu um táxi parar junto da calçada e Neeve descer. Antes que Denny conseguisse se aproximar, ela entrou num prédio. Denny ficou esperando no outro lado da rua, protegido por um caminhão.

— Enquanto está escolhendo essas roupas elegantes, acho melhor encomendar também uma mortalha, Kearny – resmungou para si mesmo.

JIM GREENE, COM 30 ANOS, fora recentemente promovido a detetive, recomendado por sua capacidade de perceber uma situação e escolher o mais acertado método de ação.

Agora estava encarregado da tarefa tediosa mas de vital importância de guardar o detetive e agente secreto Tony Vitale. Não era um trabalho agradável. Se Tony estivesse em um quarto particular, Jim poderia vigiar a porta. Mas na UTI, tinha de ficar no posto das enfermeiras. Ali, durante as oito horas de vigilância, Jim Greene era constantemente lembrado da fragilidade da vida, quando os monitores soavam o alarme e toda a equipe corria para lutar contra a morte.

Jim era magro e de altura mediana, o que o ajudava a ocupar o menor espaço possível naquele cubículo. Depois de quatro dias, as enfermeiras começaram a tratá-lo como um objeto não tão incômodo. E todas pareciam dar uma atenção especial ao jovem tira que lutava pela vida.

Jim sabia quanta coragem era necessária para trabalhar como agente infiltrado, sentar à mesa com assassinos frios, saber que a qualquer momento seu disfarce podia ser descoberto. Sabia da preocupação de todos de que Nicky Sepetti tivesse mandado matar Neeve Kearny e vira o alívio quando Tony conseguiu dizer: "Nicky... nenhum contrato, Neeve Kearny."

Jim estava de serviço quando o comissário de polícia foi ao hospital com Myles Kearny e teve a oportunidade de apertar a mão da Lenda. Kearny fazia jus ao título. Depois da morte trágica da sua mulher, devia ter vivido atormentado com a ideia de que Sepetti podia fazer o mesmo com a filha.

O comissário havia dito que a mãe de Tony achava que ele estava tentando dizer alguma coisa e as enfermeiras tinham ordem para chamar Jim logo que Tony pudesse falar.

Aconteceu às 16 horas da tarde de segunda-feira. Os pais de Vitale acabavam de sair, com um brilho de esperança nos rostos exaustos. Se não houvesse nenhuma complicação inesperada, Tony estava fora de perigo. A enfermeira entrou para verificar se tudo estava em ordem. Jim olhava através do vidro e moveu-se rapidamente quando ela o chamou com um gesto.

Haviam removido o respirador e o oxigênio estava sendo administrado por tubos no nariz. Os lábios de Tony se moveram e ele disse uma palavra.

– Está dizendo o próprio nome – disse a enfermeira.

Jim balançou a cabeça. Inclinando-se, aproximou o ouvido dos lábios de Tony e ouviu "Kearny." Depois, um fraco "Nee..."

Tocou na mão de Vitale.

– Tony, sou um policial. Você disse "Neeve Kearny", não disse? Aperte minha mão se estou certo.

Tony apertou fracamente a mão que segurava a sua.

– Tony – disse Jim –, quando você chegou ao hospital tentou dizer alguma coisa sobre um contrato. É isso que quer me contar?

– Está perturbando o paciente – protestou a enfermeira.

Jim ergueu os olhos para ela.

– Ele é um policial, um bom policial. Vai se sentir melhor se conseguir falar o que está querendo.

Repetiu a pergunta no ouvido de Vitale.

Mais uma vez a leve pressão nos seus dedos.

– Tudo bem. Quer dizer alguma coisa sobre Neeve Kearny e um contrato – Jim tentou lembrar as palavras de Tony quando chegou ao hospital. – Tony, você disse: "Nicky, nenhum contrato." Talvez fosse só uma parte do queria nos dizer. – Jim teve uma ideia assustadora. – Tony, está tentando dizer que Sepetti não pôs um contrato para a vida de Kearny, mas que outra pessoa o fez?

Depois de um momento Tony apertou convulsivamente a mão de Jim.

– Tony – pediu Jim –, tente. Estou olhando seus lábios. Se sabe quem ordenou o contrato, diga-me.

Era como um murmúrio percorrendo um túnel. Tony Vitale sentiu um alívio imenso por conseguir dar o aviso. Agora, a cena desenhava-se clara em sua mente. Joey dizendo para Nicky que Steuber mandara matar Neeve. Sua voz não saía mas conseguiu mover os lábios lentamente... formando a primeira sílaba "Steu", depois, "ber".

Jim o observava atentamente.

— Acho que ele está tentando dizer "Tru..."

A enfermeira interrompeu.

— Eu acho que é "Stu-ber".

Com um último esforço antes de mergulhar outra vez no sono profundo e reparador, o detetive Anthony Vitale apertou a mão de Jim e conseguiu balançar a cabeça afirmativamente.

DEPOIS DA SAÍDA intempestiva de Douglas Brown da sala de interrogatório, os detetives O'Brien e Gomez discutiram os fatos conhecidos até aquele momento. Concordavam que Doug era um vagabundo, que sua história era fraca, que provavelmente roubava da tia há muito tempo, que sua desculpa absurda para não atender o telefone era uma grande mentira, que devia ter entrado em pânico quando inventou a história dos telefonemas ameaçadores exatamente quando foi encontrado o corpo de Ethel.

O'Brien recostou-se na cadeira, preparando-se para apoiar os pés na mesa, na sua posição de "pensar". Mas aquela mesa era muito alta e ele desistiu, resmungando contra os móveis daquela sala.

— Aquela Ethel Lambston conhecia as pessoas. Seu ex-marido é um otário, o sobrinho é ladrão. Mas, na minha opinião, quem a matou foi o ex-marido.

Gomez olhou pensativo para o parceiro. Tinha ideias próprias que pretendia introduzir aos poucos. Falou como se a ideia acabasse de despontar em sua mente.

— Vamos supor que ela foi assassinada em casa.

O'Brien resmungou concordando.

Gomez continuou.

– Se você e a Srta. Kearny estão certos, alguém trocou suas roupas, alguém arrancou as etiquetas, alguém provavelmente jogou em algum lugar as suas malas e sua bolsa.

Com os olhos semicerrados e atentos, O'Brien concordou com um gesto.

– O caso é o seguinte: – Estava na hora de expor sua teoria – Por que Seamus ia esconder o corpo? Só por acaso, como aconteceu, poderia ser descoberto tão cedo. Seamus teria de continuar a pagar a pensão para o contador de Ethel. Ou, por que o sobrinho ia esconder o corpo e tirar as etiquetas da roupa? Se o corpo tivesse entrado em decomposição antes de ser encontrado, ele teria de esperar sete anos para receber a herança, e mesmo assim, isso envolveria um longo processo legal... Os dois tinham motivos para *desejar* que o corpo fosse descoberto o mais cedo possível, certo?

O'Brien ergueu a mão.

– Não dê a esses idiotas o crédito de uma inteligência. É só continuarmos a fazer perguntas, deixá-los nervosos que, mais cedo ou mais tarde, um deles vai dizer: "Eu não queria matá-la." Aposto cinco pratas no ex-marido. Você fica com o sobrinho?

Gomez foi salvo da escolha pelo telefone. O comissário de polícia queria falar com os dois no seu escritório, imediatamente.

No elevador, O'Brien e Gomez passaram em revista sua atuação no caso. O comissário estava pessoalmente interessado. Teriam cometido algum erro? Eram 16h15 quando entraram no escritório de Schwartz.

O COMISSÁRIO DE POLÍCIA Herbert Schwartz escutava atentamente a discussão. O detetive O'Brien opunha-se definitivamente à concessão de imunidade, mesmo limitada, a Seamus Lambston.

— Senhor — disse para Herb, em tom respeitoso —, tenho quase certeza de que o ex-marido é o culpado. Dê-me mais três dias para resolver este caso.

Herb estava a ponto de resolver a favor de O'Brien quando sua secretária entrou. O comissário pediu licença aos dois detetives e saiu apressadamente. Voltou cinco minutos depois.

— Acabo de saber — murmurou — que Gordon Steuber ordenou um contrato contra Neeve Kearny. Vamos interrogá-lo imediatamente. A denúncia de suas oficinas ilegais feita por Neeve deu início às investigações que levaram ao flagrante do tráfico de drogas, portanto, faz sentido esse contrato. Mas Ethel Lambston pode também ter descoberto essas atividades. Assim, agora há uma boa possibilidade de que Steuber esteja envolvido também na morte de Ethel. Quero provas concretas contra Lambston, do contrário o eliminamos como suspeito. Vamos aceitar o acordo proposto pelo advogado e fazer o teste do polígrafo hoje.

— Mas... — O'Brien viu a expressão do comissário e não terminou a frase.

UMA HORA DEPOIS, Gordon Steuber, que não havia ainda conseguido os 10 milhões de dólares da fiança, e Seamus Lambston eram interrogados em salas separadas. O advogado de Steuber pairava solícito ao lado do cliente enquanto as perguntas de O'Brien se sucediam agressivas.

— Sabe alguma coisa sobre um contrato para liquidar Neeve Kearny?

Gordon Steuber, imaculado, apesar das horas passadas na delegacia, ainda avaliando a gravidade da sua situação, deu uma gargalhada.

– Está brincando? Mas é uma grande ideia.

Na outra sala, Seamus, sob imunidade limitada, depois de contar sua história, foi ligado ao polígrafo pela segunda vez naquele dia. Repetia mentalmente que o teste era igual ao primeiro no qual havia passado. Mas não *foi* igual. As expressões severas e pouco amistosas dos detetives, a sensação de claustrofobia na sala pequena, a sensação de que estavam certos da sua culpa, tudo isso o apavorava. Os comentários encorajadores do advogado, Peter Kennedy, não ajudaram. Compreendeu que cometera um erro em concordar com o teste.

Seamus mal conseguiu responder às primeiras e mais simples perguntas. Quando chegaram ao seu último encontro com Ethel, era como se estivesse no apartamento outra vez, vendo aquele rosto zombeteiro, sabendo que ela sentia prazer com seu sofrimento, certo de que jamais o libertaria. A raiva cresceu dentro dele como naquela tarde. As perguntas tornaram-se incidentais.

– Você esmurrou Ethel Lambston?

Seu punho chocando-se com o rosto dela. A cabeça empurrada para trás.

– Isso mesmo. Sim.

– ...Ela apanhou o abridor de cartas e tentou atacá-lo...

O ódio em seu rosto. Não. Era *desprezo*. Ethel sabia que o tinha nas mãos, e gritou:

– Vou mandar prendê-lo, seu macaco. – Apanhou a adaga e a brandiu contra ele. Seamus torceu-lhe o pulso, tirou a arma e jogou-a sobre a mesa. Então Ethel viu a sua expressão nos olhos e disse: – Tudo bem, tudo bem, nada de pensão...

Então...

– Você matou sua ex-esposa, Ethel Lambston?

Seamus fechou os olhos.
— Não. Não...

PETER KENNEDY não precisou confirmar com o detetive O'Brien o que intuitivamente já sabia. Perdera a jogada.

Seamus não passou no teste do detector de mentiras.

PELA SEGUNDA VEZ naquele dia, Herb Schwartz ouvia com rosto impassível e olhos atentos a exposição dos detetives O'Brien e Gomez.

Durante a última hora Herb tentara decidir se contava ou não a Myles a suspeita de que Gordon Steuber havia contratado alguém para matar Neeve. Isso podia provocar um segundo enfarte.

Se Steuber ordenara o contrato, teriam ainda tempo de evitar que fosse executado? A resposta mais provável era sim. A ordem teria sido passada por cinco ou seis bandidos antes dos arranjos serem completados. O assassino jamais iria saber quem dera a ordem. Provavelmente trariam um assassino de fora da cidade que desapareceria quando o trabalho estivesse liquidado.

Neeve Kearny. Meu Deus, pensou Herb. Não posso deixar que isso aconteça. Quando Renata foi assassinada, Herb tinha 34 anos e era assistente do comissário de polícia. Por mais que vivesse, jamais esqueceria a expressão de Myles Kearny ajoelhado junto ao corpo da mulher.

E agora a filha?

A linha de inquérito que ligava Steuber à morte de Ethel Lambston já não parecia válida. O ex-marido falhou no teste do detector de mentiras e O'Brien estava certo de que era o assassino. Herb pediu a O'Brien para repetir os motivos dessa certeza.

Fora um longo dia. Irritado, O'Brien deu de ombros, depois, vendo a expressão severa do comissário, assumiu uma atitude respeitosa. Como se estivesse no banco das testemunhas, expôs seu argumento que provava a culpa de Seamus Lambston.

– Ele está quebrado. Está desesperado. Há muito tempo tenta se livrar do pagamento da pensão. Foi ao apartamento dela e a vizinha do quarto andar ouviu a discussão. Seamus não foi ao bar durante o fim de semana. Ninguém o viu. Conhecia o Morrison State Park como seu próprio quintal. Costumava passar os domingos no parque com as filhas. Dois dias depois, escreveu uma carta para Ethel agradecendo por ela ter desistido da pensão, e por engano colocou o cheque, que não devia enviar, no mesmo envelope. Voltou para reaver o envelope. Admitiu ter esmurrado e ferido Ethel com a adaga. Provavelmente confessou tudo à mulher porque ela roubou, e se desfez da arma do crime.

– Já a encontraram? – perguntou Schwartz.

– Os homens estão procurando agora. E, senhor, para terminar, ele falhou no teste do polígrafo.

– E passou no teste feito no escritório do seu advogado – observou Gomez. Sem olhar para o parceiro, Gomez resolveu dizer o que pensava: – Senhor, falei com a Srta. Kearny. Ela tem certeza de que há alguma coisa errada nas roupas que Ethel Lambston estava usando. A autópsia mostrou que a meia da vítima foi desfiada no momento de calçar. A unha de um dedo do pé puxou o fio, desfiando toda a parte da frente da perna direita. A Srta. Kearny acredita que Ethel Lambston jamais teria saído com a meia desfiada. Respeito a opinião da Srta. Kearny. Uma mulher preocupada com o que vestia não sairia desse modo. Em dez segundos podia trocar a meia.

– Tem aí o relatório da autópsia e as fotografias? – perguntou Herb.

– Tenho, senhor.

Herb abriu o envelope e estudou as fotografias com frieza clínica. A primeira, a mão saindo do solo; o corpo depois de ser retirado da cavidade entre as pedras, em *rigor mortis*, como uma bola de carne em decomposição, os *close-ups* do queixo de Ethel com a equimose. O corte no rosto.

Herb examinou a outra fotografia. Mostrava apenas a área entre o queixo e a parte inferior do pescoço. Herb estremeceu vendo o corte largo e feio. Apesar de todos aqueles anos na polícia, a prova terrível da crueldade de um ser humano para com outro ainda o impressionava e entristecia.

Porém, havia mais do que isso.

Herb crispou os dedos convulsivamente nas bordas da fotografia. O modo como a garganta fora cortada. O longo corte para baixo, depois a linha definida da parte inferior do pescoço até a orelha esquerda. Herb vira aquele tipo de corte uma vez antes. Apanhou o telefone.

Sem que a calma da sua voz fosse afetada pelas ondas de choque que percorriam sua mente, o comissário de polícia Schwartz pediu à secretária uma das fichas do seu arquivo.

NEEVE NÃO SE SENTIA disposta a comprar roupas esporte. Sua primeira parada foi em Gardner Separates. Os shorts e camisetas com casacos soltos contrastantes eram interessantes e bem-feitos. Imaginava a vitrine da sua loja com aqueles conjuntos num cenário de praia, no começo de junho. Mas depois disso, não conseguiu mais se concentrar no resto da coleção. Alegando falta de tempo, marcou uma hora para a semana seguinte e afastou-se do vendedor excessivamente solícito que insistia em mostrar as novas roupas de banho. "Você vai adorar, são lindas."

Na rua, Neeve hesitou. Por dois centavos, eu iria para casa, pensou. Preciso de um pouco de calma. Sentia uma leve dor de cabeça, uma sensação de pressão na testa. Nunca tenho dor de cabeça, pensou Neeve, parada indecisa na frente do prédio.

Não podia ir para casa. A Sra. Poth, antes de entrar no carro, pedira para Neeve procurar um vestido branco simples para um casamento íntimo em família.

– Nada muito vistoso – explicou. – Minha filha já desmanchou dois noivados. O pastor marca sempre a data do casamento dela a lápis. Mas desta vez parece que vai acontecer.

Neeve podia procurar o vestido em várias casas. Começou a andar para a direita e parou. Talvez a outra casa fosse melhor. Quando virou para o outro lado, olhou diretamente para a calçada oposta. Um homem com roupa de moletom cinzenta, um grande envelope sob o braço, óculos escuros de aviador e o cabelo à moda punk corria em sua direção por entre o tráfego lento. Por um momento seus olhos se encontraram e foi como se um alarme soasse nos ouvidos de Neeve. Sentiu que se acentuava a pressão na cabeça. Um caminhão se movimentou, escondendo o mensageiro, e de repente, achando que estava sendo tola, Neeve começou a andar com passos rápidos.

Eram 16h30. O sol começava a se esconder desenhando sombras longas e enviesadas. Neeve estava quase rezando para encontrar o vestido na primeira casa. Então pensou: Vou diretamente para o escritório de Sal. Desistira de convencer Myles de que a blusa que Ethel usava era importante. Mas Sal compreenderia.

TERMINADO O ALMOÇO de negócios, Jack Campbell foi para una reunião na editora, onde ficou até às 16h30. De volta ao seu escritório, tentou se concentrar na montanha de correspondência que Ginny havia separado, mas nao conseguiu. A sensação de que havia alguma coisa terrivelmente errada não o deixava. Alguma coisa que estava esquecendo. O que podia ser?

Na porta que separava o escritório de Jack do seu, Ginny o observava pensativamente. Desde que Jack assumira a presidência da Givvons, há um mês, Ginny aprendeu a admirá-lo e a gostar imensamente dele. Depois de trabalhar vinte anos para o seu antecessor, Ginny teve medo de não se acostumar com a mudança, ou de que Jack não quisesse uma antiga funcionária.

Nada disso aconteceu. Agora, observando-o, inconscientemente aprovando o bom gosto do terno cinza-escuro e achando graça no modo quase infantil com que afrouxava a gravata e desabotoava o botão do colarinho, Ginny percebeu que Jack estava preocupado. Com as mãos cruzadas sob o queixo, as sobrancelhas franzidas, Jack olhava para a parede. Teria havido alguma coisa desagradável na reunião, tentou adivinhar. Muita gente ainda não se conformava com a promoção de Jack.

Ginny bateu na porta aberta. Jack ergueu os olhos e ela notou que parecia voltar de muito longe.

— Está meditando? — perguntou ela, naturalmente — Se está, a correspondência pode esperar.

Jack tentou um sorriso.

— Não. É esse caso de Ethel Lambston. Acho que deixei escapar alguma coisa e não consigo descobrir o que é.

Ginny sentou-se na cadeira na frente da mesa de Jack.

— Talvez eu possa ajudar. Pense no dia em que Ethel esteve aqui. Você não passou mais de dois minutos com ela e como a porta estava aberta, ouvi a conversa. Ethel falou sobre um escândalo no mundo da moda mas não entrou em detalhes. Ela falou em dinheiro e você sugeriu uma soma bastante grande. Acho que você não esqueceu nada.

Jack suspirou.

– É, acho que não. Mas vou fazer uma coisa. Traga-me aquela pasta que Toni mandou. Talvez encontre algo nas notas de Ethel.

Às 17h30 Ginny foi se despedir e Jack apenas acenou distraído. Ainda estudava a volumosa pesquisa de Ethel. Ao que parecia, para cada estilista citado ela havia organizado um fichário separado com informação biográfica e cópias xerox de dezenas de colunas sobre modas, de jornais e revistas como *Times, Women's Wear Daily, Vogue* e *Harper's Bazaar*.

Era sem dúvida uma pesquisadora meticulosa. As entrevistas com os estilistas continham inúmeras anotações. "Não é o que ela disse na *Vogue*"; "verificar esses números"; "jamais ganhou esse prêmio"; "procurar entrevistar a governanta a respeito de ela fazer roupas para as bonecas".

Havia uma dúzia de versões diferentes do último artigo de Ethel, com partes riscadas e frases acrescidas em todas elas.

Jack começou a ler rapidamente o material até chegar ao nome de Gordon Steuber. Steuber. Ethel fora encontrada vestindo um tailleur de Steuber. Neeve insistia em dizer que a blusa que ela estava usando fazia parte do conjunto original, mas que Ethel nunca a usaria deliberadamente.

Cuidadosamente, examinou o material sobre Gordon Steuber e verificou quantas vezes o nome dele aparecia nos recortes de jornais dos últimos três meses, devido à investigação. No artigo, Ethel dava a Neeve o crédito de ter denunciado Steuber. A penúltima versão do artigo tratava não só das oficinas ilegais de Steuber como também dos seus problemas com o imposto de renda, mas continha uma frase: "Steuber começou com o negócio do pai, fazendo forros para casacos de pele. Dizem que ninguém na história da moda fez mais dinheiro com forros e bainhas nos últimos anos do que o almofadinha Sr. Steuber."

A frase estava entre colchetes e com uma anotação: "Guardar". Ginny havia contado a Jack sobre a prisão de Steuber e o flagrante das drogas. Teria Ethel descoberto que Steuber estava contrabandeando drogas nas bainhas e forros das roupas que importava?

Combina, pensou Jack, com a teoria de Neeve sobre a roupa que Ethel estava usando. Combina como o "grande escândalo" de Ethel.

Jack pensou em telefonar para Myles, mas resolveu mostrar a pasta para Neeve primeiro.

Neeve. Seria possível que se conheciam há apenas seis dias? Não. Seis anos. Jack estava à procura dela desde aquele dia no avião. Olhou para o telefone. Era muito forte a necessidade que sentia de estar com ela. A vontade de abraçá-la era enorme. Neeve prometera telefonar quando saísse do escritório do tio Sal.

Sal. Anthony della Salva, o famoso estilista. Os recortes de jornais e revistas seguintes na pasta de Ethel eram sobre ele, bem como os desenhos. Desejando que Neeve telefonasse *naquele momento*, Jack começou a ler as notas sobre Anthony della Salva. Havia inúmeras ilustrações da coleção Atol do Pacífico. É fácil compreender a razão do sucesso, pensou Jack, mesmo sem entender nada de moda. Os vestidos pareciam flutuar nas páginas. Leu rapidamente as descrições dos críticos de moda. "Túnicas diáfanas com panos soltos que descem como asas dos ombros..."; "mangas macias, pregueadas, em chiffon que parece teia de aranha..."; "vestidos simples para o dia que envolvem o corpo com extrema elegância..." As descrições eram líricas quando falavam das cores. "Anthony della Salva visitou o Aquarium de Chicago, no começo de 1972, e encontrou sua inspiração na beleza aquática da magnífica exposição do Atol do Pacífico. Durante horas ele caminhou pelas salas da exposição desenhando o reino submarino onde as belas e cintilantes criaturas do mar combinam-se com a maravilhosa vida vegetal, os agrupamentos de árvores de coral e as centenas de conchas de colorido magnífico. Ele desenhou as cores nos padrões e combinações decretados pela natureza. Estudou o movimento dos habitantes do oceano para capturar com sua tesoura e seus tecidos a graça flutuante e natural. Senhoras, guardem os tailleurs de corte masculino e os vestidos de noite com mangas bufantes no fundo dos seus *closets*. Este é seu ano de beleza. Muito obrigado, Anthony della Salva."

ACHO QUE ELE *é* bom, pensou. Jack, começando a juntar as notas sobre della Salva, com a sensação de ter omitido alguma coisa. O que podia ser? Jack havia lido a versão final do artigo de Ethel. Olhou agora outra vez para a penúltima versão.

Havia uma anotação fortemente sublinhada, "*Aquarium de Chicago – verificar data em que o visitou.*" Ethel havia grampeado uma cópia dos desenhos da coleção Atol do Pacífico na parte superior do artigo. Ao lado estava um desenho.

Jack sentiu a boca seca. Vira aquele desenho há pouco tempo. Nas páginas manchadas de café do livro de cozinha de Renata Kearny.

E o Aquarium. "Verificar data." *É claro.* Com horror crescente, Jack começou a compreender. Precisava ter certeza. Eram quase 18 horas. Em Chicago deviam ser quase 17h. Rapidamente discou o código de informações de Chicago.

A um minuto para as 17 horas, horário de Chicago, atenderam o telefone.

— Por favor, telefone para o diretor de manhã — respondeu uma voz impaciente.

— Dê-lhe meu nome. Ele me conhece. Diga que preciso falar-lhe imediatamente e, fique sabendo, minha senhora, se não fizer a ligação e eu descobrir que ele está no escritório, isso vai lhe custar o emprego.

— Vou fazer a ligação, senhor.

Um momento depois, uma voz surpresa perguntou:

— Jack, o que está acontecendo?

Jack falou rápida e nervosamente. Percebeu que suas mãos estavam úmidas. Neeve, pensou, Neeve, tenha cuidado. Olhou para o artigo de Ethel e para a frase "Saudamos Anthony della Salva pela criação do estilo Atol do Pacífico". O nome della Salva estava riscado e, por cima, Ethel havia escrito "o criador do estilo Atol do Pacífico".

A resposta do curador do Aquarium foi mais assustadora do que ele imaginava.

— Você está absolutamente certo. E quer saber de uma coisa? É a segunda pessoa que me telefona para perguntar isso nas últimas duas semanas.

— Sabe quem foi a outra? — perguntou Jack, já sabendo o que ia ouvir.

— É claro que sei. Uma escritora. Edith... Ou não, Ethel, Ethel Lambston.

MYLES TEVE UM dia inesperadamente agitado. Às 10 horas o telefone tocou. Estaria livre ao meio-dia para uma entrevista sobre a posição que lhe estava sendo oferecida em Washington? Combinou almoço no Oak Roam, do Plaza.

Na parte da manhã foi ao Atlético Clube para nadar e fazer massagem e teve a satisfação de ouvir do massagista:

– Comissário Kearny, seu corpo está em grande forma outra vez.

Myles sabia que sua pele perdera a palidez doentia. Mas não era apenas a aparência. *Sentia-se* com saúde. Posso ter 68 anos, pensou, enquanto dava o nó na gravata, no vestiário do clube, mas estou muito bem.

Estou bem para mim mesmo, meditou enquanto esperava o elevador. Uma mulher pode ter opinião diferente. Ou, mais especificamente, admitiu, saindo para Central Park Sul e caminhando para a direita, na direção da Quinta avenida e do Plaza, Kitty Conway pode me ver sob uma luz menos lisonjeira.

O almoço com o ajudante de ordens do presidente tinha como objetivo uma resposta de Myles. Ele aceitava a presidência da Agência de Repressão às Drogas? Myles prometeu decidir definitivamente dentro das próximas 48 horas.

– Esperamos que sua resposta seja afirmativa – disse o ajudante. – O senador Moynihan acredita que vai ser.

– Eu nunca contrario Pat Moynihan – disse Myles com um sorriso.

Quando voltou ao apartamento, aquela sensação de bem-estar desapareceu. A janela da sala de estar estava aberta. Quando Myles entrou em casa, um pombo voou em círculo, pousou no parapeito da janela e depois partiu na direção do rio Hudson. "Um pombo dentro de casa é sinal de morte." – As palavras de sua mãe soaram sombrias na sua lembrança. Tolice, superstição, pensou Myles irritado, mas a sensação persistente de mau agouro não o deixou. Sentiu que precisava falar com Neeve. Rapidamente discou para a loja. Eugênia atendeu.

— Comissário, ela acaba de sair para a Sétima Avenida. Posso tentar encontrá-la.

— Não. Não é importante — disse Myles —, mas se ela telefonar peça para me ligar.

Assim que desligou, o telefone tocou. Era Sal, confirmando que ele também estava preocupado com Neeve.

Durante meia hora Myles debateu a conveniência de telefonar ou não para Herb Schwartz. Mas para quê? Neeve não ia testemunhar contra Steuber. O caso era que, denunciando suas oficinas ilegais, ela provocara a investigação que havia levado os federais às drogas. Evidentemente, o flagrante do contrabando de 100 milhões de dólares em drogas era o bastante para que Steuber e seus amigos procurassem se vingar.

Talvez eu consiga convencer Neeve a se mudar para Washington comigo, pensou, logo rejeitando a ideia como ridícula. Neeve tinha sua vida em Nova York, seu negócio. E agora, se não se enganava, tinha também Jack Campbell. Então, é melhor esquecer Washington, resolveu Myles, andando de um lado para o outro na sala. Tenho de ficar e cuidar para que nada lhe aconteça. Neeve quisesse ou não, Myles ia contratar um guarda-costas para ela.

Esperava Kitty Conway mais ou menos às 18 horas. Às 17h15 foi para o quarto, tomou um banho de chuveiro e escolheu cuidadosamente um terno, a camisa e a gravata para o jantar. Às 17h40 Myles estava pronto.

Há muito tempo descobrira que trabalhos manuais o acalmavam quando tinha algum problema difícil. Resolveu aproveitar os vinte minutos consertando o cabo do bule da máquina de café.

Mais uma vez olhou para o espelho com certa ansiedade. Cabelo completamente branco mas ainda farto. A calvície não era comum em sua família. Que diferença fazia? Por que uma mulher bonita, dez anos mais nova ia se interessar por um ex-comissário de policia com o coração remendado?

Evitando esses pensamentos, Myles olhou para seu quarto. A cama de baldaquino, o guarda-roupa, a penteadeira, o espelho, peças antigas, presente de casamento da família de Renata. Myles olhou para a cama, lembrando-se de Renata recostada nos travesseiros, o bebezinho Neeve no seio.

— *Cara, cara, mia cara* — ela murmurava acariciando com os lábios a testa da filha.

Myles segurou com força a cabeceira da cama, ouvindo mais uma vez o aviso de Sal. "Tome conta de Neeve." Meu Deus, Nicky Sepetti tinha dito: "Tome conta da sua mulher e da sua filha."

Chega disso, pensou Myles, dirigindo-se para a cozinha. Você está virando uma velha nervosa que pula de medo quando vê um camundongo.

Na cozinha, tirou do meio das panelas o bule que havia escaldado a mão de Sal. Levou-o para a sala, colocou-o sobre a mesa, tirou sua caixa de ferramentas do *closet* e assumiu o papel que Neeve chamava de "senhor conserta tudo."

Logo Myles descobriu que o cabo do bule se soltara não por causa de parafusos soltos ou quebrados, e disse em voz alta:

— Mas isto é uma loucura!

Tentou lembrar exatamente o que havia acontecido na noite em que Sal escaldou a mão...

NA SEGUNDA-FEIRA DE MANHÃ, Kitty Conway acordou com uma agradável sensação de expectativa que há muito tempo não experimentava. Dominando a tentação de continuar a dormir, vestiu o conjunto de moletom e correu em Ridgewood das 7 às 8 horas.

As árvores que ladeavam a bela e larga avenida tinham aquela leve coloração avermelhada que anuncia a primavera. Na semana anterior, correndo na avenida, ela havia percebido os brotos novos nas árvores e pensou em Mike e no fragmento de um poema. "O que pode a primavera fazer, senão renovar a necessidade que tenho de você?"

Na semana passada o jovem marido, acenando para a mulher e para os filhos de dentro do carro, havia provocado em Kitty uma imensa saudade. Parecia tão recente o tempo em que ela, com Michael no colo, acenava para Mike.

Ontem e trinta anos atrás.

Hoje sorriu distraída para os vizinhos. Precisava estar no museu ao meio-dia. Voltaria para casa às 16 horas, com tempo para se vestir e partir para Nova York. Pensou em ir ao cabeleireiro mas decidiu que podia ela mesma arrumar melhor seu cabelo.

Myles Kearny.

Kitty tirou a chave do bolso, entrou em casa e então deu um longo suspiro. Era bom correr mas, meu Deus, também fazia com que sentisse seus 58 anos.

Num gesto impulsivo, abriu o *closet* do hall e olhou para o chapéu que Myles havia "esquecido". No momento em que o descobriu, na noite anterior, Kitty compreendeu que era o pretexto de Myles para vê-la novamente. Pensou no capítulo de *Pavilhão de mulheres*, quando o marido deixa o cachimbo para indicar que pretende voltar ao quarto da mulher naquela noite. Kitty sorriu, saudou o chapéu com uma continência e subiu para o banho de chuveiro.

O dia passou depressa. Às 16h30, Kitty hesitou entre o conjunto de lã preta de corte simples e decote quadrado que acentuava a esbeltez do seu corpo e um duas-peças estampado azul-esverdeado que combinava com seus cabelos vermelhos. Vá em frente, resolveu, escolhendo o duas-peças.

Às 18h05, o zelador anunciou sua chegada e lhe deu o número do apartamento de Myles. Às 18h07, ela saiu do elevador e Myles a esperava no corredor.

Imediatamente percebeu que alguma coisa estava errada. Myles a cumprimentou quase com frieza. Mas instintivamente Kitty sentiu que aquela indiferença não era dirigida a ela.

Myles segurou o braço dela e, quando entraram no apartamento, distraidamente ajudou-a a tirar o casaco e o pôs sobre a cadeira do hall.

– Kitty – disse ele –, venha comigo. Estou tentando resolver uma coisa muito importante.

Entraram na sala e Kitty admirou o conforto, o calor e o bom gosto do ambiente.

– Não se preocupe comigo – disse ela –, continue com o que estava fazendo.

Myles voltou para sua mesa.

– O problema – disse ele – é que este cabo não se soltou simplesmente. Foi *arrancado* à força. Foi a primeira vez que Neeve o usou, portanto, talvez já tenha vindo assim, como acontece tanto hoje em dia... Mas, pelo amor de Deus, será que ela não teria notado o cabo preso por um fio?

Kitty sabia que Myles não esperava uma resposta. Andou pela sala em silêncio, admirando os quadros, as fotografias de família. Sorriu quase sem sentir quando viu os três mergulhadores. Era quase impossível identificar os rostos atrás das máscaras mas sem dúvida eram Myles, sua mulher e Neeve com 8 anos. Ela, Mike e Michael costumavam mergulhar no Havaí também.

Kitty olhou para Myles. Ele segurava o cabo contra o bule observando-o atentamente. Aproximou-se e viu o livro de cozinha aberto. As manchas de café nas páginas acentuavam os traços dos desenhos, ao invés de apagá-los. Kitty inclinou-se para observá-los de perto e apanhou a lente de aumento que estava ao lado do livro. Examinou os desenhos, concentrando-se em um deles.

– Esta é Neeve, naturalmente. Deve ter sido a primeira criança a usar a linha Atol do Pacífico. Um exagero de chique.

Sentiu a mão de Myles no seu pulso.

– O que foi que você disse? – perguntou ele. – *O que você disse?*

QUANDO NEEVE CHEGOU ao Estrazy's, sua primeira parada na procura do vestido branco, encontrou o salão de exposições cheio. Compradores da Saks e da Bonwit's, Bergdorf e de outras pequenas lojas particulares como a sua, estavam todos lá, falando sobre Gordon Steuber.

– Sabe, Neeve – comentou a compradora do Saks –, estou com um excesso de roupas de esporte de Steuber. As pessoas são engraçadas. Você não ia acreditar se soubesse quantos desistiram de Gucci e Cartier, quando foram condenados por sonegação de impostos. Uma das minhas melhores clientes declarou que não ajudaria bandidos ambiciosos.

Uma vendedora contou para Neeve que sua melhor amiga, que era secretária de Gordon Steuber, estava inconsolável.

– Steuber tem sido bom para ela – contou a jovem – mas agora ele está numa grande encrenca e ela tem medo ser envolvida também. O que ela deve fazer?

– Dizer a verdade – aconselhou Neeve –, e por favor, diga-lhe para não desperdiçar sua lealdade com Gordon Steuber. Ele não merece.

A vendedora mostrou três vestidos brancos. Um deles, Neeve achou que ficaria perfeito na filha da Sra. Poth. Encomendou-o, e levou outro em consignação.

Chegou ao prédio de Sal às 18h05. O movimento começava a diminuir nas ruas. Entre as 17 horas e as 17h30 o burburinho do distrito de roupas cessava bruscamente. Neeve entrou no prédio, notando com surpresa a ausência do guarda. Provavelmente foi ao banheiro, pensou, caminhando para os elevadores. Como sempre, depois das 18 horas só um elevador estava funcionando. A porta estava se fechando quando Neeve ouviu passos apressados no chão de mármore. Teve tempo de ver uma roupa de moletom cinzenta e o cabelo punk. Seus olhos se encontraram.

O mensageiro. Imediatamente Neeve lembrou-se de ter visto o mesmo homem quando acompanhou a Sra. Poth ao carro e quando saiu de Gardner Separates.

Sentindo a boca seca de medo, Neeve, antes de descer, no 12º andar, apertou todos os botões do elevador até o vigésimo.

A porta da sala de exposições de Sal estava aberta. Neeve entrou rapidamente e fechou-a. A sala estava vazia.

– Sal! – chamou, quase em pânico. – Tio Sal!

Ele apareceu imediatamente na porta do escritório.

– Neeve, o que aconteceu?

– Sal, acho que estão me seguindo. – Neeve segurou com força o braço dele. – Tranque a porta, por favor.

Sal olhou atentamente para ela.

– Neeve, tem certeza?

– Sim, eu o vi três ou quatro vezes.

Aqueles olhos fundos e escuros, a pele amarelada. Neeve empalideceu.

– Sal – murmurou ela –, eu sei quem ele é. Trabalha na lanchonete.

— Por que ia seguir você?

— Não sei. — Neeve olhou para Sal. — A não ser que Myles estivesse certo. É possível que Nicky Sepetti quisesse me matar?

Sal abriu a porta que dava para o corredor. Ouviram o elevador descendo.

— Neeve — disse ele —, está disposta a tentar uma coisa?

Sem saber o que esperar, Neeve fez um gesto afirmativo.

— Vou deixar esta porta aberta. Vai pensar que estamos conversando. Se ele a está seguindo, é melhor não assustá-lo.

— Quer que eu fique onde ele possa me ver?

— De jeito nenhum. Fique atrás daquele manequim. Eu fico atrás da porta aberta. Se alguém entrar, posso ter a vantagem da surpresa. O importante é detê-lo e saber quem o mandou.

Olharam para o indicador. O elevador estava no térreo. Começou a subir.

Sal foi rapidamente até o escritório, tirou uma arma da gaveta da mesa e voltou para a sala de exposições.

— Tenho porte de arma há alguns anos, desde que fui assaltado — murmurou ele. — *Neeve, esconda-se atrás daquele manequim.*

Como num pesadelo, Neeve obedeceu. Mesmo com a pouca iluminação da sala naquela hora, ela percebeu que o manequim estava vestido com a nova linha de Sal. Cores sombrias de outono, vermelho e azul escuros. Marrom carvão e negro opaco. Bolsas, echarpes e cintos enfeitados com as cores vivas e brilhantes da coleção Atol do Pacífico. Coral, vermelho e ouro, água-marinha e esmeralda, prata e azul combinados em versões microscópicas dos delicados padrões desenhados por Sal no Aquarium, há tantos anos. Acessórios e destaques, assinaturas do seu grande desenho clássico.

Neeve olhou para a echarpe perto do seu rosto. *Aquele padrão.* Desenhos. *Mamãe, está fazendo meu retrato? Mamãe, não estou com essa roupa... Oh, bambola mia, é só uma ideia de alguma coisa tão bonita...*

Desenhos – os desenhos de Renata feitos três anos antes da sua morte, um ano antes de Anthony della Salva maravilhar o mundo da moda com sua coleção Atol do Pacífico. Desenhos que Sal havia tentado destruir há uma semana!

– Neeve, diga alguma coisa – o murmúrio urgente de Sal atravessou a sala como um comando.

A porta estava entreaberta. Neeve ouviu o elevador parar no andar.

– Eu estava pensando – disse ela, procurando falar normalmente. – Gostei do modo como você incorporou o Atol do Pacifico à linha de outono.

A porta do elevador se abriu. Ouviram passos no corredor. A voz de Sal era genial.

– Hoje dispensei todos mais cedo. Trabalharam muito nos preparativos do desfile. Acho que é minha melhor coleção dos últimos anos.

Com um sorriso na direção dela, Sal colocou-se atrás da porta. Na luz fraca, sua sombra desenhava-se na parede oposta, a parede decorada com o mural do Atol do Pacífico.

Neeve olhou para a parede e tocou a echarpe do manequim. Tentou responder mas não conseguiu.

A porta se abriu lentamente. Viu a silhueta da mão segurando a arma. Cautelosamente Denny entrou na sala, os olhos atentos à procura deles. Neeve viu Sal sair de trás da porta com sua arma erguida.

– Denny – disse ele em voz baixa.

Quando Denny se voltou rapidamente, Sal atirou. A bala o atingiu na testa. Ele caiu, sem um som, soltando a arma.

Paralisada de horror, Neeve viu Sal tirar um lenço do bolso e apanhar a arma de Denny.

— Você o matou — murmurou Neeve. — Você o matou a sangue-frio. Não precisava fazer isso. Não lhe deu nenhuma oportunidade.

— Ele a teria matado. — Sal pôs sua arma na mesa da recepcionista. — Eu apenas a protegi. — Caminhou em sua direção com a arma de Denny na mão.

— Você *sabia* que ele viria — disse Neeve. — Você *sabia* o nome dele. Você planejou tudo.

A máscara jovial e afetuosa desapareceu. O rosto de Sal parecia inchado e brilhava de suor. Os olhos, sempre alegres, eram duas linhas finas que quase desapareciam sob a gordura da face. A mão, ainda vermelha e empolada, ergueu a arma e a apontou para Neeve. O sangue de Denny brilhava no seu paletó. No tapete, um círculo crescente de sangue rodeava seus pés.

— É claro que planejei — confessou. — Todos sabem que Steuber mandou matá-la. O que ninguém sabe é que *fui eu* quem criou esse boato e *fui eu* quem fiz o contrato. Direi a Myles que consegui apanhar o assassino, porém tarde demais para salvá-la. Não se preocupe, Neeve, eu consolarei Myles. Sou muito bom nisso.

Neeve ficou parada, incapaz de um movimento. Ultrapassara o limite do medo.

— Minha mãe desenhou a linha Atol do Pacífico. Você a roubou, não foi? E Ethel descobriu. Foi você quem a matou! *Você* a vestiu, não Steuber! *Você* sabia qual era a blusa do conjunto!

Sal começou a rir, uma risada sem alegria que sacudia todo seu corpo.

— Neeve — disse ele —, você é muito mais esperta do que seu pai. Por isso tenho de me livrar de você. Desconfiou logo de que alguma coisa estava errada quando Ethel não apareceu. Viu que os casacos de inverno estavam no *closet*. Imaginei que ia descobrir. Quando vi o desenho de Atol do Pacífico no livro de cozinha, compreendi que precisava destruí-lo de qualquer modo, mesmo que isso significasse queimar minha mão. Mais cedo ou mais tarde você ia ligar as duas coisas. Myles não teria reconhecido os desenhos nem que fossem ampliados ao máximo. Ethel descobriu que a minha história de ter conseguido inspiração no Aquarium de Chicago era falsa. Eu disse que explicaria e fui à casa dela. Ethel era esperta. Disse que sabia que eu estava mentindo, e *por quê* – que eu havia roubado o desenho. E que ela ia provar.

– Ethel viu o livro de cozinha – confirmou Neeve com voz inexpressiva. – Reproduziu um dos desenhos na sua agenda.

Sal sorriu.

– Então foi assim que ela soube? Não viveu o bastante para me contar. Se tivéssemos tempo mostraria o portfólio que sua mãe me deu. Toda a coleção está ali.

Aquele não era o tio Sal. Não era o amigo de infância do seu pai. Era um estranho que a odiava e que odiava Myles.

– Seu pai e Dev sempre me trataram como se eu fosse uma grande piada, desde que éramos meninos. Riam de mim. Sua mãe. Classe alta. Linda. Compreendia a moda como só podem compreender os que nascem com esse dom. Desperdiçando isso com um idiota como seu pai, incapaz de distinguir um vestido de casa de um manto de coroação. Renata sempre me desprezou. Sabia que eu não tinha o dom. Mas quando precisou de conselho sobre os desenhos, adivinhe quem procurou?

"Neeve, você ainda não percebeu a melhor parte de tudo isto. A única pessoa que sabe de tudo é você, e não vai poder contar. Neeve, sua grande tola, eu não só *roubei* o Atol do Pacifico de sua mãe. *Cortei seu pescoço por ele.*

— FOI SAL – murmurou Myles. – Ele arrancou o cabo do bule. Ele tentou destruir os desenhos. E Neeve deve estar lá agora.

— Onde? – Kitty segurou o braço de Myles.

— No escritório. Rua 36.

— Meu carro está aí em frente. Tem um telefone nele.

Com um gesto afirmativo, Myles correu para a porta. O elevador chegou depois de um angustioso minuto. Segurando a mão de Kitty, atravessou correndo o hall de entrada. Atravessaram a rua ignorando os carros que passavam.

— Eu dirijo – disse Myles.

Fazendo uma volta completa, cantando os pneus, Myles seguiu em grande velocidade pela avenida West End, esperando ser visto e seguido por um carro da polícia.

Corno sempre acontecia em momentos de crise, Myles estava perfeitamente calmo. Sua mente era uma unidade à parte, planejando o que devia fazer. Deu um número de telefone para Kitty. Silenciosamente ela discou e entregou-lhe o fone.

— Escritório do comissário de polícia.

— Myles Kearny. Chame o comissário.

Myles dirigia freneticamente entre o tráfego intenso daquela hora. Ignorando os sinais vermelhos, deixava para trás uma quantidade de motoristas indignados. Estavam em Columbus Circle.

A voz de Herb.

— Myles, estava tentando falar com você. Steuber pôs um contrato para matar Neeve. Precisamos protegê-la. E, Myles, acho que há uma ligação entre os assassinatos de Ethel Lambston e o de Renata. O corte em V no pescoço de Lambston: – exatamente igual ao que matou Renata.

Renata, a garganta cortada. Renata, deitada tão quieta no parque. Nenhum sinal de luta. Renata que não fora assaltada, mas que havia encontrado uma pessoa em quem confiava, o amigo de infância do seu marido. Oh, Jesus, pensou Myles. Oh, Jesus.

— Neeve está no escritório de Anthony della Salva. Rua 36 oeste, 250, 12º andar. Herb, mande os homens para lá imediatamente. Sal é o assassino.

Entre as ruas 56 e 44, a pista da direita estava sendo asfaltada. Mas os trabalhadores já haviam saído. Myles seguiu por entre os demarcadores sobre o asfalto ainda úmido. Passaram a rua 38, a 37...

Neeve. Neeve. Neeve. Faça com que eu chegue a tempo, pedia Myles. Proteja minha filha.

JACK DESLIGOU o telefone, pensando no que acabava de ouvir. Seu amigo, o diretor do Aquarium de Chicago, havia confirmado suas suspeitas. O novo museu fora inaugurado há 18 anos, mas o magnífico espetáculo no último andar, que reproduzia a maravilhosa sensação de estar andando no fundo do mar no Atol do Pacífico, só fora terminado há *16* anos. Pouca gente sabia que, devido a um problema nos tanques, o andar do Atol do Pacífico só foi aberto ao público quase dois anos depois das outras partes do Aquarium. O diretor não incluía essa informação nas circulares de relações-públicas. Jack sabia porque estivera em Chicago e havia visitado o museu várias vezes.

Anthony della Salva dizia que fora inspirado por uma visita ao Aquarium de Chicago há 17 anos. Impossível. Por que a mentira?

Jack olhou para as notas volumosas de Ethel, para os recortes das entrevistas e artigos sobre Sal, os pontos de interrogação na descrição de Sal da sua primeira visita ao Aquarium, a cópia do desenho do livro de cozinha. Ethel havia percebido e investigado a discrepância. E agora estava morta.

Jack pensou na insistência de Neeve em afirmar que havia algo de estranho na roupa que Ethel estava usando. Lembrou-se das palavras de Myles: "Todo assassino deixa seu cartão de visita."

Gordon Steuber não era o único estilista que podia ter vestido a vítima com um conjunto aparentemente correto.

Anthony della Salva podia ter cometido exatamente o mesmo erro.

O ESCRITÓRIO DE JACK estava silencioso, o silêncio estranho de um lugar acostumado à atividade constante de visitantes, secretárias e telefones tocando.

Jack apanhou a lista telefônica. Anthony della Salva tinha seis endereços comerciais diferentes. Jack tentou o primeiro. Ninguém. O segundo e terceiro tinham uma secretária eletrônica. "O horário de trabalho é das 8h30 às 17 horas. Por favor, deixe seu recado."

Tentou o apartamento em Schwab House. Depois de seis toques, desistiu. Como último recurso, telefonou para a loja.

— Por favor, atendam – implorou ele.

— Neeve's Place.

— Preciso me comunicar com Neeve Kearny. Sou Jack Campbell, um amigo...

— O editor?... – A voz de Eugênia soou amistosa.

Jack interrompeu.

— Sei que ela ia se encontrar com Anthony della Salva. Onde?

— No escritório central dele. Rua 36 oeste, 250. Algo errado?

Sem responder, Jack desligou.

Seu escritório ficava na rua 41. Atravessou às pressas os corredores desertos, conseguiu pegar o elevador que estava descendo e chamou um táxi. Deu 20 dólares para o motorista e gritou o endereço. Eram 17h22.

TERÁ SIDO ASSIM com minha mãe? pensou Neeve. Será que naquele dia ela também viu a mudança no rosto dele? Será que chegou a pressentir o que ia acontecer?

Neeve sabia que ia morrer. Durante toda a semana sentira que sua hora estava próxima. Agora, sem nenhuma esperança, precisava saber a resposta a essas perguntas.

Sal estava mais perto dela, a menos de um metro e meio. Atrás dele, perto da porta, o corpo de Denny, o entregador da lanchonete que fazia questão de tirar a tampa dos copos de café, jazia no chão. Neeve via o sangue escorrendo do ferimento na cabeça dele. O enorme envelope de papel pardo estava manchado de sangue, a peruca de punk cobria-lhe misericordiosamente o rosto.

Era como se muitos anos tivessem passado desde a entrada de Denny na sala. Fazia quanto tempo? Um minuto? Menos de um minuto. O prédio parecia deserto, mas era possível que alguém tivesse ouvido o tiro. Alguém podia investigar... O guarda *devia* estar no térreo... Sal não tinha muito tempo e ambos sabiam disso.

Neeve ouviu um zumbido distante. O elevador. Alguém ia aparecer. Poderia adiar o momento em que Sal finalmente puxasse o gatilho?

— Tio Sal – sussurrou –, quer me dizer só uma coisa? Por que teve de matar minha mãe? Não podia ter trabalhado com ela? Todos os estilistas aproveitam ideias de aprendizes.

— Quando eu vejo um gênio, não o divido, Neeve – afirmou Sal secamente.

A porta do elevador abrindo-se lá fora. Alguém estava no andar. Para evitar que Sal ouvisse o som dos passos, Neeve gritou:

— Você matou minha mãe por cobiça. Você nos consolou e chorou conosco. Ao lado do caixão, você disse para Myles: "Procure pensar que sua querida está dormindo."

— Cale a boca! — Sal estendeu o braço para a frente.

O cano da arma apontava ameaçador para o rosto de Neeve. Ela virou a cabeça e viu Myles de pé na porta.

— Myles, fuja, ele vai te matar! — gritou Neeve.

Sal virou rapidamente.

Myles não se moveu. Sua voz soou autoritária e firme.

— Dê-me a arma, Sal. Está tudo acabado.

Sal manteve os dois na mira do revólver. Com uma expressão de medo e ódio, recuou enquanto Myles avançava para ele.

— Não se aproxime — exclamou. — Eu atiro.

— Não, não atira, Sal — disse Myles, a voz baixa e ameaçadora, sem nenhum sinal de medo ou de dúvida. — Você matou minha mulher. Você matou Ethel Lambston. Mais um segundo e teria matado minha filha. Mas a polícia logo estará aqui. Sabem tudo sobre você. Não vai poder escapar com mentiras desta vez. Portanto, *dê-me essa arma.*

Falou com voz pausada e forte, repleta de desprezo.

— Ou então, pode fazer um favor a todos nós. Ponha o cano dessa arma na sua boca mentirosa e estoure seus miolos com uma bala.

Myles dissera para Kitty não sair do carro. Angustiada, ela esperou. Por favor... por favor, ajude-os. Ouviu a sirene da polícia no fim do quarteirão. Um táxi parou na frente do seu carro e Jack Campbell desceu.

– Jack – Kitty abriu a porta do carro e correu para alcançá-lo no hall do prédio. O guarda estava no telefone.

– Della Salva – disse Jack com urgência.

O guarda ergueu a mão.

– Espere um minuto.

– Décimo segundo andar – disse Kitty.

O único elevador que funcionava àquela hora estava no décimo segundo andar. Jack agarrou o guarda pelo pescoço.

– Ligue o outro elevador.

– Ei, o que pensa que...

Na rua, os carros da polícia pararam com um rangido de freios. O guarda arregalou os olhos. Atirou uma chave para Jack.

– Abra com isto.

Jack e Kitty estavam a caminho antes que a polícia entrasse no hall. Jack disse:

– Acho que Della Salva...

– Eu sei – disse Kitty.

O elevador parou no décimo segundo.

– Espere aqui – disse Jack.

Chegou a tempo de ouvir a voz calma de Myles.

– Se não vai usar em você mesmo, Sal, dê-me essa arma.

Jack parou na porta. A sala estava na penumbra e parecia um quadro surrealista. O corpo no chão. Neeve e o pai com a arma apontada para eles. Jack viu o brilho de metal na mesa ao lado da porta. Um revólver. Teria tempo de apanhá-lo?

Então, viu Anthony della Salva abaixar a arma.

– Pode levar, Myles – implorou. – Myles, eu *não queria* fazer nada disto. Eu jamais quis. – Sal caiu de joelhos e abraçou as pernas de Myles. – Myles, você é meu amigo. Diga a eles que não tive intenção de fazer o que fiz.

Pela última vez naquele dia o comissário de polícia Herbert Schwartz conferenciou com os detetives O'Brien e Gomez. Herb acabava de voltar do escritório de Anthony della Salva, onde havia chegado logo depois do primeiro carro de polícia. Falou com Myles depois de terem tirado Della Salva do prédio.

— Myles, você se torturou durante 17 anos por não ter levado a sério a ameaça de Nicky Sepetti. Não acha que está na hora de se libertar desse sentimento de culpa? Acha que se Renata tivesse mostrado seus desenhos do Atol do Pacífico você os teria reconhecido como trabalho de um gênio? Você pode ser um tira muito bom, mas não entende muito de cores. Lembro-me de Renata dizer que tinha de escolher sempre suas gravatas.

Myles estava bem. Uma pena, pensou Herb, que não se aceitasse mais "olho por olho, dente por dente". Os impostos pagos pelo povo iam sustentar Della Salva pelo resto da vida...

O'Brien e Gomez esperavam. O comissário parecia exausto. Mas fora um bom dia. Della Salva confessou o assassinato de Ethel Lambston. A Casa Branca e o prefeito iam deixá-lo em paz.

O'Brien tinha novidades.

— A secretária de Steuber nos procurou voluntariamente há uma hora. Lambston foi ao escritório de Steuber dez dias atrás. Realmente ela disse que ia denunciá-lo. Provavelmente sabia do contrabando de drogas, mas isso não importa agora. Ele não matou Lambston.

Schwartz fez um gesto afirmativo.

Gomez disse:

— Senhor, sabemos agora que Seamus Lambston é inocente da morte da sua ex-mulher. Quer manter a acusação de assalto contra ele e a de destruição de provas contra a mulher?

— Encontraram a arma do crime?

— Sim. Naquela loja indiana, como ela disse.

— Vamos dar uma chance aos dois pobres coitados – Herb levantou-se. – Foi um longo dia. Boa noite, cavalheiros.

DEVIN STANTON TOMAVA um drinque antes do jantar, na companhia do cardeal, na residência da avenida Madison, enquanto assistiam ao noticiário da noite. Velhos amigos, falavam sobre a iminente ascensão de Devin ao cardinalato.

— Vou sentir falta de você, Dev – afirmou o cardeal. – Tem certeza que quer esse emprego? Baltimore pode ser um forno no verão.

O noticiário foi interrompido quando estava quase no fim. O famoso estilista Anthony della Salva fora preso, acusado dos assassinatos de Ethel Lambston e de Renata Kearny, além de tentativa de assassinato contra o ex-comissário de polícia Kearny e sua filha, Neeve.

O cardeal voltou-se para Devin.

— São os seus amigos!

Devin levantou-se de um salto.

— Com sua licença, eminência...

RUTH E SEAMUS LAMBSTON assistiam ao noticiário das 18 horas, certos de que iam comentar o fato de o ex-marido de Ethel Lambston não ter passado no teste do polígrafo. Quando disseram na central de polícia que Seamus podia ir para casa, ficaram assustados, convencidos de que sua prisão era só uma questão de tempo.

Peter Kennedy tentou animá-los.

— O teste do polígrafo não é infalível. Se você for a julgamento, temos prova de que passou no primeiro.

Ruth foi levada à loja indiana. O cesto em que havia deixado a adaga estava em outro lugar e os policiais não haviam encontrado a arma. Ela a retirou do fundo do cesto e viu o modo impessoal com que a colocaram dentro do saco plástico.

— Eu a lavei e esfreguei – disse ela.

— Manchas de sangue nem sempre desaparecem.

Como aconteceu isto, pensava, sentada na poltrona pesada de imitação de veludo que há tanto tempo detestava, mas que agora lhe parecia familiar e confortável. Como foi que perdemos o controle de nossas vidas?

O boletim sobre a prisão de Anthony della Salva foi lido quando Ruth levantou-se para desligar a televisão. Ela e Seamus entreolharam-se, por um momento sem compreender, e então, timidamente, se abraçaram.

DOUGLAS BROWN OUVIU incrédulo o noticiário da noite na CBS, depois sentou na cama de Ethel – não, na *sua* cama, e apoiou a cabeça nas mãos. Tudo acabado. Os tiras não podiam provar que ele havia tirado dinheiro de Ethel. Era o herdeiro. Estava rico.

Queria comemorar. Tirou a carteira do bolso e procurou o número do telefone da recepcionista do prédio onde trabalhava. Então hesitou. Aquela garota que fazia a limpeza, a atriz. A menina tinha alguma coisa. Aquele nome idiota, Tse-Tse. Seu número estava no livro de telefones de Ethel.

No terceiro toque atenderam.

— Alô.

Ela deve ter uma companheira de quarto francesa, pensou Doug.

— Posso falar com Tse-Tse, por favor? Sou Doug Brown.

Tse-Tse, que ia se candidatar ao papel de uma prostituta francesa, esqueceu o sotaque.

— Caia morto, seu cretino – disse ela. E desligou.

DEVIN STANTON, cardeal nomeado da arquidiocese de Washington, de pé na porta da sala via as silhuetas de Neeve e Jack lá fora. A lua crescente acabava de sair de trás das nuvens. Com a raiva aumentando, Devin pensava na crueldade, na ganância e na hipocrisia de Sal Esposito. Antes que seu espírito cristão recobrasse o sentimento de caridade, murmurou:

— Aquele assassino filho da mãe. — Então, vendo Neeve nos braços de Jack, pensou: Renata, espero e peço que você esteja vendo isto.

NA SALA, MYLES APANHOU a garrafa de vinho. Kitty estava sentada numa extremidade do sofá, o cabelo vermelho cintilando à luz suave da lâmpada de mesa estilo vitoriano. Myles elogiou-a:

— Seu cabelo tem um belo tom de vermelho. Acho que minha mãe chamaria de louro-morango. Estou certo?

Kitty sorriu.

— Em outro tempo. Hoje a natureza está sendo um pouco ajudada.

— No seu caso, a natureza não precisa de nenhuma ajuda.

De repente, Myles ficou sem palavras. Como se agradece a uma mulher por salvar a vida da nossa filha? Se Kitty não tivesse reconhecido o desenho no livro de Renata, Myles não teria chegado a tempo. Lembrou-se do abraço que recebeu dos três, Neeve, Kitty e Jack, depois que a polícia levou Sal. E Myles tinha dito entre soluços:

— Não dei atenção a Renata. Nunca dei atenção a ela. Por causa disso ela o procurou e morreu.

— Ela o procurou para uma opinião especializada – dissera Kitty com firmeza. – Seja franco e admita que você não podia dar essa opinião.

Como se diz a uma mulher que por causa da sua presença, a raiva terrível e devastadora de tantos anos tinha desaparecido, deixando não um vazio mas uma nova força e disposição para enfrentar o futuro? Não era possível.

Myles percebeu que ainda estava com a garrafa na mão. Olhou em volta, procurando o copo de Kitty.

— Não sei onde está – disse ela. – Devo ter deixado em algum lugar.

Havia um modo de dizer tudo aquilo. Deliberadamente, Myles pôs vinho no próprio copo e o estendeu para Kitty.

— Tome o meu.

NEEVE E JACK, no terraço, olhavam para o Hudson, o parque, a silhueta dos prédios e dos restaurantes do outro lado do rio, em Nova Jersey.

— Como você foi parar no escritório de Sal? – perguntou Neeve.

— As notas de Ethel sobre Sal tinham referências sobre a linha Atol do Pacífico. Havia uma porção de anúncios em revistas mostrando o novo estilo e ao lado deles um desenho feito por Ethel. O desenho me fez lembrar o que vira no livro de cozinha da sua mãe.

— E você ficou sabendo?

— Lembrei de você ter dito que Sal criou aquele estilo depois da morte de sua mãe. As notas de Ethel mostravam que Sal dizia ter se inspirado no Atol do Pacífico do Aquarium de Chicago. Isso não era possível. Tudo se encaixou quando compreendi isso. Então, sabendo que você estava com ele, quase fiquei louco.

Há muitos anos, Renata, então com 10 anos, voltando para casa apressada, entre o tiroteio dos soldados, por causa de uma "intuição" entrou na igreja e salvou a vida de um soldado americano. Neeve sentiu Jack passar o braço pela sua cintura, num movimento seguro e firme.

– Neeve?

Durante todos aqueles anos ela sempre dizia a Myles que, quando o homem certo aparecesse, saberia.

Quando Jack puxou-a para si, soube que esse momento havia finalmente chegado.

fim

ATENDIMENTO AO LEITOR E VENDAS DIRETAS

Você pode adquirir os títulos da BestBolso através do Marketing Direto do Grupo Editorial Record.

- Telefone: (21) 2585-2002
  (de segunda a sexta-feira, das 8h30 às 18h)
- E-mail: mdireto@record.com.br
- Fax: (21) 2585-2010

Entre em contato conosco caso tenha alguma dúvida, precise de informações ou queira se cadastrar para receber nossos informativos de lançamentos e promoções.

Nossos sites:
www.edicoesbestbolso.com.br
www.record.com.br

EDIÇÕES BESTBOLSO

Alguns títulos publicados

1. *As melhores crônicas*, Fernando Sabino
2. *Os melhores contos*, Fernando Sabino
3. *Baudolino*, Umberto Eco
4. *O pêndulo de Foucault*, Umberto Eco
5. *À sombra do olmo*, Anatole France
6. *O manequim de vime*, Anatole France
7. *O poderoso chefão*, Mario Puzo
8. *O último chefão*, Mario Puzo
9. *Perdas & ganhos*, Lya Luft
10. *Educar sem culpa*, Tania Zagury
11. *O livreiro de Cabul*, Åsne Seierstad
12. *O lobo da estepe*, Hermann Hesse
13. *O jogo das contas de vidro*, Hermann Hesse
14. *A condição humana*, André Malraux
15. *Sacco & Vanzetti*, Howard Fast
16. *Spartacus*, Howard Fast
17. *Os relógios*, Agatha Christie
18. *O caso do Hotel Bertram*, Agatha Christie
19. *Riacho doce*, José Lins do Rego
20. *Pedro Páramo*, Juan Rulfo
21. *Essa terra*, Antônio Torres
22. *Mensagem*, Fernando Sabino
23. *As vinhas da ira*, John Steinbeck
24. *A pérola*, John Steinbeck
25. *O cão de terracota*, Andrea Camilleri
26. *Ayla, a filha das cavernas*, Jean M. Auel
27. *O vale dos cavalos*, Jean M. Auel
28. *O perfume*, Patrick Süskind
29. *O caso das rosas fatais*, Mary Higgins Clark
30. *Enquanto minha querida dorme*, Mary Higgins Clark

Este livro foi composto na tipologia Minion, em
corpo 10,5/13, e impresso em papel off-set 63g/m² no Sistema
Cameron da Divisão Gráfica da Distribuidora Record.